小说枕草子 —— むかし・あけぼの

下

小说枕草子

—— 往昔・破晓时分 ——

A Novel
of
The Pillow Book

日／田边圣子 著
陈 燕 译

重庆出版集团
重庆出版社

十六

后宫看似悠闲自在，可那只是表面的平静，政治形势瞬息万变。内大臣伊周大人怕是被右大臣道长大人时时压在了下风。三十岁、老练的道长大人与二十二岁的伊周大人，分量不一样。

而且，伊周大人在宫中似乎处于一种孤立之中。支持他的，除了最近任职中纳言的弟弟隆家大人之外，就只有他母亲那边的高阶一族了。我还听则光说："高二位老头子一直在鼓捣那些邪门的诅咒，眼看着一天天地失去人心。"

"听说那高阶一族不仅仅是老头子，中宫的乳母、老头子的女儿命妇①也跟着一起诅咒。"

"哎呀，那个命妇乳母……"

我想起了那个长得跟"高二位老头子"十分相似、有点微胖的乳母。中宫的乳母是她母亲贵子夫人的妹妹，也就是说中宫是她阿姨担任乳母养育大的。从这一点也可以看得出来，她的成长过程与高阶一家有着密切的关系。

尽管如此，人们说起高阶一家时，不知为何总是夹杂着"诅咒""秘密的祈祷"之类不祥的传闻，十分唾弃。不论是定子中宫还是伊周大人，都才貌出众，开朗温和，不见一点瑕疵，为何有人总是要往他们身上泼脏水呢？

中宫的母亲、贵子夫人等人，不仅汉学造诣深厚，作为歌人，也是久负盛名。

---

①律令制下，五位以上的女官称为内命妇，五位以上的官员之妻称为外命妇。

山盟海誓终虚幻,不如绝命于今日。

这首和歌是当年已故道隆公对夫人一见倾心之时,夫人写下的。当时贵子夫人是侍奉圆融帝的仕女,世称高内侍。这首咏于贵子夫人与道隆大人之间的恋情起点的和歌让我们的女人心激动不已。如今,依然有不少人认为它是一首出色的和歌。

如此优雅和气的一家人,为何会遭到人们厌弃、孤立呢?

右大臣道长大人的势力在不断壮大,藤原有国的东山再起也证明了这一点。藤原有国与平惟仲都是当初追随兼家公、被视为左膀右臂并得到重用的能吏。在决定关白之位应该由谁继承时,兼家大人曾经问过这两位的意见。当时,有国说:"道兼公子。道兼公子才是哄骗花山院退位的最大功臣。"而惟仲则主张:"可是,道兼公子是次子,还是长子道隆公子比较合适。"后来,道隆大人掌权时,惟仲受到重用,有国则遭到放逐。

而且,道隆大人对有国的压制十分无情。不仅是有国的官位,甚至连他儿子的官位也被剥夺殆尽。世人都认为这种做法过于残酷,但对方是位极人臣的道隆大人,怎敢多言?

如此,道隆大人死后,道兼大人掌权,有国十分欣喜,可惜转瞬即逝,道兼大人当了七天的关白即告终。之后,有国自然选择效忠道长大人,他前往九州荣任太宰大式①,风光复出。

有国的妻子橘三位,曾经是主上的乳母,据说足智多谋,深得主上赏识,她那边也为有国的复出尽了力。这一位作为正夫人前往

---

① 九州太宰府的次官。太宰府大帅由亲王叙任名誉职,实质性的政务由大宰大式代为管理。

九州时的阵势之豪华让世人为之咋舌。

而且，这也引发世人们的共识。世人都知道兼家公看重有国，而道隆大人却反其道而行之，对待有国十分残忍。对此，世人大概内心都抱有反感吧。——说到我的想法，虽然橘三位是主上的乳母，但她目中无人，颐指气使，我对她并无好感……

一天，我待在自己的房间里，则光来了，跟我悄声说道：

"听说了么？议政处发生大事了。"

"发生什么事了？一点没听说啊。"

"今天，右大臣（道长大人）和内大臣（伊周大人）大吵了一场。据说彼此谩骂，那架势差点就要打起来了。"

"真的么……那也太不像话了……"

"是真的。我也听到了动静，可是听不清楚他们具体说了些什么，为了什么而争吵。木门外面，殿上人们都不顾身份地一个挨着一个贴在门上，想听他们究竟吵了些什么。"

"……会变成什么样呢，接下去……"

"肯定会发生大事的。双方不可能就此和平共处的。"

"——不过，只要中宫殿下还在，内大臣一定会占上风的……"

"谁知道！中宫要是能生个亲王，再立为太子，情况可能又会有所变化。——堀河右大臣显光大人[①]、大纳言公季大人[②]等人，各自都在忙着张罗把女儿送入宫中，这些事，你都不知道吧？"

"不知道。"

[①]藤原显光(944—1021),平安时代中期公卿,藤原兼通长子。官至从一位,左大臣。

[②]藤原公季(956—1029),平安时代中期公卿,藤原师辅第十一子,官至从一位,世称"闲院大臣"。

后宫是一个奇妙的地方。有些消息格外详细，有些消息则是半点风声都没有。

似乎有人有意不让中宫这边知晓。

"应该不可能发生那样的情况吧？一切都还不确定吧？"

"道隆大人还活着的时候，大家都有所顾忌，如今他已经过世了，就用不着再客气了。而且，道长大人府上的彰子小姐①还是个小女孩，等她长大还得一段时间，他们也是想趁着这个空隙吧。"

"他们不打算送到东宫那边去么？"

"东宫那边，宣耀殿女御不是已经生下了第一皇子了么。送到那边，将来即使生下男孩，也没有什么甜头啊。"

"可是，主上跟中宫彼此深爱对方……他们之间的感情是牢不可破的。主上也许会拒绝新的女御入宫……"

"主上可能无法拒绝哦。"则光语气有些奇怪地说道。

"而且，后宫只有一位中宫，这属于异例，至今为止的状态是不正常的。从今往后，大概会两个、三个、四个……地不断增加吧。"

则光与我的兄长致信不一样。他有一个温柔的地方——会安慰我。

"你站在中宫那一边，大概会觉得不好受，但这也没办法。主上一定最宠爱中宫，你别太担心了。"

"男人，可以那样把爱情分成好几份么？"

"不是分，是不断增加。"

"男人，真是捉摸不透……"

"你说什么呢！不管有多少个女人，哪一个都可爱，这才是男

---

① 藤原彰子(988—1074)，藤原道长长女。

人的真相！"

"说说你自己吧！"

"男人都一样！"

如今，则光依然会到我在三条的家里来。

道长大人与伊周大人在议事处发生争吵后，过了几天，道长大人与隆家大人的手下便在街头发生了冲突。就在我听说这件事的前后，大概隔了四五天，传来了隆家大人的手下杀死道长大人随身仆从的消息。

据说致信兄长等人都群情激昂地叫嚷着：

"打一场！打一场！"

双方发生争斗的七条大路上充斥着怒号与刀剑交锋的铿锵声，如同一场战斗似的。路上血流成河，难以成行。

流血事件终于还是发生了。中宫将何去何从？

正月里，连牛车的响声听起来都有些异样。年后已经是长德二年（996），是一个晴朗暖和的新春。今年应该会有好事发生吧。要说我自己的好事，不仅与经房大人相处得日益融洽，和藏人头齐信大人也比以前更加亲近。还有栋世，虽然不曾见面，但他不时给我写信、送来礼物。按照则光的说法便是：

"你有不少男性友人啊。"

则光说这话的时候，那语气似乎嫉妒与别扭各占一半。

"你这女人，就算我不在身边，你也不会觉得有什么大不了，照常过日子。男人们都哄着你，依然过得开开心心。"

与其说是别扭，最后不如说都有点幽怨的味道了。

是的，则光，他对我很是有些怨艾。

"什么话！你自己不是家里养着一个最年轻的妻子，外面还有一个么！你还有什么跟我好抱怨的呢！"

"男人跟女人不一样。你说话半点不饶人，我可吃不消。在男人眼里，那种让人担心如果自己不在她身边，她该怎么生活，楚楚可怜、无依无靠的女人，惹人心疼。被一群男人围着，跟女王一样居高临下的女人，怎么说呢——倘若是无关的旁人，心里想着'这真是个傻女人'，也就罢了。因为不是旁人，便觉得可恨。"

"不要弄错了！我又不是你的妻子！"

"所以才可恨啊！如果真是我妻子，气急了，还可以分手算了。可我们已经分过手了。而且，你自己可以从中宫那边领到津贴，自立了，对我而言，真是棘手。又不能对你指手画脚，可是也不好就此不闻不问，那样就彻底形同陌路了。这样真是不好办。你得到男性友人们的青睐，我觉得太可恨了。"

"所以说，你就跟那些不可恨的女人在一起得了呗。跟我来往的话，影响精神健康！"

"没错！我跟嘉汰子在一起生活，就用不着这么赔小心。那人跟你不一样，如果没有我，估计会死在路边。她唯一的依靠就是我。看到那样的女人，男人便心生怜爱，不忍抛弃。可爱啊！可是，看着你，我便越来越觉得可恨。"

"哼！你愿意恨就恨着吧。"

嘉汰子就是那个左右眼睛大小不一的、则光的妻子。听说这个女人也生了个男孩。则光家族似乎男孩比较多。

则光说的那句"可恨"，让我有些在意。则光如今已经是个对我并无支配力、影响力的男人了，那句"可恨"应该是他的真心话，我对此有些触动，这是事实。

则光的这种地方，我喜欢。

他让我听到男人的真心话。不，与其说是男人，不如说是则光个人的吧。直爽地一口说出心中所想，这是其他哪种男人都不具备的优点，是则光仅有的长处。

而且，那是作为一个男人，极具魅力的资质，它让我跟则光结合在一起。并非出于习惯、虚荣、惰性等原因，我觉得则光"说真话的才能"十分可爱，并且对此深信不疑，所以形成一种特别的关系。

则光有时会猜疑我跟经房大人、齐信卿：

"不会是特殊关系吧？"

我告诉他："将来如何，我不知道。不过，之前以及现在，我们之间没有特殊关系。"

则光似乎相信了。他知道，我不说谎，至少在他面前无需伪装。我对则光并未重视到必须对他说谎的程度，这一点，非常遗憾，则光也心知肚明。

我不受任何束缚。

如果事态朝着那个方向发展，我或许也跟经房大人、齐信卿同床共枕了。可是，男女之间的友情，在可以前进至那一步却又并未迈出那一步时，那种暧昧、危险的状态才是最有乐趣的。

最讨人喜欢的男性友人便是那种类型的。一旦变为恋人，作为友人的光环便逐渐失色了。话虽如此，那些一开始就让我没什么感觉的男人，我跟他们多是泛泛之交，萌生友谊的概率，为零。

一口造作的娘娘腔、反应迟钝的宣方大人，惹人嗤笑的方弘大人之类，我可不想跟他们成为朋友。

可是，为什么跟则光就成了特殊关系呢？也许是因为不仅彼此知根知底、容易亲近，而且则光有他的可爱之处。轻轻松松蹦出实话的男人，真是可爱。

经房大人也有他的可爱之处。

今年的正月才刚刚开始，我和经房大人便吵架了。

事情的起因是正月后不久，左马寮町草料房发生了一起火灾，延烧了一个男仆的住处。中宫与御匣殿刚来到梅壶不久，我前去御匣殿的房间里叨扰。

这位御匣殿是中宫最小的妹妹。中宫一共有三个妹妹，最年长的妹妹是东宫女御淑景舍，紧接其后的三小姐原是帅宫敦道亲王①的王妃，可惜有些地方异于常人，已故的道隆公也曾为之心痛不已。她与亲王之间的关系自然也不怎么和睦，近来一直待在娘家。听说病情严重，连人也见不了。一家上下都才华出众，唯有三小姐如此特别，真是可怜。帅宫是冷泉院的第四皇子，他与他的兄长为尊亲王均是好色之名在外，是众人周知的轻率、不羁贵公子。据说就连这样的亲王也对三小姐束手无策。三小姐在男性客人面前，将帘子高高卷起，袒胸露乳。亲王难堪不已，来访的客人们十分同情亲王，既不能抬头，也不好离座，出了一身冷汗。这些传闻很是难听。亲王召集了大学寮②的学生们举行诗会，只见三小姐手里抓着二三十两沙金，从屏风上方朝学生们扔去，嘴里嚷嚷着："快！接着！"学生们无奈只好装出一副争抢的样子。不难想象，这些本来就心高气傲的未来学者们，背地里会如何非议这一切。因此，这位

---

①敦道亲王(981—1007)，冷泉天皇第四子。
②平安时代，贵族子弟接受儒家思想教育的机构。

三小姐与帅宫之间的关系迅速告终，之后也不再出现于社交界。大概是家里的母亲贵子夫人、兄长们都护着她，不让她抛头露面吧。为了中宫考虑，也要避免发生如此不体面的事情。三小姐下面的四小姐年纪大约十四岁，美貌贤淑，聪明伶俐，也许是姊妹中与大小姐最为相似的一位。四小姐如今也在宫中出仕，身为御匣殿，与中宫一样，都住在梅壶中。

这位御匣殿跟中宫一样，富有文艺情趣，跟我十分亲近。因此，我也时常到她这边拜访。一天，我跟隆家僧都的乳母等人正聊着天，一个下人来到廊下，眼看着就要哭出来的样子说道：

"真是太倒霉了！不知哪一位能听我说一说。"

想着究竟是怎么回事，原来他的住处受到草料房失火牵连，烧光了。

"我就离开那么一小会儿，结果就着了火。跟草料房仅仅隔着一面墙，烧了个一干二净，什么也没来得及抢救出来。我不在家里，妻子在夜殿①刚刚睡着，差一点就被烧死了。好不容易才逃命出来，什么也顾不上拿。"

下人终究还是哭了起来：

"现在就像寄居蟹一样，硬赖在别人家里。什么锅碗瓢盆、被窝褥子，全都烧光了。"

他反反复复地念叨着，边哭边抖着肩膀，一脸苦相。那句"像寄居蟹一样，硬赖在别人家里"很是滑稽，我们听后都笑了，连御匣殿都不禁莞尔。我随手在纸上写道：

---

①卧房。

星点春火马草燃，

延烧夜殿苦不堪①。

　　写完之后，便交给了站在边上的仕女们：

"把这交给他吧。"

　　仕女们都抢着看，个个哈哈大笑，互相传阅。"一场点着了马草的小火而已，为何连夜殿也给烧光了呢"，这是一层意思。它与"让春草萌芽的融融春日，为何连淀野也给烧光了呢"形成双关，有眼力的人一看便会笑着说"有意思"。

　　"写得可真妙！"仕女们笑着将和歌递给那下人，说道："快拿着吧。这儿有一位可怜你的，说把这个交给你。"

　　那下人打开看了看，回道：

"这是张什么条子啊。我用这个能领到哪些东西呢？"

"你先读一读吧。"

"在下连一个字都看不懂。"

　　下人一说完，众人都笑个不停。

　　"那，你请人帮忙看一下吧。收到这么好的礼物，就别再想不开了。"

　　众人笑着前去参见中宫。途中依然七嘴八舌地议论着：

"不知道他给人看了么。谁要是看到了，肯定会哈哈大笑的！"

"别人帮他看了之后，那男人不知道生气了没有……"

　　僧都的乳母在中宫面前表演了此事，说话的口吻跟那下人一模

---

①清少纳言通过双关手法，巧妙地利用了"春日"与"春火"、"马草"与"草"、"燃烧"与"萌芽"、"淀野"与"夜殿"等词语的谐音功能，创作了这首富有谐趣的和歌。

一样,仕女们再次笑得前仰后翻。

"你们为什么觉得那么好笑呢。不是挺让人心酸的一件事情么。"

中宫虽然这么说,但她还是被乳母的话以及说话时可笑的样子逗得唇边绽开了笑颜。那下人哭哭啼啼地叨叨着什么"妻子在夜殿刚刚睡着""像寄居蟹一样赖在别人家里"之类,这种具体的形容十分有趣。胸无点墨的下人终究明白不了那首和歌的精彩之处——可是,这件事一不小心便传到则光那边去了。则光那家伙可是提起和歌就头疼,他十分认真地说道:

"也许对那个男人来说,比起一首和歌,收到一匹布更让他高兴呢。"

"知道!"

我有些恼火地还嘴。

"我想过,如果是你,肯定会那么说。我们之所以笑,是因为觉得那些下人的精神世界真是太贫瘠了!我想,如果是我们,哪怕被烧了个精光,也会写一首和歌来找乐子。这就是我们跟下人不一样的地方。我们可以做到拿自己寻开心。所谓的教养,便是心有余裕。"

"你神气什么!佛祖面前,人人平等,没什么不一样。一旦堕入困境,大臣也好,下人也罢,都难免痛哭流涕。就算是我,也常常因为一些事情彻底失败、进退两难而痛哭。大部分的男人都是如此,只不过他们缺一个可以哭的对象而已。那下人也真是不走运,偏偏去最薄情的地方哭诉,怪可怜的。"

当女人说"快看看这个!""瞧,我说的没错吧!"等等这些话时,男人为什么不能回答"果然如此!""正如你所说的那样"呢?

他们绝对不会附和女人的观点。

他们必然唱反调："不，不对。""是么，不是那么回事吧。"

带着某种期待，也有几分背后说闲话的样子，我把此事说给经房大人听了，也捎带上了则光说的那些话。我希望明事理的人能欣赏那首和歌里隐藏着的机智，为之拍手叫好。实际上，当我跟共事的仕女们说这件事时，到了和歌那一段，大家都捧腹大笑。等我说到男人嘟囔着："这是张什么条子啊。我用这个能领到哪些东西呢？"时，她们再次哄堂大笑。包袱儿抖得顺顺当当。如此，我一路博得众人喝彩。而且，该怎么一步一步展开，我也越来越熟练了。四处时常有人跟我说："少纳言，说说草料房的那件事吧。这一位，他还没听过呢。"

我心想经房大人肯定也跟他们一样，不料他一副并无多大兴趣的样子，回答道："淀野，是么……原来如此。"

过了一会儿，他连笑都不笑地来了一句："则光说的有道理。"

为什么男人跟女人会如此不同呢？我问他：

"哎，这件事不是挺有意思的么？"

"要是回答没意思，一定会被你责怪，那还是回答——有意思吧。"

他嬉皮笑脸地说。

"不过，同样的事情，如果是发生在你整治右卫门君等人之时，那才更有意思……"

这位经房大人不喜欢右卫门君。他告诉我这一点，是想要证明我们之间的友情不一般。"你跟那些连东西南北都分不清楚的家伙说这个，只会让人觉得他很可怜。要嘲笑人家的话，你也应该找个旗鼓相当的对手。"

"你这么来一番说教，真是没趣。跟你说的不是一回事。这种事情，如果不能心有灵犀，那就没什么好说的了。必须得哈哈大笑地说'有意思！'才行。"

"哈哈哈！有意思，有意思！"

"你当我是傻子么！"

我态度有些冲，只听经房大人说道：

"女人怎么这么难缠……"

"还不是因为男人太迟钝！"

"好！那，我以后都不讲真话了，就说一些表面上好听的社交辞令吧。"

"哦？是么！"

我已是退无可退：

"如果是那种表面朋友，那就用不着费心与我来往了。从今往后，我们就不要再见面了。"

"哟，真没想到你还有这一手啊。"

经房大人有些扫兴。

"作为一个男人，既然你都说到那种份上了，便断然不能再求你回心转意了。感谢你长期以来的友谊，谢谢！那么，就此别过。"

事情怎么就变成这样了呢？经房大人拂袖离开了房间。我非常生气，但无可奈何。我想让他知道，女人也是有志气的。我连信也不给他写，不跟他见面——正月里的后宫一片忙碌，人员进出也十分频繁，如果想跟他见面，不是没有机会，我巧妙地尽量避开他。曾经那般频频出现在梅壶的经房大人，突然不见踪影，连式部君都问：“你那个弟弟，最近怎么了？”经房大人是我的"弟弟"，这个绰号人人皆知。借着除目时节的纷纷扰扰解闷，不知不觉中，时光流逝。虽然不觉得我们之间会就此画上句号，但失去一个能为我提供信息说"……听说有这样的事情"的友人，不免有些落寞。经房大人是将我跟外面的男性社会连接在一起的有效渠道……

今年的除目，前来这边仕女房间拜访的人明显少了许多。往年，不如说是已故关白大人还在世的时候，每每正月一过，那些想要获得官位前来这里奔走的人便络绎不绝。虽然仕女们以往对他们嗤之以鼻，但今年只有一两个男人悄然前来托关系。想到这，只见有男人、女人神情严肃地在一角说话，有些冷清。

并非猎官活动转入低潮，而是人们好像一下子都涌向右大臣道长大人那边去求官了。

拜托内大臣伊周大人、中纳言隆家大人帮忙斡旋官职的人变少了。这也波及到了中宫所在的后宫。

关于此事，要是平常的话，经房大人会将形势分析给我听，我再若无其事地将消息传递给中宫。如今，这些也都做不到了——比起这个，失去一个曾经对我说过"《春曙草子》看来可以成为我们的合璧之作"，与我趣味相投、默契十足、难得的友人，让我遗憾不已。一想到或许无法再两个人一起列举着"妩媚的是……""无趣的是……"等等之类，乐在其中，就觉得有些落寞。后悔之余，便开始恨起自己当时来言去语、寸话不让。不，还是经房大人更可恨。虽然我那么说了，他也应该明白是开玩笑……为什么当了真呢？

接近小正月①的节供、正月十五时，我收到了经房大人久违的

---

① 正月初一至初七为大正月，正月十五为小正月。

来信：

为君所忘无生趣，
延命至今可称奇。

——我实在忍不下去了，甘拜下风。阿经。

这和歌也许是"我居然能活到今天，真是不可思议啊！从被你遗忘的那一天起，我已然形同死人了"的意思吧？
我不由得绽开了笑容。
这可以说是会心之笑，我十分开心。原来我并没有招人讨厌。不管怎么说，被人讨厌可不是什么愉快的事情。我写了回信：

此心所想不自知，
轻言绝交悔已迟。

意思是"当时，我也不明白自己是怎么想的，跟你说了什么绝交之类的，实在抱歉"。
我正准备让小侍女把回信送过去的时候，经房大人自己已经飞奔而来了。
他满面笑容地说道：
"太高兴了！不能跟你见面，每一天都无聊之至！——这样的事情也想跟你说，这事要是跟你说了，你会是什么反应呢？每天都尽想着这些了！"

"我跟你一样！能重归于好，真是太好了！"

我也不由得绽开了一脸笑颜。经房大人接着说道：

"话虽如此，最终还是我这边先提出和好的。左等右等，半点不见你有想和好的意思啊！"

"我也是等了又等！"

"这是一场看谁先服软的比赛。"

"错啦！爱之深，痛之切，我当时都已经快要绝望了。"

"你还真是能掰啊！"

经房大人忍不住笑出声来。真好——虽然则光说我拥有众多男性友人，十分独立，但是如果失去自己信任的、感觉良好的男性友人，我也会觉得心灰意懒、无所依靠。

即使是那样，经房大人先低头，我还是十分开心。他人品高尚，坦率诚恳，身上那种男人的可爱之处，让我感到幸福。

小正月随之而来。这一天，宫里也像普通人家一样，一片喧闹。彼此之间不拘礼节，后宫里洋溢着女人们畅快的笑声。今天是女人们的正月。人们把煮粥时未燃尽的木柴削成"粥杖"，据说用它来打女人的臀部，女人便会怀上男孩。中宫今年二十岁，已经是可以生养皇子的年纪了。可惜的是，虽然仕女们都摆好了架势，想要打中宫的臀部，可中宫十分警惕，让仕女们无机可乘。她笑看着仕女们互相打闹。因为目前还在为已故关白守丧期间，以中宫为首，一众仕女们都穿着浅灰色的丧服。有的殿上人对此感到惊讶："如此时期，居然这般喧闹！"那位东宫妃子，宣耀殿女御虽然同样也在服丧，可是她肃静高雅得让人紧张。听说那些伺候着的殿上人们也是恭恭敬敬地立刻就告退了。

在这边宫殿里，众人都把粥杖藏在袖子后面，挤眉弄眼地悄然靠近对方，得手之后就赶紧跑开。被打到的仕女不服气，自己也不输人后地扬起了粥杖，谁知竟然狠狠地打中了毫不知情恰巧路过的藏人，对方勃然大怒道：

"胡闹！打男人做什么！"

每当这个时候，总是响起一阵哄堂大笑。正当中宫转过身去，专心地看着仕女们的动作时，只见年轻的小兵卫君乘机偷偷靠近中宫的座席，静静地用粥杖对着中宫的腰部，朗声说道："好！打得漂亮！"中宫顿时回过神来，只见她那雪白的面颊染上了一层浅浅的粉色。众人都兴高采烈地大声欢呼。一整天都喧闹不已。主上听说后也笑了。

当时，内大臣伊周大人和隆家中纳言也在场。一切美好得让人觉得仿佛是昔日关白家的团圆景象再次重现，过后细想起来，似乎那时候征兆就已经埋下了。

第二天夜里，事情发生了。

我仍然是从则光那儿得知的。不过，这次的事情，我比别人更早得到消息，也更加可信。因为花山院是此次事件的核心人物，而则光向来都是花山院一派的。

在我们尽情嬉闹的小正月、即正月十五过后的第二天夜里，正月十六的时候，事情发生了。导火索是已故太政大臣为光公府上的小姐。那位三小姐人称寝殿夫人，听说是个绝世美女。她的父亲为光大人总是将"女人最重要的便是容貌"这句话挂在嘴边，视寝殿夫人为掌上明珠，悉心教导。据说大臣过世之后，内大臣伊周大人跟寝殿夫人成了情人。

可是，花山院却执着于寝殿夫人的妹妹四小姐，不时写信追求，而四小姐似乎并未应承。不管怎样，花山院风流好色的名声在外，出家之后，虽然也认真修行了一段时间，但很快就厌倦了清净生活，开始终日放浪形骸。带着手下一众僧人，争强好斗。宠嬖仕女母女，结果两人都怀上了他的孩子，无奈之余，只好让孩子成为他父亲圆融院名义上的皇子。种种荒唐事，让世人每每为之捏一把冷汗。如果让则光来说，那便是"稍微让他放松放松，不行么？不管怎样，多亏了这位花山院退位，才有东三条大臣等人的飞黄腾达呐。——有这个把柄存在，所以谁也无法对花山院加以干涉。花山院已经无所顾忌了。至于劝谏之类，他们对花山院做了那么过分的事情，大概没有一个人敢开口吧"。则光说的自然是把花山院哄骗得团团转、强迫他退位的已故兼家大臣他们了。

对于花山院的求婚，四小姐那边十分为难。可花山院却毫不退缩，反而更加殷勤地拜访四小姐。

内大臣伊周大人则对此产生了误会：

"如果是为了四小姐，不可能如此投入。他可是好色之徒花山院！一定是奔着三小姐去的。这如何是好？"

他跟弟弟隆家大人商量此事。隆家中纳言与花山院曾经交过手，定是把事情想得过于简单了，应承道："这事就交给我吧。"然后带上几个武艺高超的侍从，埋伏在花山院回程的路上。当时，花山院正骑马从四小姐那儿回来。月色皎皎，侍从技艺高超，射出的箭穿透了花山院的袖子。

据说花山院吓得魂飞魄散，好不容易回到府邸后，失神了好一会儿才恢复。隆家他们的本意也许只是想吓唬吓唬他，结果花山院惊吓过度,大发雷霆。

不过,此次不敬事件并未呈报给朝廷与道长右大臣。毕竟事出有因,也不是什么光彩的事情,所以花山院那边默不作声。

"可是,第二天,事情已经传到道长大人耳朵里了。怎么说,道长大人的情报网厉害着呢。"

则光说道。

"就算再怎么年轻气盛,那也是有点……真没想到居然会做出那样的事情……"

我难以置信。居然朝太上天皇射箭,简直就像乡野莽夫一般……

"内大臣大人府上,也有武士么?"

"听致信说,养着相当多武士。中纳言大人是个血性男人,在武士中人望很高。只是这次有些不妙。如果是已故关白大人还健在的时候,因为双方都有错,可能就掩盖过去了,如今恐怕行不通了。"

我是在事情发生的第二天听说这些消息的。当时,已经有相当多的人知晓此事,不久流言迅速扩散,一发不可收拾。甚至谣传说,当天夜里,一场乱斗,花山院有两个侍从遇害啦,首级被带走啦之类的。

内大臣大人与中纳言大人如今都不进宫了。中宫应该从乳母那儿听说此事了,但她竭力装作什么事情都没有发生。都过去七八天了,右大臣道长大人丝毫未见动静,我觉得很不对劲。后宫的仕女们凑在一起时,都说花山院一方不好:

"花山院也太轻率了!"

"身为太上天皇,居然夜里随便外出寻欢,这本来就不合适啊!"

"说的是!而且,这种事对花山院来说,不也是奇耻大辱么?"

我觉得肯定不会再追究了。"

"如果有什么责罚，按理第二天应该就宣布了……可直到现在，也不见有什么责罚啊！"

诸如此类，所有人都往着好的方向去想。不见任何动静，只有谣言在京城里四处流传。

据说在正月二十五日举行的除目会议上，伊周大人的席位已经被撤除了。到了二月份，京城各个街道满是晃眼的武士们。我出宫回家路上，只见骑马的武士们纵马扬鞭，朝什么地方直奔而去，有时被他们挡住了路。在他们身后，看热闹的人群如同云霞一般追随而去。我问了一下，才知道原来是听说内大臣手下人的家里聚集了兵马，检非违使们前去逮捕。

整个京城笼罩在不安之中，人人心里都不平静，紧张地等待着悬而未决的伊周大人们的处分结果。道长公会如何处置此事，殿上人跟公卿们都不露一点口风。经房大人可能是出于谨言慎行的考虑吧，他连梅壶周边都不来了。

如此看来，伊周大人们真的是处于孤立之中。难道都没人能够拯救这个困局，帮忙与道长大人斡旋、调停么？上卿们都缄口不言，视若不见，保持沉默。则光的说法是："那一家子一向招人怨恨，认为他们自作自受的，估计不在少数吧。"即便如此，因为最后结果还未出来，我们依然抱着一丝希望。二十一日，圣旨下来了，要求判定内大臣伊周、中纳言隆家的罪责。圣旨传下时，在座的公卿们不由得发出了"哦……"的感慨声。

"终于被逼到了这一步。道隆公过世才一年时间……终于……"
他们大概是如此心情吧。

听说明法博士在考量罪责，结论还没有出来。难道就没人能出面帮忙跟主上、道长大人斡旋么？中宫跟主上不谈及此类与政治相关的事情么？

二月二十五日，中宫离开了中宫职后妃室。因为要举行祭神仪式，尚在服丧的中宫忌讳避开了。说起来，自前一段时间开始，各方各处为死于去年大瘟疫的众人所举行的周年祭奠都十分隆重。所有人都穿着丧服，他们中的大部分都有沾亲带故的人在那场瘟疫中身亡。今年虽然瘟疫已经平息了，但物价暴涨，人们都说会不会又发生饥荒，真是没有一件好事。

而且，内大臣他们究竟会被如何发落，这也让大家惴惴不安、无心做事。自从已故关白大人过世之后，大家都想着关白之争终有一天会见分晓，却做梦也没有想到会是以这种方式画上句号。有的人说："可能在贺茂祭过了之后，结论就会出来了。"也有的人说："不对，这次骚动并不是因为伊周大人，而是为了逮捕某个大规模的强盗团伙。"总而言之，一有风吹草动，京城中便人心惶惶。

经房大人悄悄地给我送来一封慎之又慎的信件。使者说：

"大人说了，无需回信。"

说完便仓仓皇皇、避人耳目地回去了。信上并无署名，经房大人那熟悉的笔迹，就写了这样一行：

"返回家中为上。"

这是跟我说，最好不要待在中宫身边么？

不，不管发生什么事情，我都要和中宫共命运。待在没有中宫的地方，想着该如何明哲保身，那有什么意义？

尽管如此，经房大人究竟是什么意思呢？应该不是在说中宫会受到牵连吧。

我没有陪伴中宫前往中宫职后妃室,而是留在了梅壶。本想跟则光商量商量,结果齐信中将派主殿司前来传话:

"头中将大人说他有话要跟您讲。"

如果在自己房间里跟他见面,又不知则光什么时候来。我不喜欢到时候被齐信大人取笑:"哎呀,跟'哥哥'撞上啦!",就回复道"我在前面等他",候在梅壶东面的厢房。头中将齐信大人来了。我打开半蔀①,说道:

"在这边。"

只见齐信大人气宇轩昂地信步而来。樱色的绫制直衣——外白里红,在那红色的映衬下,不知该形容为明艳还是艳丽……虽然紫红色的指贯上夸张地绣满了藤花的花枝,但从直衣的袖子那儿开始,便映照着红衣的光泽。

在红衣的下面,还叠穿着白色、紫色的衣服,如同画中人一般,齐信大人端坐在狭窄的廊边。院子里的白梅与红梅尚未凋尽,春光和煦,能与这样一位大人在一起,真恨不得炫耀一番。可惜我连称自己是中年女人都算勉强,头发稀薄,戴着假发,而且还胡乱卷翘,有的变短,有的稀疏,看起来十分怪异。再加上服丧中黯淡的深色衣衫,真是一点都不相称。也许在外人看来,此时在御帘中与英姿飒爽的头中将应酬的,是一个绝世佳人……

"其他人都去中宫职了么?"

"是的,大家都去陪伴中宫了,我在房间里稍作休息。"

---

① 平安朝寝殿造房屋外壁的一种构造,可以朝外打开、支起,叫做蔀或者蔀户。有的蔀户分为上下两半,称为半蔀。

头中将压低了声音说道：

"女院生病的事情，你知道吧？"

很久之前，我已经听说东三条院诠子身体欠佳。

"最近一直流传说，女院生病也是因为遭到了诅咒。从女院寝殿的地板下面，挖出了不祥的诅咒用的小偶人之类的。"

齐信大人表情平静，所以别人远远看过来，大概会觉得我们正轻松地在聊一些无关紧要的闲事吧。

"怎么会那样……"

我屏住呼吸，认真地听他说着。

"还有，左大臣手里掌握着有人密告提供的铁证，据说伊周大人施行了大元帅法。某种意义上，这比起朝花山院放箭，问题更为严重。"

我也听说过，这种密教修法是非同一般的秘法，只有国家与主上可以施行。

臣子擅自施行，则意味着目无国家、主上。如果对方真的掌握了证据，恐怕伊周大人已经没有辩解的余地了。

我觉得午后的阳光逐渐黯然。

"你为什么告诉我这些？"

"宣告罪状的圣旨，迟早会出来。"

齐信大人十分冷静。对伊周大人兄弟俩，他心里究竟是何想法，我读不懂。

"少纳言，你还是先回家吧。这么做，也是为了中宫好。"

"为什么……"

"发生事情的时候，最好能有人在外面支持中宫……所有人一味地要保护中宫,这种气氛过于浓郁,反而容易招致不必要的嫌疑与不幸。我觉得这样是不是也好:为了中宫,故意跟她保持距离,可以缓和与反对势力之间的摩擦,形成一种平衡——少纳言,与其他的仕女相比,你跟男人们的来往更多,也说得上话,只有你能担此重任。"

"跟中宫保持距离……那样对中宫更好……"

我喃喃地说道。齐信大人说的话,我似懂非懂。可是,即使如此,经房大人也好,齐信大人也罢,都异口同声地让我"回家",这究竟是怎么回事呢?是否即将发生相当严重的事情?

"我想可能轻饶不了了,那可是……"

齐信大人一定是预先得到了详细的情报。只见意味深长的阴影从他那平静、光润的脸上掠过。

"我想你这么机灵,应该不会做什么错事,但还是要谨慎行事。希望你能保持中立——我十分同情中宫,所以希望你尽量保持中立的立场。这纯粹是一种政治策略上的考虑。"

这次会面,时间非常短暂。而且,是齐信大人单方面跟我传达了许多意见。

当天夜里,天黑之后,我前往中宫职的后妃室参见中宫。

那里聚集着许多殿上人,还有众多仕女。后妃室古旧的建筑中,四处灯火通明,一派太平无事、就如已故关白大人依然在世一般的繁华景象。

中宫手肘靠在凭几上,懒懒地听着众人评论物语。仕女们正在讨论《宇津保物语》的主人公仲忠、凉等人谁优谁劣,丝毫不见齐信大人暗示的不祥之事的痕迹,是一场闲适愉快的聚会。

"哎呀，少纳言，真想让你看一看——各位，关于物语的品评，先停一停——"

中宫愉快地说道：

"中午，齐信来这里时的那种风采！我想，你平日里就喜欢齐信大人，假如看到他的样子，该会如何赞口不绝。"

"是的，我也见过他了。想着要跟您描述一下他的风采，所以才前来参见的……"

我连指贯的颜色、直衣的样子都一一描述了。听说齐信大人在这儿朗诵了。

"大家都对齐信的打扮之潇洒赞叹不已。不过，没人像你那样，连一针一脚都看得如此仔细啊！"

中宫的话又引得众人哄堂大笑。对于殿上人而言，中宫身边轻松自在的氛围也是很有魅力的。

中宫心里必定是为了兄弟们的命运而感到忧心忡忡，但她仍然表现得十分开朗。

她看上去十分幸福地微笑着——某种意义上，这也并不勉强，因为中宫有孕在身。对于一条帝而言，当然对于中宫也一样，这是第一个孩子。

也许是之前挨的那粥杖灵验了吧。

中宫可能有喜的传闻，实际上从新年开始就有了。不过，当时消息尚未明确，觉得也许是偶然身体不适，难以判断究竟是何种情况。

这期间，发生了针对花山院的不敬事件，京城里四处都是关于该事的流言，人们的注意力都转向内大臣伊周大人、中纳言隆家大人将会遭到何种处置上去了。

不过，当中宫搬往中宫职后妃室时，好像已经确定有喜了。虽然内大臣大人的罪名仍在明法博士手上定夺，处于危急的紧要关头，他仍然为妹妹怀孕一事感到欣喜，早早便开始为"皇子诞生"而祈祷。由于站在这一家子背后的是外祖父高二位大人，所以那种祈祷总是带着一种令人不安的、神神秘秘的色彩。内大臣的二条邸大门紧闭，像是正在举行庄严的斋戒。

中宫从中宫职后妃室离开之后，并未返回宫中的梅壶，而是移居二条北宫。

有的人说：

"这是因为中宫顾忌自己是罪人的亲属，所以不好住在宫里。"

也有人煞有介事地散布流言：

"不，主上默许了对她兄弟的定罪，中宫对此不满，所以在闹脾气。"

可是，中宫和主上依然恩爱。例如，此前曾经发生过这样的事情。——听说齐信大人在夏天的时候已经辞去了藏人头一职，荣升参议，如此一来，他便不能像以前一样不时前来后宫。我们为听不到齐信大人那优美的朗诵而感到遗憾不已。我对中宫说道：

"齐信大人朗诵诗歌真是太精彩了……今后恐怕无人能朗诵得像他那样精彩了——索性不要成为什么参议了……请撤销让他荣升的任命吧。"

中宫听了之后，觉得很有意思，便将这事跟主上说了。主上意气风发地笑道：

"好！就说是少纳言建议的，不让他担任参议了。"

主上这么说也着实有趣。中宫回到娘家所在的二条北宫，并非因为与主上不和，完全是出于身体方面的考虑。

中宫初次怀孕，主上不时挂念。不过，后妃一旦有喜便返回娘家，这是至今为止宫里的惯例。

我们也陪着一起前往二条北宫。

经房大人、齐信大人等人都委婉地暗示过我，但我无法从中宫身边离开。

关于中宫回到娘家一事，中纳言君叮嘱仕女们：

"此次虽说中宫有喜，但不可张扬行事，要低调……"

一般来说，但凡女御、皇后有喜返回娘家，无不意气昂扬、一脸得意，一门上下荣耀地列队迎送，可中宫赖以仰仗的兄弟，如今正闭门待罪。只有她的舅父们——高二位的儿子信顺、道顺、明顺等人，帮忙安排迎接。

"低调……含蓄……"

这似乎也是中宫一族的意思。中纳言君压低声音跟仕女们说道：

"这次只要少量人数陪同，跟去年不一样了，限制在小范围里。中宫临产时需要人手，届时再请各位帮忙。这次就先请极少数的内部人员陪同。"

在中宫豁达开朗的性格影响下，年轻的仕女们也多十分活泼。她们无拘奔放，甚至在为已故关白守丧期间，还爬上了太政官厅钟楼。虽说现在中宫的兄弟们闭门待罪，她们却似乎对此并不在意，一如既往地在宫中自在地喧闹。

不知消息自何处而来，听说东三条女院对此颇为不满：

"……不知谨慎。"

女院不喜欢内大臣，可能对中宫身边的人也没有好感。

"此次中宫行幸，如果过于张扬，将会背负骂名，引起非议……年轻人们，请暂时先返回各自家中。中宫这次返回娘家，在二条北宫待产，每天也不轻松。中宫一心静养身体，为了不让内大臣大人、老夫人（中宫的母亲贵子夫人）担心，必须谨慎克制。所以这次只拜托年长的人陪同。"

与我初次出仕中宫时相比，中纳言君明显地变老、变胖了，表情中总是带着因为忧虑、缺乏自信、空自劳苦而疲惫不堪的阴影。与其说是由于她得到的信息，不如说是一种天生的性格，总是悲观、疲劳地想问题。

尽管如此，宰相君、右卫门君、式部君等人，一共有二十人左右陪伴中宫。年轻的小兵卫君、小弁君等人，听说都回到自己家去了。小左京君暗地里跟我说道：

"如果内大臣大人被判了重罪，中宫将会怎样？"

"这个我也不知道，但以中宫的身份，不可能会有什么事情。她跟平民百姓可不一样，身为皇族，谁也不敢动她一根指头。"

我忍不住对小左京君这个爱说丧气话的女人毫不客气地说道。真不知道她那颗不灵光的脑袋在想些什么。我如果跟则光说这些，他可能又会发怒："你不要说得太狂妄了！"但是，我非常讨厌这种哭哭啼啼、垂头丧气、没出息的女人（还有男人）。

"可是，话虽然这么说……"

小左京君哭丧着脸继续说道：

"万一有什么罪名，中宫可能再也无法回到宫里了……"

"那样的话，事情就严重了。主上只有中宫一个妃子，到时候主上一定会召见中宫的。"

"可是，不是听说有其他的小姐们将要入宫么……"

"到时候，中宫生下第一皇子或第一皇女，就万事大吉了。任谁也不是对手了。"

"可是……"

"你到底想说什么？！"

跟这个人打交道，我总是会失去耐性。世上有些男人、女人，会让人忍不住对其大小声。于我而言，则光、小左京君等人便是那种对象。则光跟小左京君的差别在于，我一旦大声，则光便会吼回来："你是个女人，居然训起男人来了！"而小左京君则是开始抽抽搭搭。她一边哭，一边说道：

"我当初想着，如果一直侍奉着这边的中宫殿下，便能一辈子安安稳稳，大树底下好乘凉……"

"……"

"少纳言，你别生气！我当你是同期入宫的朋友，所以才不顾脸面地说心里话。我，真没想到，中宫殿下一家居然会这样急转直下地走背运。关白大人过世一年，内大臣大人的势头不尽人意，一想到今后会怎样，心里便十分不安。我家里也是种种状况，还有人指望着我的工作。左思右想，刚好现在有人悄悄来劝我，我也想着，是不是转到右大臣大人（道长）府上去更好……"

"哦，是么！那你就赶紧吧。"

"你别生气啊！少纳言，这件事你可别跟人说，拜托了……"

"我不会说的，你以为我会跟你说该怎么做么？这是你自己的事情！而且，我告诉你，如果只盯着眼前利益，哪天右大臣那边失势了，你又要再跑回来，岂不是忙得慌么！一切只能靠自己的见识判断，没办法！"

我本想跟她说，如果对中宫心怀忠诚，便以此为唯一目标，心无旁骛。选择这样的生活态度，心情舒畅，无需迷茫——如果意图追逐利益，则今日为白，明日为黑，趋炎附势可能也是无奈之举，不如将爱与忠诚视为处身之根本，反而更为简单。

可是，我无法将这种理念强加于小左京君。小左京君说的是实话，仕女们之中，开始动摇的人一定不少。不，不仅仅是仕女们。男人们之中，这种倾向更为明显。前来内大臣府邸的男人们骤然少了很多，凭这一点就可以知道。

在中宫即将迁居二条北宫时，有一次，恰巧中宫身前无人，她问道：

"少纳言来二条么？"

最近中宫似乎心中烦恼，莹白的脸上带着几分憔悴。

"当然，请让我与您一同前往。"

我说完之后，中宫沉思片刻，说道：

"等贺茂祭结束之后，你也回家休息吧。"

我一直认为这是中宫对我的体谅，觉得很不好意思，则光却说：

"过了贺茂祭，关于内大臣等人的罪罚估计是要定论了。"

据说这是坊间流传的说法。也许因为贺茂祭是国家的重要祭祀，所以不管怎样，右大臣他们都要等它结束之后再动作。尽管如此，中宫究竟是出于什么样的想法，决定让我回家呢？

当时，我认为，也许中宫的想法跟齐信大人一样，希望我能以保持距离的方式守护中宫。虽然这么说有些僭越，我有时觉得，中宫与我，在反应能力与感受性方面都非常相似，也许中宫希望我置身圈外，代替中宫观察、思考，做一名"看家人"，守护后方。

到了二条北宫，发现那里杂乱不堪，一片狼藉。难怪中纳言君之前声音嘶哑地说：

"跟去年不一样了。"

那些原先在府里侍奉的人，仓皇失措地带上家财用具，逃离而去。牵牛骑马，抛下自己侍奉的主人、府邸，一心只顾离去。中间甚至有些仆从跟留下的人争执，仕女们也好像在惧怕什么似的慌忙离开。

我们面面相觑，沉默不语。

那仅仅是去年的事情。去年二月二十日，在积善寺举行一切经的供养会，所以中宫应该是在二月一日来到这个府邸吧？刚刚修建好的宅邸中，飘散着桧柏的清香，四处挂着崭新的青翠御帘。台阶底部，一株一丈左右的樱花树正在盛开，那其实是制作精美的假花。放眼望去，无一处不辉煌荣耀。一年之后，府里一片荒芜嘈杂，乱成一团。庭院原本是将小屋整饬之后建成的，尚未成气候，一副且待未来的样子。也许是无暇顾及，才刚刚开了个头，便被抛在一边。遣水也是只做了个样子，水已经干涸了。

即便如此，在中宫的御帐台前面，依然摆放了狮子、狛犬。只有这些，平添几分庄重的威严。那位和蔼的关白大人已经不在了，他曾经在台阶底部种下人工的樱花让中宫欣赏。如今，代替他成为一家人的主心骨的，似乎是中宫了。

因为中宫的到来，所以已经出家的贵子夫人、中宫的兄长内大臣大人、弟弟隆家中纳言，此外，还有比中宫更早一步离宫回到家中的妹妹们都聚在一起了。她们一家人的内部交谈，我们不可能听得到。但根据顺风耳右卫门君带来的消息，内大臣等人都说：

"如果出家能得到赦免的话，真想马上就那么做，可是……"

"即便出家也未必就能得到赦免。"

"只能求神佛保佑了……"

故而，诵经声昼夜不停。于别人府上，也是这般热衷于祈祷么？内大臣大人甚至茶饭不思，一味叹息、祈祷，每每涕泪涟涟，跟中宫絮絮哀诉。

夜里，我和右卫门君在分配给我们的房间里睡下时，传来了一个年轻女人小心翼翼的声音：

"真是失礼了，我是之前住在这个屋里的，落下了东西，不好意思，打扰了。"

我和右卫门互相看着对方，差点笑了出来。

"什么嘛……"

"这么三更半夜的，可真是够没规矩的啊！"

我起身打开门，是一个少女——大约十二三岁的女孩，她轻轻地行了个礼。既然是个孩子，无奈只好让她进了门。她整洁地穿着樱色的汗衫等，是一个并不难看的少女。她取走了摆在房间角落的双层佛龛正中间架子上的旧香炉后，便急忙地想要离开：

"就是这个。失礼了。"

被吵醒了的右卫门君踢开被子，一边整理着单衣的领子，一边问道：

"那香炉不是这府里的东西，而是你主子的？"

"是的，没错。"

少女似乎觉得自己受到了责难，匆匆回答后，便一脸不高兴的样子。右卫门君尖刻地说道：

"你那位主子怎么又告假了！府上各位都还在，她先跑一步是怎么回事？"

"可是，大家都逃走了！听说马上会有众多的检非违使来这里，就连这一带的百姓都用牛车装上行李，逃到山里去了。说是如果被骑马的武士们给踩死了，那可太惨了！"

"什么……"

"我主子害怕发生火灾。她是个老女①，胆子小。她说检非违使来过的府邸，后面一定会发生火灾，烧个精光。所以，她就逃到住在五条那边的女儿家里去了。"

少女煞有介事地压低了声音：

"她说以前也发生过那种事情。诸位如果有贵重物品，最好把它们转移到什么地方去。哎呀，我多嘴了。主子经常责备我说话总是多余那么一两句。晚安。打扰了。"

少女离开后，连一向毒舌的右卫门君也苦笑道：

"什么嘛……"

我也有一个叫小雪的侍女，但不会像她那样叽叽喳喳地说个不停。跟她说一句，能回十句。

"那女孩的主子，是不是服侍夫人的某个仕女呀？"

我们也压低了声音。

"她说是个'老女'，那应该就是了。"

弁君如果还活着，大概也会被称为"老女"吧。不过，弁君还

---

① 平安朝贵族府里，仕女中的首席或老资历者被称为"老女"。

好不用经历这么郁闷的事情。如果是她的话，应该会义无反顾地跟着贵子夫人、中宫一家到任何地方吧。

"这座府邸真的会变成那样么？"

我仍然难以相信。"回家为上"——经房大人的告诫指的是这个么？

"不过，就算被检非违使包围，着了火，哪怕发生了那样的事情，我也绝不离开。"

右卫门君不动声色、云淡风轻地说道。

"我会坚持到底。"

我不由得看了一眼右卫门君的脸。这个毒舌、爱使坏的女人，内心还是怀着对中宫的热爱与忠诚，想以此为唯一目标，爽利地活在复杂的当下么？只是相信着中宫……

"那，一旦发生什么事情，化身盾牌守护中宫的人，现在至少有两个了——实际上，我也是那么想的。我也想着，不管发生什么事情，都要守护着中宫，给她安慰。"

我有些激动。如此事态，反而更好。大浪淘沙，只有一心一意忠于中宫的人留下来，更好。

"哎呀，我可跟你不一样。"

右卫门君故作糊涂、不耐烦地说道。

"我只是觉得有意思而已，你可别误会了。"

"有意思？什么有意思？"

"这不是千载难逢的好机会么。偶然间，我居然能亲历世事骤变的现场！这可是历史性的现场。"

"……"

"当然，我也喜欢中宫，虽然程度没有你那么深。"

右卫门君嘲讽地笑道。她嘴角的表情很美，保养得当、染得闪亮的漆黑小齿像山葡萄般充满魅力，因而那种挖苦的感觉也缓和不少。她嗤笑着说道：

"跟那个不一样，我只是想在现场亲眼目睹一切，我这个人好奇心强嘛！"

哎呀哎呀！

小右京君是那样，右卫门君也十分坦白。而且，我也不能说自己没有一点想要亲历现场的念头。

"说是以前也曾经发生过……是指安和之变么……"

我们两人互相争执着。也许"老女"说的是将近三十年前，西宫左大臣源高明大人倒台时的事情。源高明大人是醍醐天皇的皇子，身份高贵，却被安上了企图谋反的罪名。检非违使的武士们包围了左大臣的府邸。失去官位的大臣被关押在鱼梁车中，连与家人辞别的时间都没有。朝廷将他贬谪为太宰权帅，流放至九州。我当时才三四岁，完全不记得了，人们对此事议论纷纷。之后，大人的府邸被一场奇怪的大火烧毁了。

真是晦气。

这府邸不可能重演那一段历史。

说起来，那位高明大人的女儿明子小姐当时大概五六岁的样子。在父亲被流放到九州之后，她的叔叔收养了她。后来，叔叔也过世了，她便被东三条女院所收养。明子小姐是一个在珍爱与细心呵护中长大的美丽女子，众多跟她求婚的显贵踏破了门槛。女院将她许给了自己中意的道长大人。如此，这位小姐便成了道长大人的第二个夫人。她应该已经生养了两个儿子。而那位道长大人兜兜转转，如今居然站在了驱逐中宫一家的立场上。

中宫一家的命运握在右大臣道长大人的手里。他应该不至于让安和之变再次上演吧……

跟右卫门君说着说着，天就渐渐亮了。府邸在人们的窃窃低语、马的嘶鸣声中渐渐苏醒。武士们成群结队地聚集在庭院的四处，远远望去，有一种异样的感觉。马踩踏过花草，弄浑了遣水，扬长而去。假山、花草等等，都被我们日常十分陌生的武士们占据了。他们一副匆匆忙忙急着办事的样子，一会儿奔出府去，一会儿又跑了进来。

府里四处都是手持可怕武器的男人们，不知是否为了准备迎敌，一身杀气。

贺茂祭即将到来，可是今年一点兴奋的心情都没有。

二条北宫庭院里的树木年纪尚幼，树干纤细。绿叶颜色偏淡，尚未形成气候。我喜欢初夏的天空。四月里，离庆典越来越近时，天空是最美的。这个时期，悄声啼叫的杜鹃鸟也别有情趣。

可是，今年初夏大概是最让人觉得忧郁、心情黯淡的季节了。蓝天、杜鹃鸟都反而让我更加烦闷。二条北宫里再也听不见笑声。格子门、蔀户都紧紧地关闭着，透出一种不祥的紧张感——一分一秒地等着火山最后喷发的那一瞬间。

不过，一些毫不知情的小女孩们，可能是仕女们使唤的小侍女吧，随着贺茂祭的临近，兴奋不已，十分可爱。不知道是不是在跟母亲撒娇，从附近的房间里传来了女孩雀跃的声音：

"贺茂祭之前，帮我把木屐的带子弄好哦！"

母亲的声音听不见。

"鞋子也要贴好衬布哦！一定哦！"

"……"

"贺茂祭快点来吧！还要再过几晚才到时间呢？参加贺茂祭的话，要穿那件衣裳吧？"

那是七八岁的女孩子的声音，也许是使女的女儿？

庆典那天，府里的武士们到底也离开了，身着礼服的人们进出出，往日那熟悉的和煦气氛终于回来了。

中宫最近几天一直卧床休息，她对我们说道：

"你们去看一看庆典吧。"

坐上前来迎接的牛车的人，受人之邀一同乘车的人，只在举行庆典时返家的人……如此，府邸又像往日那样热闹了起来。内大臣身边的仕女们也久违地打开了格子门，露了个面。

我回到了有一段时间没回的家里。

这场庆典活动结束之后，将会发生什么样的事情，谁都无法预测。万一接下去长时间都无法回来的话，有些事情必须安顿好。我和小雪开始着手整理，以便为长时间外出做好准备。我跟经房大人说过这所房子，想着或许留了什么口信，就跟留守的老爷子问了一下，结果什么都没有。

男人们如今就像被钉子钉住了一般，不能轻举妄动。他们都紧张地观望着内大臣一家的处境，再随之采取行动。

不过，听老爷子说，有一个叫"兵部君"的人派使者来过。

真是稀罕，"兵部君"是服侍土御门殿、也即道长大人的正夫人伦子的仕女，是旧识。她是有什么事情么？

"我跟来人说您去二条北宫了,请他上那边去找您。"

那个使者并未来过。

看来,如果是这边的房子,对方可以上门,但一听说二条北宫,便有意避开了。具体事情也许与此有关。

深夜,则光骑着马,带了大概两个侍从,过来这里了。他让侍从们拿着吓人的刀剑、弓箭等等。

"世间不太平,干不过啊!最近,大家都疑神疑鬼的,一有什么风吹草动,黑漆漆里便立刻飞出武器来。"

则光似乎是准备来这里过夜的。

"在朋友家里聊得太投入,结果时间太晚了。他劝我留宿,因为夜路危险。既然要留宿,不如来你家住下。我想你肯定在这里。"

则光从今年春天开始,兼任修理职次官。

慢慢悠悠、一点一点的晋升之路。则光有一点很奇怪,他似乎并不把飞黄腾达看成是最高理想。话虽如此,他也并没有别扭地变成一个怪人,故作与众不同。他有一个弟弟叫则隆。这个男人聪明机灵,再过一段时间,也许比则光晋升得更快。

"没什么大不了的。——如今的内大臣、中纳言等人,之所以会有此境遇,归根结底,总而言之,也许是因为他们之前晋升得太快了。不管出身如何高贵,我跟你说,那位内大臣大人,才十七岁就是藏人头了!我三十岁了,才终于成为小小藏人。人们都说那种异常的晋升前所未闻。好像十九岁就当上权大纳言了?据说傲慢无礼、妄自尊大,是殿上的讨厌鬼。就是那个时候,还是第二年来着?他和叔父右大将道兼大人在议政厅发生争执,据说公卿们一个一个都听不下去,纷纷捂住了耳朵、遮住了眼睛。众人虽然愤怒,可他背后有关白大人。一来二去,大家的憎恨日积月累,便有了今天的局面吧。"

则光并非要惹怒我,所以才提起那些过去的事情。似乎跟我聊天,他可以最为随意。一见面,不知为何,便想将心里想到的事情絮絮叨叨地说出来。他好像是这么想的,可我对那些责难二条北宫的风言风语可是一点兴趣都没有。

"贺茂祭之后,你最好不要再回那边去了。"

则光说道。

"你暂时就待在这里吧!我也可以在这里稍微放松一下,行不?"

"为什么?你不回家么?"

"生了个孩子,吵得没法待。有一阵子没来往了。"

"啊?——"

我只能蹦出这一句。尽管如此,我还是问道:

"哪个?"

"女孩。第一次生了个女儿。"

则光面带喜色地说道。

"不是的,我想问的是,是哪一个女人生孩子了?"

"嘉汰子呗!"

则光一说完,说来也奇怪,我一向认为自己对则光的私生活不感兴趣,却唯独对这位叫嘉汰子的女人的名字,怒火中烧。以前,有一次,则光睡迷糊了,将我的名字错说成"嘉汰子",自那以后,我便对那位未曾谋面的女人有了深深的厌恶感。话虽如此,也并不是说我有多么地爱则光……

"你就待在这里好了。我要回二条北宫那边。"

"慢着,即使回去,也要等到内大臣等人的进退确定了之后!未必不会受到牵连。"

"你觉得我是为了什么侍奉中宫的?不就是为了这种时候么!就算你拦着我,我也要去!"

"我所说的,你为什么总是那样——对着干呢!"

我不喜欢则光的脸,不喜欢那张令人想要对着干的、圆滚滚的中年发福的脸。

"你别管了!我看着你,就忍不住想要跟你对着干,总之是你的责任!你换张脸就行了。"

"你还真是什么话都说得出口啊!随你的便吧!"

庆典结束了。

我回去二条北宫。

不,应该说是"想要回去"。京城主干道上,一夜之间,四处都是武士。各个府邸都叫来了相熟的武士们,让他们负责警卫。

越靠近二条北宫,武士的人数越多。我们连大门都无法靠近。检非违使厅底下的走卒们正挥手赶人。

内大臣大人等人的罪状已经定案了么?

"车上是进宫出仕的仕女,请让一下路。"

我让侍从们跟对方这么说,可是武士们却充耳不闻,傲慢地放言:

"进入府里的、从这出去的,一律视为与罪人同党。说这些可是为了你好,不想牵连其中的,速速离开!"

二条邸被包围得密不透风,府里情况如何,不得而知。另一方面,听说宫里也是聚集满了武士。近卫府的精兵们守卫着宫里的殿舍，马寮里的马匹已经集合在了一起。各处宫门都紧紧关闭，以防反叛者进攻。

为了逮捕藏在二条邸中的高贵的罪人们，大门内聚集着检非违使的手下们。

中宫境况如何？右卫门君平安回到府里了么？内大臣大人被绑走了么？我心跳如鼓，恨不得立刻下车跑进府里，一看究竟。可是随从们哭着说：

"请您放弃吧！继续待在这里，不知会遇上什么事情，我们掉头回去吧！"

然后，不管三七二十一地将牛车掉了个头。

"等等！看一看情况再说！"

我声音几近嘶哑地说道。在此期间，只见大路上的武士越来越多了。马匹阵阵嘶鸣，男人们的怒吼声此起彼伏。似乎宫里与包围这座二条邸的检非违使的武士们之间不断有指令交接。骑马的武士刚刚策马扬尘飞奔而去，马上又有人慌里慌张地冲了进来。

日上中天，初夏炽热的阳光照耀下，大路上杀气腾腾，人马一片忙乱。几番驱赶，看热闹的人仍然一再聚集过来。他们都想看一眼内大臣大人如何被押送上路。已经拔刀的武士之一，手里挥舞着大刀喝道：

"退下！退下！"

围观的众人便一下子退了下去，但又一步步地凑了近来。每当有马飞驰而来时，随着一阵高呼，人群便旋即一分为二。

"听说朝廷下了命令，要逮捕内大臣。"

"不对，怎么可能发生那种事情！从天亮开始，四处都是检非违使，却仍然不见出来的样子。内大臣大人自不用说，连中纳言大人（隆家）也没出来。毕竟不能对那些高官怎么着啊。不管怎么说，都躲到中宫的衣袖底下去了……"

"那么，照这样子，朝廷会下旨赦免么？"

"什么？怎么可能！朝廷一旦下旨，撤销的可能性连万分之一都不到。"

那些看热闹的人聊得十分起劲，连坐在车中的我都听见了。我握住自己的手，恳切地想道：

"真希望这一刻能待在中宫身边，给她支持。"

贺茂祭过后，大家都轮流告假返家。二条邸里，内大臣大人他们虽然在自肃中，但一直没有受到朝廷的责罚。

"也许，就这样，只要自肃就可以了……"

不经意间有些大意也是事实。中宫临产，怎么可能给内大臣大人降以重罪呢？众人对于事态都有些过于乐观：

"一切朝着好的方向，朝着好的方向……"

而且，将它带来的是中宫。因为中宫面对我们时，总是一脸阳光……

尽管我大声喊叫着："等等！我说等一下！……"牛车依然一步步离开二条邸。随行的男人们除了牛倌少年之外，都是世故的中年人，胆小怕事。

"此处是非之地，不管您有什么事，我们还是先逃开吧。"

他们凑近牛车的窗口，推诿地说道。一路紧贴着车轮步行跟来的小雪也吓得面色苍白。随行的男人们说着"夫人万一有个什么闪失，我们将无颜再见主公"之类的话。他们称之为"主公"的便是则光。在我家仆从们看来，似乎我永远都是则光的妻子。

无奈之余，只能回到家中。

据说，入夜之后，二条邸前面的大路被封锁起来，禁止通行。十字路口点起了篝火。因为离我家不远，所以能够望见夜空染成了红色。

武士们仍未散去。二条邸中发生了什么事，我无从得知。一整晚，街上的百姓四处逃亡，一片嘈杂。好像即将会发生战争似的，百姓们都从这一带逃开了。

将近天亮的时候，则光骑着马过来了。

他昨晚在宫里值夜，听了他所说的，我总算知道一点情况了。

内大臣大人和中纳言大人都被判流放，他们的舅舅高阶信顺大人、道顺大人也同样是流放之罪。赖亲大人和周赖大人，他们虽然是内大臣大人的异母兄弟，但也遭到处罚，从殿上人中除名，禁止上朝。

内大臣大人以太宰权帅的身份被流放至筑紫国，中纳言大人以出云国副国守的身份被贬谪至出云国。信顺大人、道顺大人他们则是被流放至伊豆国、淡路国。对于中宫一门而言，这可以说是毁灭性的打击。

这场令人震惊的除目在主上面前进行，检非违使即刻包围二条邸，传达了圣旨。

"企图谋杀太上天皇（花山法皇）之罪。诅咒天皇母后（东三条院）之罪。妄行朝廷之外臣子不得举行之大元帅法之罪。"

终究，成了如此局面。检非违使无礼地闯入府邸，站在寝殿南面的庭院中，高声宣读了这份圣旨。话音刚落，府里顿时传来了呜咽声。宣读圣旨的检非违使惟宗允亮①呆立不动，其他人也都同情地落了泪。

中宫当时是何种心情……

二条邸里众人的哭泣声甚至传到了附近人家。听说那些人家虽然都紧闭宅门，但也都忍不住流下了同情之泪。

"那，伊周大人什么时候出发去太宰府呢？"

"哪里有那么悠哉！圣旨一下，就必须立刻坐上鱼梁车出发了，身份、官位都被剥夺一尽了。可是，二条邸里那些人，房门紧闭，不作回应。检非违使无奈只好数次前往宫中请示，上头严命下来：不必多言，速速捉拿！"

听则光说，左大臣道长大人态度尤其严厉地命令道：

"不遵从天皇的旨意，真是无礼狂妄之至！片刻不留、立即逐出京城！"

他之前一直保持沉默，引得这边的人心生侥幸：究竟会如何收拾这事态？虽说如此，也许未必会严厉追究。可是，一旦表明态度，则是毫不手软。

这种做法，可以说正是手段狠辣的左大臣的风格。

另一方面，将府里的门窗、出入口紧紧关闭，让仕女出来回答："大人有病在身，虽说是主上旨意，但大人的情况实在无法承受旅途的劳顿。"这种做法也可以说符合内大臣大人的风格吧。

"可是，中宫在府里啊！而且，她还有身孕，一来二去，主上也许很快就会赦免他们了吧？"

---

①惟宗允亮（生年不详—或殁于1009年），时任检非违使佐（检非违使次官），指挥了逮捕伊周行动。

像内大臣大人那样身份高贵的人，居然会被剥夺一切官位，流放至九州——如此绝境，我始终难以置信。我才和右卫门君一起谈论安和之变来着……

"哎，男人的世界可不是那么温情脉脉的。"

则光面带喜色地说道。他情绪高涨得甚至可以说是有些兴奋。这么说来，遍布于二条大路上的那些武士们，也是同样地目露精光，身上有一种难以抑制的兴奋劲儿。男人们真是从心底里喜欢争斗、纠纷。

"安和之变也好，这次的事情也罢，在权力斗争这一点上，或许本质是一样的。可是，这次内大臣被牢牢地抓住了把柄。安和之变时，西宫大臣可以说是无辜含冤的，却仍然难逃厄运。更何况内大臣居然对花山院放箭，这罪责可是跑不了的了。"

凡事只要一出现花山院的名字，则光便无条件地支持花山院。不管什么主义主张，一句话，就是袒护花山院。

"听说在除目现场，当贬谪的决定公布时，不少公卿都幸灾乐祸。实资大人之类的都小声地说'积恶之家，遭致天谴'。为内大臣一方辩护的人，可是一个都没有啊！"

"主上……"

"主上当然无法徇私，他得作出表率啊。"

则光本打算来我家睡觉，结果天都彻底亮了，街上的局势依然紧张，丝毫不见内大臣大人（不，准确地说，应该是前内大臣大人）被押送往筑紫的迹象。

"就这么待着可不行，我还是去一趟。"

说着，则光便穿好了衣服。虽然昨晚一夜未眠，但他说道：

"大概整个京城的官员都这样吧，兴奋得睡不着了。"

则光已经整理好了装束，却又板着个脸走了回来，他压低了声音对我说：

"喂！"

"你不是也睡不着么。有点太紧张了。"

"是么。"

我虽然躺下休息，却睡意全无。身体困乏，神志却很清醒。想到中宫的身边去，在一旁陪伴着她，却无法做到。这并非我的个人意志使然，而是偶然的结果。我并未听从齐信卿或经房大人的暗示，可作为结果，却是和听从一样了。

中宫该是多么的不安……也许她会觉得不在她身边的我"靠不住"……

想着那些事情，一整个晚上都是煎熬。

"你呀，过度紧张对身体可不好。这种时候，我们彼此都放松一些吧。"

则光把特意穿好的衣服都脱光了，然后钻到了我身旁。

"这种时候！则光，正因为是这种时候，我不乐意！"

我想要跳起身来，无奈被则光压住了手脚。他凭着一股蛮力，扑通一声把我给扑倒了。那力气之大真是无法形容。

然而，则光却声音平静地说道：

"好了好了。"

正因为平静，反而带着一种不容分说、慢条斯理的强硬。相处多年，我知道这种时候的则光，绝对不会让步。

"这种时候，男人居然还有如此兴致，我真是服了……"

我挣扎着骂道。

"什么话！这会儿，全京城里的夫妻都和和睦睦地你侬我侬呢。女人们都庆幸自己不是中宫、女御，男人们都窃喜自己不是大臣、纳言。要是身份变得那么高贵了，也许就要尝到被流放、贬谪去九州的苦头了！"

"我说，我想待在中宫身边……"

"现在还好没待在中宫身边，万一被牵扯进去，得罪了左大臣那边，那可就不好收场了。所幸你回到了家里，我们可以这样……"

我还想说点什么，则光却说道：

"闭嘴！别说话，好好享受……并不是说以别人的不幸为乐趣，这种时候欢好，总觉得韵味深长啊。你不觉得么？"

我笑了。对此我十分惊讶：这种时候，我居然能够笑得出来。一边为二条北宫里人们的命运而哭泣，一边却能够笑得出来。

则光完事之后，迅速地整理好衣服，连句话都不舍得多说，跟刚才截然不同。

这毛病，就不能治一治么。

一个男人，他从女人身边离开时的情意是最为重要的。深情款款，余韵绵绵，让女方看到自己依依不舍的样子，强忍着想要守在情人身边的心情，于牵挂中离去。这样的道别是女人们所期待的。可是，则光这个家伙，匆匆忙忙地穿好狩衣，跟平常一样嚷嚷着："喂，怀纸！扇子搁哪儿了？不是这个——找到了！"胡乱塞入怀里后，仓促地戴上乌帽子，一副"情事一了，别无二话"的样子，过河拆桥，溜之大吉了。

"则光，男人在离开的时候，要更加情意绵绵才行啊！"

则光已经跑到了马儿旁边,头也不回地丢下一句:

"混账!有那种男人的话,那也是见鬼了!"

十七

最终,我还是在家里休息了很长一段时间。

内大臣大人等人引起的骚动一直不见收场。对于贬谪流放的判决,他们进行了种种抵抗。

圣旨于四月二十四日宣布。四天之后,检非违使仍未顺利逮捕内大臣大人。中宫与母亲贵子夫人紧紧牵着内大臣的手,陪着一起流泪,官员们束手无策。

到了五月一日,终于,官员们奉朝廷命令对府里进行强制搜查。

"朝廷有令,即使闯入涂笼①,也要搜查到底,还请中宫殿下退下。"

官员们准备了车辆,中宫无奈只好坐了上去。其间,不仅是检非违使的官员,甚至连手下们也都想要撬开中宫夜里就寝的涂笼的门。因为涂笼四面都是墙壁,门十分牢固,即使打砸轻易也开不了。听说是将门边上的墙壁砸开之后,强行闯入的。

中纳言大人面色苍白地坐在里面。以贵子夫人为首,仕女们顿时哭声四起。尽管身份低下的杂兵们闯了进来,贵子夫人并不躲藏,只是低声呜咽不止。

---

① 平安朝寝殿造建筑的主屋内部,用涂有泥土等材质的厚墙围起来的小房间。早期多作为寝室使用,后转为储藏间。

然而，关键的内大臣大人却不见踪影。

检非违使掀起地板、撬开天花板，四下搜寻。最终，一个随从坦白说内大臣大人前往爱宕山了，是前一天夜里逃出的。

士兵们立刻搜查了爱宕山，但未能找到。这一夜，内大臣大人祭拜了位于木幡的父亲之墓之后，前去参拜了北野天神①，虔诚地祈祷。但是，他无法这么一直逃亡下去。

次日拂晓时分，内大臣大人乘着鱼梁车回到了二条邸。检非违使们拦住了车辕，质问道："等一下！这是谁的车？"

随行的人回答："是我家大人，前去木幡祭拜回来。"

在门前，车厢从牛身上撤了下来。内大臣大人——不，也许应该称他为权帅大人——从车上下来，他一站在那里，只见那些闯进寝殿的检非违使们慌忙纷纷退到院子中，毕恭毕敬。虽说被剥夺了官位，但直到数日之前，他还是内大臣大人。在这样的人面前，众人还是不由自主地为他的威仪所震慑。

静静地从车上下来的内大臣大人，与他二十三岁的年纪正相当，肤白清秀，相貌端正雍容，体态气派丰腴，看上去十分高贵。他身着浅灰的直衣与指贯，模样清俊。为之折服的众人不由得落泪：可惜这么一位冠绝日本国的才俊，昨虽是，今已非。

为了表示对中宫的敬意，内大臣大人没有让车辆停在寝殿前。在如今这样的情势之下，他心中仍然时刻想着维护中宫，许多人都为之感到同情："真是令人心酸——太可怜了。"

朝廷下达了严厉的命令：

"明晨卯时（上午五点至七点）之前，必须出发前往流放地。

---

①北野天满神宫，主祭神是菅原道真。

拖延至今，实属检非违使怠慢职务。"

中宫与母亲贵子夫人一左一右地紧紧抱住内大臣大人，彻夜哭泣。

天蒙蒙亮的时候，内大臣大人仍未起身。以他们三人为首，仕女们也是痛哭不止。虽然官员们催促道："出发时辰已到。"但中宫与贵子夫人都紧紧地抓住内大臣不放，贵子夫人含泪呜咽道："不！怎能放得了手！我不让你去！不能让你抛下这可怜的老母亲！那种冷酷无情的命令，不用管它！"

狂乱得如同不懂事的幼童一般。

朝廷接二连三地下令："用不着客气。他已经不是什么内大臣了，只不过是个流放的犯人。对于那些不把主上的威严放在眼里的人，不必手软，行使你们的权力强行逮捕，立刻动手！"

官员们回道："可是，再怎么说，中宫殿下紧紧地跟在一旁，贸然动手，多有顾忌……"

"实在不行，至多不过是用整个几帐将中宫殿下拦住罢了。勿再迟疑！"

虽然有如此命令，但检非违使们到底不敢触碰中宫的千金之躯。

"如果继续拖延，或许将面临更为严厉的处置。到时候，反而更加难办。恳请权帅大人稳便地出发上路。"

检非违使们也已经数日不眠不休。等过了这一日，第二天将不得不强行实施逮捕。

内大臣大人似乎已经断念，从二条邸里走了出来。年幼的长子松君哭着跟在大人身后，仕女们连忙诱哄着松君，将他带进宅内。等候着内大臣的，是一辆与往日截然不同的、铺草席的粗陋牛车。

车上只放了些许路上所需的食物，如橘子、柑子等等。

　　隆家中纳言大人的车也同样是铺草席的。内大臣大人被流放到筑紫，所以是往西南方向而去，中纳言大人被流放到出云，所以是往西北方向而去。两人都各自被押送着上路了。他们的母亲贵子夫人惊呼一声，紧紧地抱住内大臣大人的腰部，哭喊着："把我一起带走吧！"硬是一起坐上了牛车。武士们大声喊道：

　　"不可乱来！赶紧拉开！"

　　但贵子夫人已经心神迷乱，让人束手无策。她紧紧地抱着内大臣大人：

　　"我想送他到山崎，朝廷不可能连这都不允许。"

　　"真是没办法！这样下去，可能又要延迟。算了！就这样把车拉出去吧！"

　　于是，牛车往不同的方向驶去，不舍两位大人的人们哭声震天。这时，又发生了一件令人心痛的事情。

　　据说中宫亲手拿起剪子剪去了头发，成了尼姑的模样。

　　当时，众人都伏倒在地，泪眼模糊，几乎魂飞魄散——这话是一直跟在中宫身边的右卫门君告诉我的。

　　宰相君也想跟着中宫落发，中宫不肯同意。

　　使者马上入宫禀报。主上听说中宫落发为尼之后，潸然泪下：

　　"中宫身怀六甲，却让她如此伤心。"

　　已经上路前往筑紫、出云的罪人们，不断地给中宫写来信件。一家人都是诗人才子，哪怕在这种时候，他们的和歌、书信流散世间，也引起了人们的同情与共鸣。

　　母亲贵子夫人紧紧抱住内大臣大人不放，就那么跟着一起出发了。还有，内大臣大人终日哭哭啼啼，圣旨已下，却仍然不肯死心犹豫徘徊，未能爽快伏罪。对于这些，有人责难道：

"拖泥带水，举止任性。"

但更多人则表示了同情：

"理所当然！母亲贵子夫人的心情可以想象，权帅大人也是因为无法就此抛下不安的妹妹与母亲不管，所以才无法干脆利落地上路吧。这真是人之常情啊。亲眼目睹了那场别离伤感的检非违使们到底并非草木，感动之余，难以强行动手吧……只要在场，不论谁都会感同身受的。朝廷的命令毫不容情，大概是因为未曾目睹悲伤的一幕，才会那般态度强硬吧。"

前关白一家曾经招人怨恨、受到孤立，可是被赶入如此绝境之后，似乎人们顿时又开始同情他们了。

"况且，中宫殿下刚刚怀孕，一旦生下第一皇子，形势将立刻逆转。关于这一点，世人们也都掂量着呢。"

跟我这么说的是栋世。栋世这回任职山城国①国守。他带着九州商人刚送来的罕见的唐绫布匹作为礼物，久违地出现在了我家。

栋世经常在入夜时分来访。

"我是想着夜里来，多少还能遮点丑，哈哈哈！可不是怀着什么色心，所以才选在夜里过来的。我在模仿葛城神呢。"

栋世温和地说道。实际上，在夜间微弱的灯光下相会，气质好的人比容貌好的人更招人喜欢。谈吐、动作、举止——这些反而比白天更加明显，夜晚真是有意思。俊男美女属于白天，只有美貌值得骄傲。而气质略逊一筹的男女，夜里则是无法相会的。

---

①相当于今天的京都府南部。

有夜间美人的说法,不知道是否可以称之为夜间美男子……

"夜间更胜一筹,也有这种说法的……"

我微笑着说道。

"的确是那么回事。音乐之声如此,杜鹃鸟的啼叫声、瀑布的水声也都如此。听说你会将一些应时的事物写成草子,请务必将'夜间更胜一筹'写入其中。'夜间的中年男人',你觉得如何?"

什么时候,栋世居然连我的草子的事情都知道了……

"只要是你的事情,我都悉数过耳不忘——不过,草子我还未曾拜读过。哪天借给我一次吧。"

"已经放下好久了。何况如今中宫这种情况真是令人心痛,想想都觉得难过,连饭都吃不下……"

我这么说完,栋世安慰道:

"世人如今一下子都开始同情伊周大人一家,更何况中宫有孕在身,任谁都无法忽视。"

"那,权帅大人可以马上得到赦免返回京城么?"

"'马上',恐怕不太可能吧。不过,左大臣道长大人也要认真考虑民意再做安排。因为是朝廷的事情,所以对世人的同情心之走向,定是十分敏感。"

被栋世这么一说,我的心也稍微平静了一些。这几天,在中宫落发一事的冲击下,我什么事情都做不了,坐立不安,脑袋里一片空白。多亏了栋世,我感觉从这种混乱状态中稍微有点振作起来。或许是栋世那看起来把握十足、洞悉局势般的沉稳态度,深深地影响了我。

则光等人告诉我,内大臣大人一家罪状确定的那一天,殿上人们都说"真是痛快！老天有眼！"之类的，这样的说法只会让我陷入消沉。

可是，栋世却安慰我："人们都暗暗同情他们。人心所向，左大臣大人也无法忽视这一点。"

栋世给我带来了希望之光。

不仅如此，他还告诉我：

"如果第一皇子出生的话……对了，中宫殿下也再把头发留长。可以说，等在前方的，那就是未来国母的命运了。"

而且，他还进一步哄我开心：

"主上终究无法放弃中宫殿下，连底下人都听说他们俩恩爱非常。这一点，一直侍奉在中宫身边的你，不是最为清楚的么，海松子君？"

"对！就是如此，真的！"

我开始觉得栋世说的很有道理。

"主上跟中宫之间的感情，是谁也破坏不了的。虽然我这么想实在有些僭越。"

"真是羡慕啊！"

栋世慢条斯理地说道。

"我也想沾点光！至少让我跟海松子君走得更近一点嘛！"

听到这样的话，对于女人来说，不论什么时候，都是焕发精神的灵丹妙药啊。而且，他带来的白色唐绫，那色泽与手感都让我心醉。对女人而言，美好的事物是一种善。

不过，栋世总是稍作逗留便回去了。

一听说栋世来过，则光便不太高兴。再听说栋世什么都没做就回去了，他便愈发不高兴了。如果他听说个中缘由，估计会更加不高兴……

"你们都谈些什么了？"

他冷冷地问道。

"谈和歌啊。"

我知道"和歌"这个词一出现，则光便定然不高兴。

"不可能！那个装模作样的骗子，究竟有什么企图，三番两次地来这里？"

"按理你应该没什么权利指责我吧。"

我一还嘴，则光有个奇怪的地方，那便是一下子变老实了：

"你说的也是。"

他性格实诚，胡说八道不来。

"不过，那家伙不值得信任！可别掉以轻心！"

虽然则光那么说，但是栋世提及的"同情论"似乎显现了威力，内大臣大人与中纳言大人的流放地点都更改为离京城近得多的地方了。内大臣大人在山崎的关卡处发病了，所以流放地改为播磨国①。中纳言大人则被容留于但马国②。贵子夫人对此感到放心，终于从山崎返回京城。信顺大人也因为生病而免去了罪责。中宫于悲伤中松了一口气，有些欣喜。

听说不论在播磨国还是但马国，国守们对遭到流放的贵公子们都十分同情，超乎规格地热忱接待。

对于内大臣等人出乎意料地被容留于近处一事，我由衷地感到

---

① 相当于今天的兵库县南部。
② 相当于今天的兵库县北部。

高兴。想到中宫应该会觉得安心，我也非常激动。

终于——世间总算平静下来了，我前往二条北宫参见中宫。

至少，府里的情形，与三月份我来的时候相比，已经很大程度上恢复了平静与秩序。虽然是一栋缺少男主人的府邸，但有中宫作为主心骨，府里的活力似乎正在恢复中。

"——太好了……"

在去自己的房间之前，我先去跟中纳言君问好。

中纳言君对我似乎有些疏远见外。说到这一点，宰相君及其他年轻人们、老人们看我的眼光好像也都有些异样。

仕女们聚在一起时，我一出现，大家便突然不说话了：

"……"

故意互相点着头说：

"在那些跟左大臣家有来往的人面前，说话可得小心些，不然……"

说的是我么？

十八

我已经在家休息了很长一段时间。而且，现在我居住的房子，并未对他人公开。在中宫面前，我只是说：

"住在熟人家里……"

式部君与右卫门君等人那边，也是遮掩道：

"暂时幽居于寺庙，或者寄住在熟人家里……"

这样，我悄悄地暂住在一栋无人知晓的小房子里。

中宫如今住在舅舅明顺大人家的小二条邸。那场骚动之后，发生了奇怪的事情：半个月之后，中宫所在的二条北宫被一场大火烧毁了。曾几何时，二条北宫里，我跟右卫门君一起休息的寝室里来了一个小大人般的小侍女，她说走了嘴：

"说是这府邸也许会遭火灾，大家都那么传，真可怕。"

人们心中隐隐的恐惧一语成谶。夏日的一个夜晚，眼瞅着二条北宫被一场奇怪的大火吞噬。屋漏偏逢连夜雨，在两个兄弟被流放之后，又遇上了这场大火，中宫该是怎样的心情……保护着中宫与她的母亲贵子夫人，仕女们在漫天火雨中，九死一生地拽出车辆，逃往附近的小二条邸。

为何被逐出京城的流放者的家宅，会发生原因不明的火灾呢？

听说朝廷给中宫送来了各种各样的慰问品。然而比起火灾，让中宫心里更为烦恼的，恐怕是大纳言藤原公季大人的千金义子小姐入宫成为弘徽殿女御一事。主上第一次迎来了定子中宫之外的女御。身在小二条邸的中宫是如何听闻这个消息的呢？我曾经听则光说过：

"堀河右大臣显光大人、公季大纳言等人都打算把女儿送入宫中。道隆大人过世了，道长大人家的小姐年纪尚幼，都想着好好利用这个空隙吧。今后，主上身边，女御肯定会两个、三个、四个地增加下去。像以前那样，只有中宫一个人，是特殊的。"

当时我总觉得是很遥远的事情。

然而，伊周内大臣大人他们才刚刚下台，成为被流放的人，后宫里便早早绽出了一朵新花。

不过，我依然独自静静地待在一个无人知晓的地方，不往中宫身边靠近。

那件事过后，我到二条邸出仕时，仕女们对我的态度十分异样。中宫当时身体不适，卧床休息，所以最终未能顺利觐见。中纳言君似乎有些为难地避开了视线，宰相君等人则是跟其他人都聊得十分投机，对我却连招呼都懒得打的样子。

小左京君在没人的时候偷偷地跟我说：

"对不起，如果跟你说话，可能会招人误解……在人前，我可能跟你十分疏远，这一点，还请多多谅解。我相信你绝对不是左大臣一派的人，可是，也得顾忌大家的想法……"

真是傻子也有傻子式的坦白。

"左大臣"指的便是道长大人。道长大人终于位极人臣成为关白，而右大臣则是显光大人。

罔顾伊周大人他们的没落，道长大人等人权势日益兴盛。

我欣赏道长大人的俊敏、稳重，这的确是事实。但跟对方暗通款曲，出卖中宫、伊周大人，背叛他们之类的事情，从来不曾有过。我对这不幸的一家人的真心，可以对神起誓，绝无半点虚假。

这一点，则光应该会懂得我。

"为何此处会出现则光呢？我自己也觉得不可思议。关于我的事情，或许已经分手的前夫则光才是那个出人意料懂得最多的人。"

而比则光更加懂我的人，一定是中宫吧。

可是，中宫身边的仕女们都对我冷眼相看。

"那还不是因为你不在那个历史现场——长德二年五月一日的二条北宫么？"

右卫门君说道。

"那一刻，不在那里的人与在那里的人之间，已经有了永远无法弥合的裂痕。你不在现场，那可是致命伤啊。"

右卫门君故意使坏地说道。她似乎自认为分析得很冷静，但那只不过是纯粹的恶意罢了。当天，我不过是因为命运的偶然，所以无法陪在中宫身边。这位右卫门君，那时候，不是宣称自己只是出于好奇心想目睹事态的发展变化的么？

"当时，内大臣大人的车被催促着驱赶往西南方，中纳言大人的车被催促着驱赶往西北方，府里一片哭声震天，中宫亲自用剪刀铰断了头发，大家一团慌乱……有人说了，这一刻发生的事情，绝对不可以泄露出去。不用说对世人，就是对身边的人，也不能将在这里看到、听到的一切说出去。这一刻的悲伤、哀叹，至死不能外传。也不知道是谁说的，总之许下了牢不可破的约定。"

右卫门君得意地说：

"所以，在场的人和不在场的人之间终究产生隔阂，这再正常不过了！我说，照这样简单地想想，不是更好么？"

也就是说，对于那些在场的人和作为外人的我，中宫的宠爱也许将会有所不同。右卫门君一副"如此变化，理所当然"的口吻。

常年和我同屋的式部君，她也没能一起待在"那个现场"，但她却不必为同僚的猜疑及排斥而苦恼，大家对她跟以前一样。

"海松子，你可真是吃亏啊……"

式部君带着同情的口吻对我说道。她忠告我：

"像我这样的凡人，倒是无所谓。你有才华，所以引人注目啊！而且，你不是跟朝廷公卿、殿上人们有往来，是大人们身边的红人,有实力跟他们旗鼓相当么——你随口就把这边内部的谈话在殿上人中间说了出去,还写了那个《春曙草子》,在外头流传——这些事,大家都捏着一把汗呢。暂时再看一看,等事态稳定了,你再来,怎么样……"

那本我扔在一边、久未动笔的《春曙草子》,大家居然如此在意,这让我感到意外。

即便如此,我对女人们那种阴湿的秘密、耳语、小里小气的心思,真是烦透了!

听说二条那边的房子,比北宫还要狭小。去那样的地方出仕,假装自己不在意仕女们的耳语、眼色,对我来说是一件倒胃口的事情。只有女人的世界,不适合我。

我到底不喜欢宫廷的生活,尤其是像那幽深、静谧、闭塞的东宫宣耀殿般的生活!

我还是怀念中宫定子殿下在后宫深受宠爱时,她倡导的那种活泼、快乐的生活,男人们来来往往,彼此切磋急智、机敏的那些日子。

恐怕中宫也对自己被一群阴暗的女人们围着的生活感到厌烦了吧?跟那些仕女同僚们不一样,只有中宫不变如初地理解我。

中宫是一个极具女性魅力、十分温柔的人。另一方面,我觉得她身上也有男性化的品质:刚毅,不拘一格,一旦抓住核心的本质部分,便不受干扰,认准一点,便坚信不疑。这是因为我也一样,所以明白。

我提出了申请:

"因为身体不适,希望暂时能在家休养……"

如果待在三条自己的家里，知道这个地方的殿上人们可能来访，其中也有些人是左大臣一派的，恐怕又会招来种种误解。我并不在乎被误会，但难以忍受如此郁闷。

我跟则光说了这些想法，拜托他：

"我说，则光，有没有什么地方适合短期隐居的？最好不要有人频频来访的……"

"我去没关系吧？"

"哎呀，这个嘛……"

"回答得真是不够干脆啊！要是答应了只有我能去，那倒是可以帮忙找找看。"

当时则光说得像开玩笑似的，但他真的帮我在五条附近找到了一处有点狭小，不过便于居住的房子。听说这里一家上下都跟着主人前往越前①赴任，只要支付租金，就可以待到他们从任地回来为止。

"如果待上那么长时间，那可就糟了！"

我说道。

今年春天举行除目时，被定为越前国国守的是一个叫藤原为时的学者。此人原本任命定为淡路国国守，长年不遇，好不容易得到一个国守之职，结果却分配到贫穷的下等国淡路，据说悲叹不已。因此，他学者式地写了一封信托付给主上身边的仕女，想私底下跟主上求情。

这件事，自今年春天的除目以来，人人皆知。

---

①相当于今天福井县的岭北及敦贺地区。

苦学寒夜，红泪沾襟。

除目春朝，苍天有眼。

诗文中饱含着深深的悲叹，主上十分同情，认为如此勤奋学习的有才之人，自己却未能因才适用，为此感到伤心难过，食不下咽、闭门不出。

道长大人顾及主上的心情，连忙重新安排了除目。

也就是说，让为时担任上国越前国国守，之前已经确定为越前国国守的源国盛必任淡路国国守。虽然国盛对这一颠倒感到很是失望难过，但世人都说：

"这真是文章的功德啊！"

"'文章经国之大业也'，这个理念得到证实了！"

"应该说毕竟是道长公啊！如果是以前那位伊周大人，能不能下得了这个决心，还不知道呢。"

"不管怎么说，还是因为上面有个英明的君主啊！如此明君能臣，两人定会成为珠联璧合的社稷栋梁吧。"

一片喧嚣。

虽然并未见过为时这个老学者，但听说他是个一流的儒者，十分了不起。我原本不怎么喜欢学者（因为在学者中，没怎么见过有魅力的男人），总觉得没什么好感。不过，我觉得，靠自己的看家本领——文章来打动主上的心，比起物质方面的贿赂，要高尚得多。而且，我对为时这个毫不起眼、怀才不遇的学者官员有种好感与共鸣。

但是，那首诗，在我看来，陈腐且阴郁。我觉得最好情绪更为饱满、更积极主动地将自己推销出去。或许主上同情的是他的诗句之拙劣吧。

我跟经房大人那么说了——对了，经房大人在秋季除目时顺利晋升为近卫中将。这处隐居用房子的地址，我只告诉了经房大人。这个嫡系的左大臣派人物，深得道长大人喜爱，视同子嗣。我与他成为知心朋友一事，大概便是中宫身边的仕女们觉得碍眼、心生猜疑的根本原因吧。

但是，经房大人对我而言是十分重要的一个存在。

既非恋人，也不是姐弟，不可思议地觉得亲近的一个人，而且毫无疑问是一个异性。我是一个比起女性朋友，与男性朋友相处更为融洽、更为知心的人。

说到女性朋友，虽然多有惶恐，但值得这个名号的，只有中宫一位。

经房大人马上来到了我悄悄隐居的家里。

"哈哈！这地方可真是不好找啊——不过，地方虽小却有情致，不错！听说这是跟去了越前的为时沾亲带故的人的房子？"

从这件事开始，我们聊到了为时的诗句。

经房大人是这么认为的：

"那首诗的确有些陈腐，不过，可能是这么一回事：道长大人取代了伊周大人，终于将政权握在了手里。现在这个时候，如果不处理好跟主上之间的关系，今后可能很难长期维持良好关系，那可就不好办了。把这件事作为一个良好的开端——应该是出于这种考量吧。至于国盛那边，他是门下家臣，可以将来再找机会补偿……"

"啊，原来如此，难怪。"

时隔多日，再次听到年轻爽朗的经房大人说的话，我感到十分开心。

经房大人那恰到好处的信息令人愉快。他成为中将之后，举止愈加沉稳，正当年的男性魅力或者说洗练的青年之美，给人以好感。

"说到为时大人，听说他有一个女儿。"

那是去了陆奥的实方大人说的。

"——'相遇匆匆未识君，倏如明月隐云中'，就是作了这首和歌的那个女儿吧。"

我记得那首和歌，便说道：

"那个女儿应该已经成婚了吧……因为从她作了那首歌的时间来看，也已经过了二十岁了。"

知名的歌人实方大人对那首和歌赞赏有加，出于一种竞争意识，我便对那个姑娘有些在意。平日里都已经忘记了，这次为时大人呈上诗文，世人议论纷纷，便又想起了那个姑娘的事情。

"是么……这么说来，我此前听说他带了一个还是两个女儿前往越前。为时大人妻子已经亡故，鳏居多年，他带女儿去大概是为了有人照顾日常生活吧。不过，如此说来，他女儿应该还没有成家……哦，她写了那样的一首歌么，也许像她父亲一样博学多才呐。"

经房大人这么说完，抿嘴笑道：

"不过，她要是像那个为时的话，应该就不是什么美人了。他倒是有个儿子叫惟规的，那可是个风流人物，好像挺招女人喜欢的……"

我突然想起了许久以前跟着父亲一起前往周防国的少女时代。与性格开朗的父亲一起同行的旅程十分快乐。父亲好像告诉少女时

代的我许多事情来着……在往返周防国的海上之旅中,我对许多事情都感到好奇:

"似远实近的是水路啊,父亲……"

"就这样一艘又一艘地过去了……扬着风帆的船儿……"

我喃喃低语,父亲说道:

"人的年龄也是如此。还有,春、夏、秋、冬……"

我连这些也想起来了。为时的女儿也是跟着身为诗人、学者的父亲一起,一边交谈着这些,一边往越前而去吧。周防比较温暖,而从现在开始步入冬季的越前,积雪重重,该是多么的寂寞啊。为时的女儿一定非常想念京城吧。我当时还是个小孩子,有着旺盛的好奇心,早早就适应了他乡的生活……

我还想着,为时的女儿离开京城时,也许是一边旁观着伊周大人的发配骚动,一边朝着逢坂山①进发。我一方面对那位或许文采出众的女儿怀有一种竞争意识,另一方面,又不由得对她产生一种亲切的共鸣与连带感。

话说回来,经房大人来我这隐秘的住处,是为了给我带来中宫那边的信息。

"今天我觐见中宫时,那场面可真是雅致啊……仕女们的装束与秋天十分相称,每个人都绷紧了弦,不见一丝紊乱啊。"

"你进了御帘的另一边了么?——是哪一位的?"

"错了,是从我这边瞧见的,御帘边上的空隙那里……整整齐齐,十分用心,大家看起来都非常美丽。宰相君穿的应该是朽叶

---

①位于滋贺县大津市西部,山上设有"逢坂关",故而又称关山,是日本古代的重要交通枢纽。

袭，淡紫色的裳裙。此外，小兵卫君穿的是紫苑袭，也有人穿萩花袭等。小兵卫君真是一个适合淡紫色搭配着青色衣裳的美人。"

"瞧得可真够仔细的呀。"

"啊哈哈哈！我稍微夸一夸别的女人，你便立刻不高兴了。不，我想说的是，大家都那么整整齐齐地穿着精心准备、一丝不乱的服装，静静地坐在一旁侍奉着，比起在宫里，更加恭敬有礼。不过，中宫所在之处的庭院却是荒草丛生啊。"

"是么，听说房子的主人明顺大人是个风雅之士呢……"

"是那样的，但不知为何放任荒草丛生。我问怎么不安排人来割草，结果有意思的是，宰相君回答说：'中宫殿下说了，想特意留着露珠欣赏欣赏。'"

"是么……"

一切仿佛浮现在我眼前一般。不，并不是指草上的露珠，而是那么回答的中宫的清新恬淡的情怀。

"我当时心想真是服了，中宫风范啊。她十分了解什么是真正的风流。非常有情致啊。"

喜欢这种话题的经房大人十分愉快的样子。而我听到这些关于中宫的消息，觉得很开心。

"之后，我们东拉西扯地说了一会儿话。说着说着，不知道是谁起的头，便开始聊起你来了。"

"肯定是说我的坏话吧！"

"哎呀呀，你都听见了么？"

经房大人笑着说道：

"哪里，我骗你的。实际上，大家都非常想念你，说你回家时间太长了,期待能早一点再见到你。"

"是真心那么想么?"

"哎呀呀,你最近怎么回事啊?抓住由头就别扭。你要是不早一点前去出仕,中宫殿下也会很寂寞的。中宫心里肯定想着,你不可能忍心从如此境遇下冷冷清清的中宫身旁离开。可是,你却那么薄情地长期休假,有些不够意思……"

"是哪一个啊?居然说出这样的话来——真没劲!"

我觉得扫兴。经房大人笑眯眯地,用安抚的口气说道:

"哎呀,是谁说的并不重要嘛。总之,大家都那么说了,应该是希望能从我这里传到你那儿去吧。她们都料定我知道你隐居的地方呐。"

"所以才故意说那些话的。等你走了之后,她们肯定又开始编派我了。"

"别急别急……"

经房大人不像我那般急躁,他露出女人喜欢的那种温柔的笑容:

"先不说那个了,总之中宫那边的氛围真是风雅啊。一想到,带着点白乐天的味道,中宫殿下以一种'幽人坐相对,心事共萧条'的姿态欣赏着庭院的样子,真是……"

"……"

"而且,正如你所知道的那样,那位房主明顺大人品味独特。"

"是啊。"

说着,我想起了在高阶一族即中宫的舅父们当中,微微与其他人有所不同的明顺大人那张像马似的长脸以及轻飘飘的瘦削身材。他身上具有高阶一族的特点,精通学问,是一个有教养的人,但比其他人爽快得多。

"可以说是中国趣味吧。他模仿中国文人在露台前种上牡丹之类的花木，欣赏它们枯败时的样子。"

经房大人故意说得要惹我动心，实际上，中宫的使者不时悄悄前去三条那边的房子拜访。

虽然不是中宫的亲笔书信，但那口信实在令我不敢当：

"请尽快前来参见。"

不过，我还是装作不在家，只是让负责看家的人回复说：

"敬悉。"

现在，对我而言，比起被同僚们的阴郁情绪折腾，与像经房大人那样的男性友人交往更为愉快。

而且，最近我终于又开始动笔了。

我说的是那本《春曙草子》。想到什么就写什么，将日常的点点滴滴、各种思绪付诸笔下：

"啊，中宫要是读到这一段，会怎么想呢……"

"此处，她会怎么评论呢？会赢得她一笑么？"

写得十分起劲，简直就像是在跟中宫对话一般。这些那些，几乎让我瞬时忘记了长期未能跟中宫见面的伤感、中宫如今境遇之寂寞……

右卫门君曾经自得地说过，众人约定绝不对外提起"那一天发生的事情"。我写的《春曙草子》，也是绝不涉及悲伤与痛苦的事情。不，谁要是读了我写的草子，就会忘记那些悲伤与痛苦，他们的印象中，将只留下一个"光辉耀眼的中宫"。我的草子应该有如此力量。

不，必须如此。

可是，有一件事让我耿耿于怀。

那是想着中宫内心的感受，我暗自心痛一事。

那是听说主上又迎来了新的女御入宫一事。

"我说，弘徽殿女御是一个什么样的人呢……主上对她宠爱有加么？"

这么问的时候，可以说我几乎化身为中宫，有些嫉妒女御了。

"下回，显光大臣的女儿也将入宫了。听说她将被称为承香殿女御。"

"果然……"

"不过，主上是个成熟的大人了。他正常地对待弘徽殿女御，并无疏远，但似乎也没有什么特别之处。我听人家说，东三条女院发话了，不管是哪一个，她支持生下子嗣的。——不过，尽管新的女御入宫了，主上依然对中宫念念不忘……我从主上身边的仕女那里听说的，对了，就是那个右近①悄悄告诉我的。"

"可能是吧，当然，按理应该是如此的。"

我心里一下子亮堂起来了，十分高兴。

"中宫殿下知道这事么……"

"主上跟中宫之间，暗中肯定有书信往来的。"

"是啊，或许并没什么事情需要我们担心。"

说着，我们都笑了。

经房大人的视线突然落在我的膝上：

---

① 右近内侍，内侍为宫中女官官名。右近为右近卫府的简称，可能该女官家中有人在近卫府任职，故得此名。

"哦，那是什么？"

我一看，原来是白色的纸张散落在上面了。正在书写中的草子有两三张掉在了膝上。

"是那个吧，《春曙草子》！让我看一眼吧！"

"……不想让你看。"

"我说，当初不是约好了，让我成为第一个读者么！"

"我说过那样的话么？快还给我吧！"

经房大人迅速地捡起了三四张草稿开始看。他大声读道：

"束手无策、难办的——自己下定决心出仕宫中的仕女却闷闷不乐、阴郁地自闭。收为养女的女孩长得难看丑陋。人家并不乐意，却勉强招为女婿，结果对方不上门来访，只能叹息：'难以遂愿。'"

经房大人一下子笑出了声：

"写得不错啊！跟以前一样。"

"太无聊了，写一写，用以打发家居生活的无趣……"

"其他的也让我读一读吧？"

"不要！还没写好呐。"

"在你写的那本草子里，我也会出现么？"

"这个嘛，怎么说呢……"

"尽量把我写成一个好男人吧！"

"哎，我可写不了假话。这是当然的——我可是如实按照自己的感受去写的。"

"这个已经写好的部分，能请你借给我么？"

"不行！里面也写了别人的坏话，有些地方不能让人看的。"

"只借两三天。"

"不行!"

这么吵嘴也很快乐。

"真想看一眼呐!"

经房大人一副真心非常想看的样子,一直盯着我藏在手边的草子。

"哎呀,我比以前更喜欢你了。心里想着你会写些什么内容,结果越来越受到你的吸引了。"

经房大人微微一笑,绽开了魅力十足的笑容:

"可是,不妙的是,对你的敬爱之情变得强烈之后,将你视为一名女性加以爱慕、疼爱,想要据为己有的心情却变得淡薄了。"

"呵呵,你一向都是如此吧。"

"没那回事!这么一来,越来越觉得必须叫你'姐姐'了。——请你就告诉我一件事:你现在写的那一段,究竟是什么内容?"

"这个也不能告诉你,留待后面再欣赏。"

我说道。我新执笔的部分,写的是那年春天,中宫一家团聚于登华殿的事情。此外,还有行幸积善寺那一天的事情。

那一段极尽世间荣华、快乐豪奢的时光。(虽然那不过是前一段时间发生的事情,却让人觉得已经过去了很久很久。)

那一天的事情,我想趁着没有忘记之前,将它们写下来。跟经房大人说着说着,那些关于宫中岁月的记忆,那一天经历过的种种激动,似乎顿时又回到了身边,摇摇曳曳。可以说,经房大人是唤醒我执笔草子之力量的触媒。

经房大人回去之后,我的心情依然久久不能平静,于是点着灯,奋笔疾书直到深夜。

前来这个隐秘住处拜访的另一个男人，不用说，便是帮忙找到这处房子的则光了。这个男人，跟我住在三条邸时一样，一来这里便十分随便，而且现在仍然把我当做妻子。

"想吃饭了！有酒么？"

则光嚷嚷着，让小侍女小雪一番手忙脚乱。

我态度强硬地跟则光说了，不可以将我的住处泄露给任何人。

"今天差一点就说出去了——喂！你在写什么呢？"

"就算手上在写，也能听得见！"

我一边说着，一边根本没在意则光的话，注意力全在书写上。

"宰相中将进宫了，是昨天的事情。"

则光所说的宰相中将，指的是齐信卿。他已经晋升为参议，不再像以前担任头中将时那样，每天都进宫。以前我跟齐信卿关系也很好，如今却有一种暌违已久的感觉。

"齐信大人说了，'则光，你不是她哥哥么，不可能不知道妹妹在哪里，快说！'他执拗地问个不停，我真是服了。"

"是么，中将大人？"

"什么嘛！真是个势利眼！一说到男人的事情，就赶紧把笔放下了。"

"所以你就把这里告诉他了？"

"没说！你不是不让说么——"

则光不满地说道。

"不过，被人缠着一直问，我也真是头疼。再加上又不能说谎，明明心中有数的事情，却硬是装作不懂，太痛苦了。"

"还不是因为你装得不像么。"

"装蒜,可不是那么好装的。我差一点点就要说出来了。经房中将在旁边一直都装作不知道。我当时要是跟经房大人哪怕对上一眼,把不住肯定就要笑场了,所以拼命忍住了不去看他。殿上餐桌上摆着裙带菜,我就装作一个劲儿地在吃它,总算蒙混过去了。别人或许会觉得我怎么在不前不后的时间,吃着奇怪的东西,我已经顾不上了。一边使劲儿憋着不笑,一边吃东西,别提多难受了!"

"就没有其他事情可做么?真是个怪人!"

"吃的就只有那个了!宰相中将一副觉得'这家伙应该是真不知道'的样子,又好笑又难受!"

"傻瓜!这个地方,绝对不能说出去哦!"

即便如此,比起经房大人说的关于中宫住处草儿上的露珠,则光的裙带菜之类,真是粗俗、傻气啊。

过了几天,深夜里,有人来敲门。那种敲门方式,粗鲁得近乎无礼。我心想,这么间小小的房子,离门又不远,什么人、何事半夜这样敲门呢?男仆起身前去应门了,大门那里似乎有人在说话。那声音也缺少深夜上门打扰所应有的周到考虑。居然派这样无礼的使者前来,真想知道他们的主人究竟是谁,我心中的怒火腾腾地往上冒。

说来,最近我似乎变得十分易怒。

"是泷口的武士。"

小雪把信件送进来了。原来是则光,难怪使者那么粗鲁。信上写道:

"宰相中将齐信大人恰逢避忌,今天在宫里值夜,他一直紧追着我不放:'你妹妹在哪里,快说!'我就要招架不住,瞒不下去了。我可以告诉他么？他一会儿跟我恳求说'我有事必须跟她面谈'，一会儿又吓唬我说'是关系到她的重要事情'，我已经瞒不下去了。是跟他说么？还是怎么办？我按你说的去做。快给个信儿！"

一旦齐信大人来了，那么其他男人们马上也会上门拜访。如此一来，所谓的我是左大臣一派的说法，又会掀起轩然大波，这是显而易见的。我没有跟则光写回信，而是将一小块裙带菜碎片用纸包好后，让使者带去给他。因为则光前几天来这里时，曾经说过他被宰相中将一直追问，当时为了蒙混过关，便张嘴大吃殿上餐桌上摆着的裙带菜。我想告诉他"不能说！再吃点裙带菜之类的，对付过去"，以为他再怎么愚钝，这点机智应该还是有的。不料，则光再次上门的时候，一脸不高兴：

"前几天，我可是遭了大罪了！"

"怎么了？"

"还问我怎么了！还不是因为我问你该怎么办，结果你也不给一个像样的回复么。中将大人逼着我必须带他去找你，无奈之余我只好带着他四处瞎转，一整个晚上都在装傻：'不在这里么？不对，也许在那里'，弄得我是满头大汗，真是够呛。所以我才问你可不可以把这个地方告诉他，结果你给了个裙带菜碎片，莫名其妙！人家有事相问，你得给个像样的答复啊！居然包了那么个碎渣送过来。不会是把送给别人的东西包错了吧？"

"真是奇怪了！那个裙带菜什么意思，你居然不明白么？"

"你说我不明白什么？不会吧！难道那个就是回信么？"

"那还用说么！"

"裙带菜怎么就变成回信了！不要来什么猜谜游戏之类的！"

看来他应该是真的不明白。我觉得跟则光如此这般地解释一番也是傻事一桩，便随口吟了一首即兴的和歌：

潜水海女家，今我隐身处。
予君裙带菜，切莫对人语①。

越是即兴的时候，我的和歌咏得越好。一想到"嗯，这个，不错！"便不由得有些激动，"对了，把这个也写进草子里吧"，便随手拿了张纸，把它当做备忘写了下来。如果忘记了，那可就糟了。

连我自己也觉得是一首才气四溢的佳作。

像那潜入水中的海女似的，我正在处于隐居中。千万不要将我的住所在某处之类的告诉别人——我怀着这种心思，给你使了眼色，让你吃了裙带菜，你却……如此歌意，用海女、隐身处、潜水、裙带菜等缘语加以点缀，我自卖自夸有点不好意思，但的确太出色了！"隐身处"是否改为"隐于此"更好呢？

如果是经房大人的话，一给他看这首和歌，他大概会拍案叫好："嗯！有意思！"齐信卿则是事到如今方才知晓的样子，感慨着："所以，我才一直想跟你见面啊！你这个人哪，可真是……"然后，这首歌一定会迅速地在宫里传开。我将写了和歌的纸张小心地放进砚盒里，自得地笑了。

可是，说到则光，他则是高声地嚷嚷着："什么！又是和歌么？

---

① 前文中，则光曾经为了从齐信的逼问那里蒙混过关，便一个劲儿地吃餐桌上的裙带菜。此处作者给则光送去裙带菜，意在暗示则光参照之前的做法敷衍过去。裙带菜在日文中为「め」，作者和歌中的「めをくわす」(让你吃裙带菜)与「目を配す」(跟你使眼色，即让对方要看眼色行事)谐音双关。

快饶了我吧！"他今晚情绪欠佳。

"你这个女人为什么要那么装模作样、拐弯抹角呢？我问你什么问题，你就白是白、黑是黑地回答好了。不要那么矫情。所以你才招人烦呐。"

"干吗说别人说得那么起劲！一句都不提自己反应迟钝。稍微有点脑子的人，只消看一眼裙带菜碎片，便自然心领神会、了然于心！"

则光的那一句"你招人烦"触怒了我。他为什么如此不讲道理呢？则光原本并不是多么愚笨的人，但缺乏从灵活机智、适度的俏皮、滑稽、风雅之中获得乐趣的才能。通过享受这些乐趣，可以加深与他人的联系、友情，而则光则是一个被这些乐趣放逐了的男人。我得意地说：

"谁都能明白的，那么简单的事情。"

"我不明白！什么心领神会、了然于心，那种牵强附会的游戏，你只要跟那些娘娘腔的家伙们玩就行了！顺便说一句，不要跟我提什么和歌！光是听见'和歌'这个词，我就开始头疼！正常说一说、写一写就完事的事情，干什么非得要套进那些字数固定的框框里去？至少待在家里的时候，不要用那些无聊的和歌来烦我！"

"别把气撒在我身上！你不觉得自己没有才华，是你自己生来是个榆木脑袋的不幸么！一首和歌都作不了的人，才是怪物！则光，你无能！"

"混蛋！什么和歌、汉诗之类的，让那些天生好事的家伙们去折腾、享受就好了！就算没那些玩意儿，人照样活得好好的。这一点你不要搞错了！"

"又不是什么杂役苦力，这番谩骂听起来可一点都不像是个有教养的殿上人说的。连普通人该有的教养都不放在眼里，你前途堪忧啊！"

"其实，我向往的就是那种不需要什么教养的世界！不用管什么和歌之类的，老百姓啦木匠啦，自由自在、无忧无虑地活着。他们那才叫自然，合乎我的脾气。连乞丐都活得自在！"

对于说出这些话的则光，我真的理解不了。世上居然会有人羡慕那些平民百姓，简直难以想象。

游览或参拜时见到的庶民们都厚颜无耻、不讲规矩，脏兮兮臭烘烘的，看起来无知狡猾，像猴子似的。至于那些衣衫褴褛的乞丐则跟结草虫别无二致。那些站在游览参观的牛车前的底层的下等人，真想把他们一把推开。看到为贵人们的车辆开道的人将那些下等人驱散赶走，心里觉得非常痛快。

那些家伙跟我们不是一个身份。大字不识一个，不知道什么是精神享受，更不知道思考宇宙与人类的永恒等问题，只是像蝼蚁一般来到世上，繁衍后代，然后死去。

至少我读过书，经历过精神的飞翔，并非蝼蚁。自由的心灵，不如说是属于我们这样上流社会有教养的人、贵族们的。

"吵死了！不要这么歪理一堆，事事顶嘴！我说的话，你哪怕说过一次'确实有理'么？反省过一次么？"

则光今晚似乎心情特别糟糕，他冲我大声地嚷嚷着。房子很小，下人们的房间就在大门边上，则光的手下也待在那里，但我还是忍不住回嘴：

"为什么需要反省？我已经不是你的妻子或什么人了！让你来

这里，完全是出于我的好意。租借这里的人是我，三条的房子也是我的，你不过是个客人而已。这一点，你可别忘了！你凭什么对我指手画脚的！我跟嘉汰子可不一样，别想把我当傻子！"

不知道为什么这里会冒出嘉汰子的名字来。也许在内心深处，我一直嫉妒着她。嘉汰子又是得到继子的亲近，又是生下了她自己的孩子，生活与则光的人生紧紧纠缠，或许我对她一直有所介怀吧。

则光整理装束准备离开。

"真是受够了！对于你的傲慢自大，我已经厌烦透顶了！好，客人退散！再也不来了！"

怎么就变成这样了呢？说裙带菜的事情时，我还觉得怪有意思的，都笑了呢。没想到话被曲解，说着说着就变了味了。我对男人这种生物之别扭、不可理喻感到目瞪口呆。自己不对，却浑然不觉，以为乱吼一通，女人就会吓得举起白旗。

我对则光感到生气。

则光发狠地咒着"再也不来了"之类的这处房子，忽然让人觉得扫兴，我也不再喜欢了。

"行啊！我也要离开这里回三条那边去。中宫殿下已经催我了，再怎么说，我也差不多是时候该前去觐见了。"

则光并没有回答我，他握住大刀，高声呼唤着手下。曾经有个夜里，则光遭到了贼人的袭击，所以经常大刀、飞镖等武器不离手，也害怕深夜外出。他虽然长得人高马大，但胆小怯懦。可现在，他居然大声地呵斥着手下人：

"快把马牵来！别磨蹭了，走了！"

取松明，拿弓箭，男人们一片闹哄哄的。男人们还在跟则光说着"夜里路上不安全""似乎要下雨了"等等之类，则光根本听不进去：

"说了走，就走，哪来那么多废话！"

让人打开了大门，男人们疾风一般迅速汇成一队，绝尘而去。

我气得脸都白了。也许则光是遇到了什么事，但何必那么言辞激烈、怒气腾腾？他指责我出言顶撞，可我向来如此。并非今晚说得特别过分，我一向不管什么时候，都是想说什么就说什么。我一直以为则光是认可这一点的。怎么突然就恼火了呢？

"哼……爱怎么着就怎么着……"

我甩了句狠话，但声音却一点气势都没有。

则光说了那句"再也不来了！"这让我很微妙地有些在意。我不觉得那家伙会真的不再跟我见面。

则光那家伙，虽然嘴上各种抱怨，但他似乎跟我合得来。他不是来我家里，跟我谈天，被我驳倒后还嬉皮笑脸的么？

不是一脸跟我在一起时最为放松的表情么？

不仅如此。可能对于则光来说，我的肉体也有他最为合意、熟悉的风情。则光一来到我家里，便理所当然地用饭、与我欢好。这并非他应有的权利，而是出于我对他的好意。即使我想要让他明白这一点，他也总是厚着脸皮哄我安静："好了好了。"一副"熟门熟路"的样子，轻轻松松地应对我。在终于妥协、转为那些熟悉动作的过程中，我也找回了内心的平衡，渐渐平静。但是，那并非因为我爱着则光。

因为熟悉带来的安心感，还有一种对则光进行施舍的优越感与满足感——我认为是这样的感觉。

所以，则光说了不再来这里，按理应该没有什么大不了的，我却不知为何有些落寞。

我觉得没趣、闷闷不乐，躺着却睡不着。渐渐地，我开始生起则光的气来。

"那个笨蛋，没必要真的发怒啊！那种笨蛋，应该时时看我脸色才对。我才没有必要看他的脸色呢！"

我忽然觉得待在这处秘密的房子里也没什么意思，决定等天一亮，马上就离开这里。

十九

回到三条邸之后，我茫茫然地度过了四五天。中宫发来的秘密信件近期也中断了。式部君那边也不见联络。自己仿佛被世界遗忘了一般，我感到不安。

这种时候，我没有心思写《春曙草子》。在不安的深处，有着则光那莫名其妙的恶意。为什么男人会那么突然就翻脸呢？

我将记忆拉回到那天晚上的对话，甚至觉得是否自己那一句"连普通人该有的教养都不放在眼里，你前途堪忧啊！"刺伤他了。

可是，那些话，我以前也经常说。则光也自认为自己并非追求仕途腾达的那种男人，他觉得平民百姓下等人活得更为自由自在。虽然跟我想法不同，但这应该不是造成决裂的根本原因。说到底，我总觉得，那天夜里，他一定遇上了什么让他心烦意乱的事情。

于是，对于自己不再是需要讨好那样一个男人才能生活的妻子角色，我觉得幸福。

不，我想要觉得幸福。

话虽如此，一想到"万一，则光真的不再来了呢？"分外沉重的空虚感便漫延开来。

那种男人，我会爱他？不，不爱……

不，不如说，在我心底有一种轻蔑，它和亲近感混合在一起，酿出了带着捂味的怀念，不过是那种亲人般的亲近感罢了……

然而，在真实的内心深处，我总有一种"完了！"的感觉，真是不可思议。

"我把则光给惹怒了……"

在因为自责而消沉这一点上，我对自己感到生气。

这时候，相识的一个侍女长①带来了一封信。中宫的来信，多是由宰相君的小使女送过来的，今天却不一样。平日里的信件都是中宫口授，由宰相君代为执笔书写。这位侍女长是中宫职里的下层女官，说不定"是中宫的亲笔信？"这么一想，我心潮腾涌。

果不其然，"少纳言大人，这是中宫殿下的亲笔信。这信……"尽管是在我家里，女官还是看了看四周，然后压低了声音。"是中宫殿下通过宰相君大人送给您的。因为是密信，所以派我来送。"

这位侍女长三十岁左右，行事沉稳，能言善道，在中宫职那边很吃得开。

我激动地打开了信件。

白色的纸张上，什么也没写。里面有个小包，打开一看，原来是一枚花期过后再度绽放的棣棠花。那明艳的黄色甚至让人觉得："棣棠是这么美丽的黄色么？"

---

①宫中杂务女佣的头领。

那张包装纸上，潦草书写的笔迹十分高雅，飞白优美，正是中宫的亲笔，上面仅有一句：

"未语心思念。"

啊！这是古歌"未语心思念，无言胜有言①"——在心中默默地思念着，这比说出来要深情得多……中宫暗中引用的是一首如此意味的古歌。我觉得自己仿佛久违地听见了中宫的声音，十分高兴。不仅如此，这首和歌贴切的引喻，棣棠花瓣②的巧妙应用，这一切的一切，都正好符合我的趣味嗜好，虽然觉得自己实在不敢当，但还是非常想要拍手叫好："干得漂亮！真不愧是中宫"，与中宫共情同感。

我的心久违地再次充满了新鲜的活力。

啊，这个世界，这种情绪，这正是我与中宫共同拥有的喜悦。高兴之余，我不由得热泪盈眶，满面通红，在侍女长面前有些难为情。

侍女长注视着我，说道：

"中宫殿下每每有什么事情，总是会想起您，您就早一点进宫出仕吧。大家都觉得不可思议，您为何会家居休假这么久，很是寂寞。我听说，中宫殿下也时常提起少纳言大人的事情呢。"

中宫那边，依然不见殿上人前来拜访。但是，听说有公卿、社交界名士前来拜访中宫的舅父明顺大人（只有这一位大人，在此次骚乱中，处身事外，未受到任何追咎。他为人潇洒，性情诙谐，被视为独具一格的风雅人士，在世人中颇有声望）。他们会不露痕迹

---

①此古歌来自《古今和歌六帖》：心には下行く水のわきかへる 言はで思ふぞ言ふにまされる（心如地下水，翻腾起波澜。未语心思念，无言胜有言）

②黄色的棣棠花瓣与栀子的果实相似，日语中栀子的发音与"无口"双关，且栀子的果实成熟时也不会开裂，中宫用棣棠花比喻不开口说话，十分风雅。

地顺便探望一下中宫。

虽然这些还不是公开的,但如此这般,自从二条北宫遭到焚毁,来到明顺大人的小二条邸之后,中宫身边似乎变得热闹一些了。

"我还要去另一处地方办事。请您趁着这会儿写一下回信。"

侍女长离开后,我鼓起勇气坐在了桌前,可我却突然忘记了这首和歌的上半句。

这首古歌是我非常熟悉的和歌,并经常加以引用,居然会发生这种事情!感觉就在嘴边了,却怎么也想不起来"未语心思念,无言胜有言"的上一句是什么。

这时,待在一旁的小雪一脸诧异地告诉我:

"心如地下水……'心如地下水,翻腾起波澜',不是吗?"

我忍不住笑了出来:居然要这么个孩子来告诉我。

我完全没有资格嘲笑则光。尽管如此,我仍然觉得开心。

收到了中宫的来信,让我从低落的情绪中解脱出来。过了三四天,我便前往小二条邸参见中宫。

这处宅邸极为小巧,而且中宫的母亲贵子夫人生病了,祷告加持的僧人们络绎不绝,拥挤不堪,杂乱无章。但是中宫所在之处,正如那位经房大人说过的那样,让人想起宫中的样子,井井有条,地方虽小却打理得十分舒适。

中宫当时正在跟仕女们说着话。我已经数十天未曾前来参见了,有些怯场,悄悄地坐在了几帐后面。结果中宫眼尖地一下子便发现了,她笑着说道:

"那位是新来的么?"

以中纳言君为首,宰相君等仕女们也一起笑了起来。其中,年轻的小兵卫君、小弁君等人，笑得更加大声、朝气蓬勃，我的紧张也随之得到了缓解。

我来到中宫跟前，致以久别重逢的问候，并对收到她亲笔书信一事表达谢意。

"'未语心思念'一歌有些拘泥于道理，我不怎么喜欢它。不过，倒是让人觉得与这种情形十分贴合。"

中宫说道。

虽然承蒙中宫厚爱，自己却怎么也想不起来上半句，最后还是小侍女相告才知道。我禀报了此事，中宫再次笑了，她说道：

"居然有这种事情！尤其是像少纳言这样，博学多闻且精通和歌、才华得到所有人的认可的人，居然还要劳烦小侍女，这可真是有意思！"

于是众人再次哄然大笑。

"觉得少纳言挺聪明的，没想到也有犯糊涂的时候，这真是太有趣了。只要一段时间没见到你，就觉得缺了什么似的，可寂寞了！"

这种豁达地畅所欲言的开朗，真是跟从前一模一样。我抬头一看，中宫再过两个月即将临盆，腹部已经高高隆起，但面色清明，看起来十分健康。

中宫的头发并未变短。只有身上的衣服是深灰色的。五个月前，悲剧发生的那一天，她想要亲手落发出家，途中被大家给强行拦下了。

那天夜里，中宫让我来到她身边，说了一些令人感慨的话：

"我那时打算遁入空门的。可是，一旦我出家，一家人便四散分离了。再加上，想到即将出生的孩子也是可怜。这么多牵挂，根本无法潜心修佛，只怕会遭到佛主惩罚吧。虽然可能再也无法返回宫里了，但是未得到主上的容许，出家一事终究也多有犹豫……"

贵子夫人处于病中，伊周大人还在流放期间，中宫的妹妹们也一样都离开了宫廷，寄居在这府邸中。一门上下能够依靠的主心骨，就只剩下中宫一个人了。

好像主上从宫里派来的使者、右近不时前来探访，主上真挚的情意以及临近十二月的分娩，对于这府里上下而言，是唯一的希望。

贵子夫人的病情十分严重。同族的清照阿阇梨一直陪在夫人身边祈祷加持，但她已经无法进食。听说她一直在呓语：

"想见伊周，想见他一面。"

虽然伊周大人的流放地播磨国很近，但不可能让他就此回来。隆家大人的流放地但马国以及播磨国都频频派使者前来，可是贵子夫人的病情却一日重似一日。

进入十月之后，贵子夫人已经病危。往播磨国和但马国都派去了紧急使者。据说但马国的隆家大人那边来了一份十分直接的回复：

"虽然恨不得飞身而去，但是如果现在返回京城，将会耻上加耻。我只能不断跟神佛祈祷，求他们保佑——不想再惊扰世人、为世人所嗤笑。"

播磨国那边，不见回复。但是，一天夜里，府里充满了一种隐秘的喧闹。难以置信，伊周大人居然趁着夜色偷偷从播磨国赶回来了。如果朝廷治罪下来，恐怕将终生成为无用之人——伊周大人做好了心理准备，不管自己将面临何种命运，如果因为想要在母亲临终前见上一面而遭到惩罚、为神佛所怪罪，"那也罢了，就当做命该如此吧"，据说伊周大人流着泪，拉着母亲的手那么说道。

他与中宫为首的妹妹们的会面，应该也是在泪眼婆娑中进行的吧。

"这样，我死而无憾。"

听说贵子夫人很是高兴。两天一夜，府里上下都保持沉默，将权帅大人（伊周大人）回京一事紧紧地瞒住。甚至连府里的打杂小厮，都缄口不言，不曾走漏风声——按理应该是这样的，可是却出现了告密者。

检非违使包围了小二条邸，朝廷方面态度也更为强硬了：

"真是前所未闻！流放中的犯人居然随便返京，就算不把朝廷的威严放在眼里，那也应该适可而止！朝廷出于体恤，让你留在了播磨，结果适得其反！"

伊周大人立刻被强制押上了车。检非违使跟之前相比，行事要粗暴得多。

以前，检非违使们还是伏在地面叩首，几乎要哭出来地劝道：

"请您尽快出发吧。照这样，时间就要过去了。"

而如今，他们几乎是硬架着伊周大人，让他上了车。

这些并非我亲眼所见。虽然身在府里，但武士与检非违使们紧紧围住了伊周大人，我甚至无法看见他的身影。中宫所在的寝室，格子门与窗板都被紧紧关住，里面的人连看一眼外面的情形都不容许。完全是罪人待遇，这次伊周大人当天便依判被送往筑紫了。

京城里四处都在议论此事。有的人赞许隆家大人："真是沉得住气的人呐！到底是被称为'顽皮二世祖'的人，不一样啊！"也有的人同情地说："不不不，伊周大人更有孝心啊。为了一心盼望死前能见上儿子一面的母亲，他不顾自身安危赶回来的那份心意，真是感人哪！"

我当然未能见到伊周大人。当时觉得内院似乎十分嘈杂，直到右卫门君脸色苍白地前来告知"呃……听说内大臣回来了。请一定保密……万一被人知道了，可不得了！"我依然难以置信。

不过，我深深觉得，这的确是伊周大人的风格。伊周大人把母子之间的亲情看得比国法更重。这种女性化的地方，我喜欢。这与对隆家大人的喜欢，意味有所不同。内心容易为感情所左右的人，对我而言，更有人情味，是最为温柔的。

一些人对隆家大人的赞许，直接变成了对伊周大人的轻蔑：

"真是个娘娘腔！懦弱之极！就这样，也配称为前内大臣么？真不知该说他轻率好呢，还是软弱好呢……"

伊周大人遭到贬低，成了被嘲笑的对象。

但是，我喜欢伊周大人的那种软弱。那才是人的真实情感。

这么说来，街头巷尾聒噪的流言中，有一个是关于前越前国国守平亲信[①]的。

据说告密者是一个年轻人，即平亲信之子右马助[②]平孝义。他得知伊周大人悄悄回京进了小二条邸后，便立刻将情报卖给了朝廷："不胜惶恐，臣有事禀报……"

因此，一个月后，他便获得嘉奖，升了官。

[①]平亲信（946—1017）平安时代中期公卿，官至从二位参议。
[②]右马寮次官，正六位下。

听说孝义得意洋洋地去父亲亲信那边报喜，结果亲信颤抖着声音训斥儿子道：

"你来干什么？你以为这里是什么地方？我没有你这样无情无义的不肖之子！告密之类的可耻行为，不是我们这种身份的人的子弟该做的事情。那种事是贩夫走卒的所作所为。真是可叹！可悲！你做下那种事情，让那些人伤心，让他们痛不欲生、悲叹不已，你以为这是什么好事么？！"

亲信气得直骂，差点就要一脚踢过去。他儿子吃不消，仓皇而逃。

这个传闻，我听着喜欢。而且，也对亲信这个老爷子产生了好感。我想，虽然世上有男性的思维与女性的思维之分，但两种思维也有全然重叠的部分。而且，我认为那才是人性（或者，姑且称之为教养之类的吧）。

不久，贵子夫人过世了。

伊周大人在筑紫听说了母亲的死讯。真是命运的讽刺，当时筑紫国的大弐居然是那位藤原有国。

曾经为道隆大臣所憎恨并最终剥夺了官位的有国，到了道长大人的时代，东山再起，成为大宰大弐，意气风发地前往筑紫赴任。这一次，兜兜转转，道隆大臣的儿子伊周大人作为流人被贬谪到了此地。

有国十分震惊，但是非常殷勤地侍奉伊周大人，比朝廷规定的更为用心地对待伊周大人。

"世事真是兜兜转转哪！有国的主公是已故的兼家公。或许就是为了要侍奉兼家公的子孙伊周大人您，有国才这样来到这里的吧。我不会让您有什么不便的。"

据说有国这么说了。这事甚至在京城也四处流传。

二条邸里一片深灰色的丧服。接着，在十二月十六日，身着丧服的中宫生下了天皇的孩子。

是个健康的小公主。

有人说："——如果是个皇子就好了……"

还有人说："不，如此多难时期，反而是小公主更好。"

对我而言，主上的使者频频不断登门更让人欣喜。

傍晚，在一片忙乱中，举行了小公主的御产养①仪式。遵照主上的旨意，右近内侍前来举行了各种各样的仪式。倘若是已故关白道隆公还在世时，主上第一个孩子诞生，那该是多么热闹的一件事啊。尽管如此，上上下下都变成清一色白衣的府里，也顿时恢复了勃勃生机，我们高兴地举行了庄严隆重的仪式。

中宫顺利安产令人高兴，小公主健康美丽，也令人欢喜。小公主哭声是那么洪亮，我久违地想起了很久以前，抱着则光的儿子吉祥时的情景。那个时候，吉祥已经六个月了。

小公主的哭声清脆、喜气，似乎要把这一年中的不吉利都从府里给赶走。长德二年，这一年真是坏事连连。才想着伊周大人、隆家大人及其他家族中人的不幸也就是成为罪人被流放，不料之后二条邸付诸一炬，母亲贵子夫人身亡，弘徽殿、承香殿两位女御入宫，对于中宫而言是非常艰难的一段岁月。如今，这一切的一切，

---

① 平安朝贵族婴儿诞生时举行的一种仪式。婴儿诞生的第一天晚上，称为"初夜"，之后逢三、五、七、九日，每天夜里都有亲朋前来赠予食物、衣服、家具等贺礼，并举行宴会祝贺，共享和歌、管弦之乐等。

都随着小公主的诞生一下子烟消云散了。

"这个美丽的小公主，如果能让主上看一眼……听说女院也非常关心，十分高兴。毕竟是第一个孙子啊。"

右近说道。

右近是主上颇为信任的仕女，和中宫以及我们关系也很亲密，之前也时常悄悄地前来探望。这一次她是前来服侍小公主的御产沐浴①仪式，即所谓的公务之行，所以无需避人耳目。

这也为整个府邸带来了明快的气氛。

"筑紫和但马那边应该也都深深记挂着小公主吧，终究还是主上的意思最重要啊……"

右近在这边一直逗留到七日，每天晚上，她都跟我们说着这些。虽然议论主上，多有顾忌，但是右近说主上曾经跟她透露：

"不知道是否因为我除了中宫之外，并没有怎么了解其他女性，我觉得世上没有比她更加蕙质兰心、性情柔和的人了。"

我们听到这些也很高兴。她还说主上因中宫落发一事无可挽回而苦恼：

"真是可怜。又不是她自己的过错，为了家人操心不已，竟然落发为尼了……"

"不，中宫殿下并没有落发为尼！"

虽然我这么说，但是右近似乎认为那只不过是一种宽慰之辞。中宫一旦落发，今后入宫恐怕就有所顾忌了。话虽如此，主上一心想见中宫，日夜思念：

"有的时候，主上都悄悄落泪了……女院也安慰他，但毕竟也

---

①新生儿初次沐浴仪式。

得顾及关白大人（道长大人）的想法，又不能让已经落发的中宫殿下进宫，主上也是很苦恼啊。"

右近如此说道。

新女御们所在的弘徽殿、承香殿等，听说中宫落发为尼出家了，便开始摩拳擦掌、跃跃欲试：如何争得主上的宠爱，今后就看我们的了。

左大臣道长大人府上则是期盼着早日让彰子小姐入宫，恨不得让小姐一夜长大。

关于中宫落发为尼的流言似乎是来自左大臣府上。

"不，不是那么回事的！中宫的头发依然是俗家的模样！"

尽管我拼命否认，右近内侍仍旧一脸不可思议的样子说道：

"可是，我听说五月一日那天，中宫殿下的确亲手剪掉了头发……之后，我时不时有事过来联络，当时见到的也是已经落发的模样……"

一提及五月一日、那命中注定的一天的事情，周围的仕女们便闭口不言。当时不在现场的我什么话也说不了，而且我也很长一段时间不在中宫身边了。那段时间里，中宫究竟是什么模样，心境如何，我无法自信地予以断言。

可是，当我时隔数十日再次来到中宫面前时，她一眼就认出了我，还打趣道："那位是新来的么？"

那充满朝气、喜欢谐谑的活泼心性，那清澈欢快的声音，跟从前一模一样。不是那种斩断尘世执着后遁入空门的人的开朗，而是对这世上的一切都充满爱意，与不幸、悲伤作斗争，孜孜无倦的人的开朗。周围的人哭着说："如果已故的关白还在世的话，小公主诞生的庆贺仪式也会举办得更加排场……""已故的夫人（中宫的母亲贵子夫人）如果能够晚两个月再过世，就能看到小公主的诞生，那样至少她可以得到一些安慰，或许就能走得高兴一些……"这种时候，中宫虽然有点头，但她自己绝不说那样的话，她从不在人前落泪。

右近来了一封信。她在信里详细地写道："之后，过了七天，我进宫参见主上，主上看起来都快要等不下去了。"

听说主上偷偷地召见右近，着急地问她：

"情况如何？然后呢……然后呢……"

中宫无依无靠，在舅父明顺大人小小的宅邸里生下了小公主；对于沉浸在夫人故去的悲痛中的众人而言，小公主给他们带来了黎明般的喜悦；中宫产后恢复良好等等。右近将这些事一一禀报之后，主上含泪说道："是这样么。"

"是个漂亮的小公主。"

右近说完，主上长叹一声："真想看一眼哪……"

"听说以前皇女出生后，一直到七八岁，才能跟父皇见面……另外，虽然宫里没有小孩子住过，但如今那些规矩已经废除了，不是么？好像东宫那边，把生下的小皇子放在身边，东宫自己抱他、疼爱他。而且，听说又有喜了……东宫一家人亲密无间地幸福生活在一起，真是令人羡慕……我们不知道什么时候才可以父女相见……更何况如果中宫已经出家，也许再也没有见面的机会了。"

主上一心思念着中宫和刚刚出生的小公主。

小公主起名为脩子，乳母也已经确定了。小公主一天天地茁壮成长。在她的哭声中，迎来了新的一年，真是可喜可贺。

从流放地筑紫、但马也都来了祝贺小公主诞生的使者。一天夜里,中宫的外祖父高二位大人悄悄来访。他第一次见到小公主,满面笑容地说:

"哦,真是可爱!"

可他的真实来意似乎在于劝中宫:

"尽快入宫觐见主上。"

他劝道:

"世人都在说,主上盼望着能见到小公主,顺带着中宫应该也能一起进宫。我一直不断地祈祷,梦中得到了神谕:'下次一定会生个男的皇子。'我想最好还是尽快入宫。本想写信跟你说,担心万一遗落到什么地方,所以就这样不顾老迈前来登门了。"

"如果你生下男的皇子,那我们就赢定了!第一皇子,必须是你生下的孩子。不,我有非常强烈的预感。你尽快回到主上身边去。凡事都讲究机会。因缘所定,你将来会生下第二个皇子、第三个皇子!听我说,不用管世人怎么想,你就靠着主上对你的宠爱,好好跟在主上身边!"

高二位大人对中宫耳语道。就像他那诡异的祷告达到最兴奋的一刻时那样,不知何时,高二位的眼睛里充满了似乎要将人催眠一般的强烈光芒。

"男的皇子……"

"只有男的皇子才是……"

"尽早!"

"如果你生下男的皇子,那我们就赢定了!到了那一天,朝廷断断不能将皇子的外戚扔在筑紫、但马等地方。他们终究会有回来的一天。为了那一天，你一定要生下男的皇子！"

中宫沉默不语。于是，高二位大人便一再反复地给她灌输。终于，过了一会儿，中宫开口道：

"虽然女院那边也来信说想见小公主，但是一旦有什么风吹草动，我也是每每遭到疏远。远在他乡的大哥和隆家如今过得怎么样，我也是种种挂念。但再次于宫中操心劳神，也是多有犹豫……"

"话虽如此，但是如果把小公主就这么搁置着，她的身份可就变得不上不下了。如果不跟女院、主上他们见个面，得到宣布小公主为内亲王的诏令，可惜小公主高贵的身份将埋没于世。"

一说到小公主，中宫似乎也有些心软了。高二位大人接着又说道：

"我不会给你出坏主意的。你就把这个老爷子看成是自己的父亲、母亲，照我说的去做吧！"

一整个晚上，高二位大人都在劝说中宫进宫。可能这种时候，中宫真的非常渴望父母兄弟能在身边吧，她似乎忍不住都落泪了。就这么一会儿哭一会儿笑地，高二位大人在天亮时回去了。

然而，让中宫下定决心进宫的，是主上暗中派人送来的书信。使者来了之后，中宫看完书信，便决定了。

明顺、道顺等舅舅们也都劝着中宫进宫，日子已经定好了。

那段时间，则光当上了左卫门尉、检非违使。虽然来过一次三条我家那里，但不知为什么，最近他变得沉默寡言，不太对劲。

"听说中宫要进宫，是真的么？"

"是的，听说庆贺小公主出生五十日那天是个好日子。"

"自古以来，就没有尼姑进皇宫的先例，世人会议论说这不合规矩的。"

"我都说了，中宫并没有成为尼姑！"

"那种话，谁信呐！"

"但是，没办法，事实如此。你也怀疑么？比起我说的，你更愿意相信世间的流言么？"

我们原本在随意地聊天，可是一提到中宫的事情，我便急躁起来，声音都有些变了。

"算了！我不是来听你大吼大叫的！"

说着，则光便不再作声了。

"不管来了多少个新的女御，中宫就是不一样！听说主上曾经透露过，中宫是气质性情最好的人。"

我想炫耀一下主上对中宫的深情。虽然则光已经闭口不言了，我却依然说个不停。

"好像左大臣家里也是迫不及待地等着彰子小姐长大。不管怎么说，想破坏主上跟中宫之间的感情，没有人能做得到！"

"……"

"将来，中宫如果生下了男的皇子，那就再也不用害怕谁了。可以说地位稳如泰山了。"

"……"

则光一直枕着胳膊懒懒地躺着，忽地起身说了一句：

"好寂寞啊……"

"什么好寂寞？"

这个男人居然也会有寂寞的感觉么？我心想。

则光那么说完之后，又陷入了沉默之中。

那天晚上,他留下来了。

"还说什么再也不来了。"

我笑了,但则光并没有笑。但是,总觉得他似乎有其他心事,一副漫不经心的样子,我有些不满。所谓的"别扭",就是这种情形。

我一边在则光的身旁躺下,一边说着"听说进宫所需的费用,让他们很是伤脑筋啊"之类的事情。明顺、道顺等高阶一族的人,想要从已故关白大人的领地征收绢、大米等,但对方似乎看穿了这边的处境,找各种借口轻易不肯配合。一看到势力不振,便立刻想趁机滞缴献纳。进宫时所需的服装、陪同人员的津贴与赏赐等等,是一笔相当大的费用。如果伊周大人他们在京城里的话,也许一下子就筹措妥当了。可如果亲戚是高阶家的话,诸国领地的管理者们似乎有些不把他们放在眼里。

"好容易终于有个庄园送来了绢,就拿这个充当资金了。——想起积善寺一切经供养法会那天,坐在御辇上的中宫那华丽的身姿,简直像是梦一般啊。好像御辇的车棚顶上装饰着金色的葱花状宝珠来着?在朝阳下熠熠生辉啊!御辇四角牵有绯色的绳子,由十个人拉抬着。想到这些,觉得这次进宫的队伍可能会截然不同,十分朴素。因为带着小公主,所以听说这次是乘坐牛车进宫。考虑到中宫殿下的身份,也不能过于粗陋……"

在我说这些的时候,则光都闭着眼睛不说话。

"则光,你已经睡着了么?"

"……嗯。"

"怪了,今晚,你好像不怎么说话啊。"

我对则光一直不搭话感到有些不满，但不久自己也睡着了。醒了的时候，发现则光已经回去了。

"大人没等手下人前来接他，就先回去了。"

小雪说道。不过，我也没怎么往心里去。

不管怎样，则光终究还是会回到我身边来的。他那么痛快地说了"再也不来"，言犹在耳，他慢慢悠悠地又回来了。我想则光反常地话语不多，也许是为了掩饰他的难为情。

虽然无法与以前相比，但中宫此番进宫，还是有相应的排场的。我们仕女们乘坐的牛车也跟随在后面，时隔数月，再次十分隆重地穿过了宫门。差不多隔了快一年时间了。

女院也是等得迫不及待了，她立刻抱起小公主：

"哟，真沉……白白胖胖，圆圆乎乎的。"

说着，她贴了贴小公主的脸蛋。女院跟中宫久别重逢，有着说不尽的话。这时，主上激动之余，也到这边来了。

中宫本打算在他们见过小公主之后，于拂晓时离宫返家，结果主上恳切地说：

"在宫里待一阵子吧。至少让我好好地抱一抱脩子。待上四五天，等我跟她熟悉一些再走。"

于是，中宫便住进了中宫职后妃室。主上的旨意，谁能说不呢？

中宫跟主上整整隔了一年再相会，都说了些什么话呢？我们无从得知。世间的流言蜚语、他人的指责、道长大人的心思等等，年轻的主上可能已经顾不上了吧。中宫定然也是无法拒绝主上的热情的。

"觉得像是把往日又找了回来……"

主上似乎一刻也不愿意离开，夜里一直紧紧地跟在中宫身边。

原本是主上前往中宫职后妃室，但因为太远了，便让中宫移到了清凉殿附近的宫殿。以前都是中宫前往清凉殿，如今毕竟多有忌惮，主上便自己到中宫身边去，十分热忱。深夜，主上悄悄地来，拂晓时再离开。

其他的新女御们，主上似乎连想都不想了。

这时，传来了一个喜讯。女院生病，为祈愿痊愈，举行大赦。伊周大人与隆家大人得到了赦免，召回的命令已经下达。大家心里都盼着他们有一天能回来，主上一定也曾经为之心碎，期待良机吧。

小公主带来了幸运。自从小公主诞生之后，中宫身边喜事连连。

我再次与则光相会的时候，忍不住跟他夸耀：

"听说隆家大人要回来了，许多人都特意前往流放地迎接呢。隆家大人一扫颓势威风凛凛地回京了。伊周大人说是要等九州的疫病稍微好转一些之后，再返回京城……中宫如今备受宠爱，更甚从前，他们要是知道了，该多么高兴啊。"

"……"

"对了，你听说承香殿女御怀孕的传闻了么？"

"没有。"

"听说趾高气扬地回娘家去了。女御坐着辇车，仕女们都步行陪伴着，队伍经过竞争对手弘徽殿前面时，发生了一场大骚乱。"

"……"

"弘徽殿的仕女们又是不甘心，又是羡慕，你推我搡地躲在御帘后面偷看，结果御帘便鼓了起来——这时，承香殿女御身边能言善道的小侍女说了什么，你猜？"

"……"

"她说：'哎呀，这宫里的女御怀不了孩子，御帘倒是怀上了呀！'弘徽殿那边的人气得直跺脚，可不甘心了。小侍女说得好，啊哈哈哈哈！"

"……"

"不过，不管怎么说，主上的爱肯定只属于中宫一个人——那种承香殿之流，算什么！"

则光变得愈加沉默了。即使我问他：

"今晚留下来么？"

他也犹犹豫豫的样子：

"可能吧……"

"你怎么了？"

"没什么。只是，最近总觉得……怎么说好呢？太累了吧！"

不知为什么，最近则光嘴里开始冒出"寂寞""累了"之类的字眼。

"事情很忙么？"

"倒也不是，只是不能像从前那样，来这里可以得到很好的休息了。你总是满脑子'中宫殿下'的事情，我反而感觉更累了。真是寂寞。"

则光真是胡说八道。不管什么时候，我的话题总是离不开中宫。又不是现在才开始这样。我与中宫一家共命运，同甘苦，把自己的身心都奉献给了她们一家。

"就是这个，最近，让我觉得寂寞啊！"

今晚的则光并没有像之前那样发怒，他静静地说道。

不发怒的则光，我觉得仅仅那个样子，也是一个让我困惑的男人。

"那你想要我怎样？"

"要说我想要你怎样，我不够聪明，实在说不来。在你身上，有些东西是说不来的——以前，对我来说，那是一种魅力，你说的话也让我开心……在宫中重逢的那一刻，真是让人怀念，胸口甚至都有些发紧了。我知道，不能像以前那样把你关在家里，你不是那样的女人——在许多人中间，得到赞扬，受到瞩目，令人愉快，你是以这种方式活下去的女人。可是，如今就连你我的个人时间里，你也是满脑子'中宫殿下'、满脑子关于别人的坏话。"

"……"

"在这里，我无法得到放松。最近，我一直有这种感觉。"

"……"

这次轮到我陷入沉默了。

"你这个男人牢骚可真多。"

我喃喃道。

"之前，你说我男性朋友太多，说我'可恨'……这次轮到'寂寞'了么？……我虽然有时对你说些难听的话，可是实际上，如果说这样跟你相会不快乐，那也是假的。"

"这个我明白。不知为什么，我们俩脾气就是合得来。虽然你把我说得一文不值，但是跟我这样的男人相处，也是你的心性所需吧。"

"既然都明白，那还……"

"对我来说，也是一样。可是，仔细想一想，那也是今天之前的事了。"

"……"

"怎么回事呢？听你说着说着，我便渐渐开始觉得寂寞起来，无可奈何地变得沮丧。"

"我可没法连你的沮丧都要管啊！"

"话是那么说。可是，海松子，世界很大，得把眼睛睁得更大一些，边边角角都看过去才行。"

"……"

"目前为止，我想了很多……明年的除目，我应该能抓住个机会，左大臣家那边有点门路……呃，就是致信大哥帮忙说了话。虽然还不知道具体是哪个令制国，你也一起来吧？我可能会成为国守哦！"

"我？为什么？"

我不由得大吃一惊。可是，则光面不改色：

"不是挺有意思的么！可以欣赏到自己从未见过的景色。"

"你应该是带着家人同行的吧。"

"是带着去，不过，这是两码事。你试着玩一两年吧，你以前不是很喜欢外出么？总是吵吵着让我带你去郊游或者看热闹。坐着牛车过河，溅起的水花像水晶似的，你便感到开心。那些被压入车辙的艾草一下子散发出了浓郁的香气，你也十分快乐。那个时候，你喜欢树木花草、清风等等。怎么样？不管是哪个令制国，你要不要跟着我去待一段日子?"

"瞎说什么呢!"

"你要是待腻了,就回来好了。我不想将你束缚住。可是如果就这样待在京城里,焦躁不安,说人家的坏话,肯定没有安生的时候。"

"你想去哪个地方?"

我这么问,并非有心想跟则光同行,纯粹是出于好奇心。我怎么能放下中宫到别处去?

"这个啊……"

则光的脸突然神采奕奕起来。

"一个跟京城截然不同的地方比较好。我想去东国①之类的地方,策马跑过原野,尽情地狩猎。跟那些不同于京城里的人友好相处,一起做事,闻一闻泥土的芳香,掬一口河里的清水,什么风雪都不怕。你不想尝试一下那种生活么?说实话,比起嘉汰子,我更想跟你一起去那样的地方,过一过那样的生活。"

则光最后一句话让我最为开心。对我而言,"比起嘉汰子,我更想跟你一起"这句话最能挑动我的好胜心。

而且,我也非常明白则光所说的意思。就像少女时跟父亲一起去过的周防国那样,跟则光一起欣赏的东国将充满着惊奇吧。

说实话,要是有分身术就好了。

一个跟着则光去外地。

一个留在中宫的身边。

"则光,我是喜欢你的。"

---

①古代日本的关东地区。

我说道。

"我也想那么做，跟你一起去。可是……"

"哎，后面不用说了。我知道你想说什么。不过，还是想跟你说一下。要是不说的话，你不会明白我是这样的心情，可能就一直那么埋在心里了。你终究是那种离不开京城的人呐！"

"……"

"要是没人捧着就活不下去的女人呐，被赞赏、被奉承、被下套。"

则光应该不是那个意思，但在我听来，却是一种讽刺。

我顿时火冒三丈。

"那是个你明白不了的世界！不管我说了多么有趣的事情，你都一窍不通。"

"那种自以为是，对已经这把年纪的我来说，实在是消受不了。"

"是么！那就只能分手了。"

"你要是那么说的话，我也没辙。"

"没必要让你那么委屈地来见我。"

"我跟你的看法一样。"

则光一下子变成了我憎恶的男人。转眼间，如此迅速地发生变化，这究竟是怎么了！

"以后就算叫我，我也不来了！"

"我短期内也不会回这儿来了！如果中宫殿下进宫，我可能会一直待在那边。"

则光并不是在生气。他说寂寞，也许是真的。可是，我终究无法理解男人的心思。他所说的"寂寞"是否跟我的同质，已经无从知晓。

然而，我无暇慢慢思考这件事情。中宫入住中宫职后妃室一事确定之后，殿上人们便蜂拥而至。

不管怎么说，我们这些以中宫为中心凝聚在一起的仕女们所营造出的氛围，对男人们而言是一种非常愉快的享受。而且，隆家大人终于回来了。

隆家大人得到了隆重的迎接，甚至有人说："从流放地回来，原本不是什么光彩的事情，却弄得如此声势浩大……"这位大人以前就招人疼爱，加上他在但马期间未曾轻举妄动，谨慎行事，左大臣家那边对他的评价也很高。这些为他积攒了人望。

觐见中宫、与小公主见面时，隆家大人都落泪了，那是喜悦之泪。"这样，要是大哥也能早日回来的话，又可以跟过去那样……"，他的"得寸进尺"也是令人可喜。

隆家大人回来时，晒黑了，体格也比以前更加强壮了。他不仅与经房大人、赖定大人等以前的玩伴重逢叙旧："哟！""好久不见"，也非常热络地跟仕女们打招呼："宰相君……哎呀，少纳言。还有，右卫门君。哟，中纳言君。大家都挺好的啊。"

"恭喜大人平安回京！"

久违地近距离见到了年轻的贵公子，我们也非常高兴。隆家大人夜里回到他家夫人那边去，白天一直都不离中宫左右，跟姐姐十分亲近。

隆家中纳言回京之后咏给夫人的和歌，早早便在京城里传开了：

别时何曾想象过，
今日京中再相逢。

夫人的回复是：

别时珠泪湿衣袂，
今日与君喜重逢。

这位夫人是伊予国国守兼资的女儿。两人之间的关系至今仍未得到父母的认可。听说中纳言前去拜访夫人时，也得避人耳目，这让隆家大人返京的喜悦更为痛切。

于是，世人都想着，中宫的势力是否即将一天天地恢复到原来的样子。那位怀孕后回了娘家的承香殿女御，在前往太秦参拜时出现临产征兆，宫里、女院都连忙派了使者前去探望。究竟是男皇子还是小公主，女御的父亲显光大臣自不待言，天下人也都捏着一把汗。结果，从她身上喷泄而出的居然是水……

眼见着，肚子瘪了下去。

显光大臣茫然自失，女御无地自容，哀叹着：

"这下没法回去宫里了。"

"早知如此，当初就不该那么招摇地出宫……"

"听说那个年纪虽小却老练、牙尖嘴利的小侍女羞愧得不知去向了……"

"中宫殿下的运势还是很强的。"

我们一聚到一起，谈论的话题便一直是承香殿难堪的怀孕风波。

我觉得还是这样的世界有趣。比起跟则光一起前往荒野东国，这些关于别人的蜚短流长、闲言碎语更能让我充满活力。

而且，我交到了不逊色于那位齐信卿的出色的男性友人——

藤原行成卿，取代齐信大人成为藏人头的人物。这位又是一个极具魅力的公卿，而且与我关系渐佳。

二十

长德三年（997）的夏天非常炎热。京城里，物价暴涨，民生不易。据说饿死的贫民很多，我们——此处，以中宫为中心的后宫，则是如同春日重返般的一片繁华。

中宫住在中宫职的后妃室。这里的建筑虽然古旧沉重，但那种古色苍然中别有风情，在我们看来十分稀奇。

院内树木苍郁繁茂，也是趣意盎然。据说这里的建筑因为年月久远，主屋里住着鬼。所以将那里彻底封锁，中宫则住在搭好御帐台的南厢房。

我们仕女们则住在离南厢房不远的外侧耳房里。

这里恰好是进宫的殿上人、公卿们的必经之路。从阳明门往建春门、左卫门的卫所而去，则必须从这栋建筑前面经过。

听着他们那些队伍清道的声音十分有意思。殿上人清道时，声音是短短的"唏……唏……"而身份高贵的公卿，清道时则比较庄重，一声声拉得很长"欧……唏。欧……唏……"我们仕女将二者命名为"大清道，小清道"，听着听着，我们便自然记住了声音，时常吵嚷着："现在这个是谁谁谁。""这次是某某卿来了。"有人反对说："错了！那是某某大人"，于是便派底下人前去确认，猜中的人便得意地说："瞧！我说的对吧！"吵闹非常。这些也很有意思。

小公主健康成长。中宫这边，主上不断地来信问候。中宫开朗的笑声时常响起。不论昼夜，中宫职后妃室里一直都有殿上人的身影。公卿们只要没有特别着急的事情，在进宫之前或之后，都一定会到这里来，跟我们聊聊天后再走。如今，宫廷的社交界已经全盘转移到了中宫职后妃室。当今时代，恋爱、机智、流行等等，似乎只能在中宫以及围在她身边的我们中间才能找到。我们所到之处，公卿们都趋之若鹜。彻夜通宵时，在廊子上乘凉，黎明的残月在晨雾中若隐若现，十分清美。我们踩着庭院里的朝露漫步而行，中宫似乎也已经起床了，她从御帘里饶有兴致地看着我们。渐渐地，天空泛白，我说："要不要就这样慢慢走去左卫门的卫所？""去吧！""等一下，我也去！"小弁君和小兵卫君等性格活泼的年轻人便挽好裙裤，跟随而来。

凌晨时分的大路上不见人影，凉意习习。晨雾中，建春门隐约浮现。这时，似乎有数位年轻的殿上人一边吟诵着："松高风有一声秋[①]"，一边朝这边走来。"哎呀，他们要去后妃室！"我们连忙折回。

"瞧！前来欣赏残月、飘然出现的天女们！"

殿上人们眼尖地认出了我们，饶有兴致地问：

[①]源英明（生年不详—939）。诗作《夏日闲避暑》：池冷水无三伏夏，松高风有一声秋。（收录于《和汉朗咏集》中）

"和歌作好了么？让我们听听嘛！"

"如果你们说句'请稍候'的话……"

"哪里的话！黎明的残月颇有风情，可是，女人早起的容颜，怎么好意思让大人们看见……"

"那，就让我们听听和歌。"

"哪天到后妃室再说。"

我们笑着赶紧撤退。殿上人们就那么跟着来了，各自找到相熟的仕女，开心地交谈着。清晨至深夜，公卿们来到这里，高声谈笑，交换信息，互相耳语。这里比宫中要开放得多，生活更加愉快舒适。因为小公主年纪尚小，所以不能在宫中生活，但是在社交乐趣这一点上，这里要更为自由。

我最亲近的男性友人是藤原行成卿（除了经房大人之外）。齐信大人荣升之后，他继任其职位，成为藏人头。这一位是一条摄政大臣伊尹公的孙子。他的祖父摄政大臣早逝，父亲义孝少将则在行成大人三岁时身染疫病而亡，因此仕途发展方面略迟一步。但他是一个有才干的人，得到了源俊贤[①]卿的赏识，连登殿资格都没有的他一步登天，被提拔为藏人头。

这非同寻常的晋升令世人十分震惊。尽管如此，似乎与伊周大人或隆家大人的情况有所不同，并未引起人们的反感。或许是他那过人的才干，得到了民众的认可。而且，他作为当代的书法家也颇有声望，性格稳健、务实，深受世人敬重。

如果说人们有所议论的话，估计也就是带着几分说笑的意味说

[①]源俊贤（960—1027）。源高明第三子，能吏，与藤原公任、藤原齐信、藤原行成并称一条朝四纳言。

说风凉话：

"朝成中纳言不作祟就好了……"

据说行成卿家里世代都因为受到"朝成的诅咒"而早逝。那已经是二十几年前的事情了，当时他的祖父一条摄政伊尹大人与朝成中纳言争夺藏人头一职。家世低的朝成中纳言恳求伊尹大人：

"这回请您还是推辞吧。大人就算这次没当上，藏人头的位子总有一天一定会轮到您的。可是，我如果这次落选，将永远也没有机会了。不知道能否请您这次就让我一回？"

伊尹大人应承道："明白了，就让给你吧。"朝成中纳言十分高兴，不承想最后公布出来，藏人头定为伊尹大人。尽管已经说好了，伊尹大人却改变了心意，而且事先未跟朝成中纳言通气，朝成大人心里非常不痛快。此后，两人便关系不和。其间，发生了双方手下人争斗的事情，听说伊尹大人怒气腾腾地说道："因为我比他先晋升，他无处撒气，便对我无礼了。"

朝成大人想解释此事，便前往一条邸登门拜访。正是暑气逼人的时节，他说明了来意之后，便进了中门等候。可是过了许久，也不见有人前来带路。拜访贵人宅邸时，如果无人前来带路，则不可擅自闯入宅内。等了又等，望眼欲穿中，已是日落时分，西晒的酷热令人难以忍受。朝成大人汗流如雨，眼冒金星，却依然不见有人前来接待。"伊尹这家伙，是想把我活活烤死么？！真不该走这一趟！"想到这，朝成大人顿时浑身上下充满了憎恶与怨念。因为天色已黑，他想今天就到此为止，便起身离去。"给我记住了！"他用力地攥着笏板，结果啪嗒一声，笏板折了。

据说从那以后，朝成大人满怀怨恨，卧床不起。最终口中喊着

"伊尹一族，不论男女，我将永世诅咒他们！如果有人与他们交好，我便一并诅咒！"癫狂而死。不知是否因为这个，伊尹公四十九岁便英年早逝，到了他的儿子义孝少将①（行成大人的父亲）则更是年方二十一，其兄长年方二十二岁便早早身亡。行成大人也总是处处小心谨慎。说来，还有这样的传闻：

——左大臣道长大人做了一个梦。紫宸殿后面，好像有个人站在那里。他问了数次"什么人？"之后，那人回答道："我是朝成。"即使是在梦中，左大臣也觉得有些可怕，但他还是问道："你为何站在这里？"朝成回答："我在这里等候行成前来上朝。"

醒来之后，道长大人觉得毛骨悚然，想着："今天安排有公事，行成必定早早上朝，万一遇到朝成的恶灵，那可就惨了！"便赶忙写了封信让人送去。不巧刚好前后脚错过，行成大人已经前去上朝了。

可是，行成大人真是个运势强大的人，他当天并未从上朝时必经的紫宸殿后方走，而是刚好就那一天，他从藤壶与后凉殿之间穿过，然后前往清凉殿殿上的候朝室。道长大人十分震惊，他劝道："怎么回事？难道你没有看到那封信么？我做了一个这样的梦。你还是赶紧离开为好。"

据说，听完之后，行成大人顿时双手合十，面色煞白，二话不说，连忙从宫中退出，闭门在家中避忌，安排人祈祷，一时间连上朝都不去了。

人们面带惧色地谈论、传播着这件事。可是，对我而言，朝成

---

① 藤原义孝(954—974)，藤原伊尹第三子，官至右近卫少将。平安朝著名歌人，三十六歌仙之一。天延二年(974)不幸染上天花，与兄长藤原举贤同日身亡。

诅咒的原因——"藏人头之争"更有意思。男人们围绕着权力而展开的火花四溅的争斗，对我来说更加快意。为了获得权力，男人们无所不为。其另一面，便是阿谀、屈从于权力。朝成大人原本已习惯了极尽屈从，却在那一刻放弃了现世的权力："到此为止。"

他想以那样的方式成为另一个世界的权力者，于是放弃了现世肉身。

这么说来，伊周大人亦是如此。他身为流放中的罪人，却不顾一切地赶回来探望病重的母亲。比起现世的权力，他更为重视的是骨肉亲情，这岂不是一种其他男人所欠缺的勇气么？

一提到伊周大人，则光总是没有好话。男人们只会从男人的角度思考问题。如果从女人的角度来说，伊周大人是一个有勇气的人。

不过，行成大人倒是一个似乎跟任何悲剧或诅咒都没有关系的、性格开朗、容貌端正的男人。他的父亲，二十一岁便告别人世的义孝少将，时至今日，其容貌之俊秀仍然为众人津津乐道。行成大人可以说也是一名美男子。

只是，他持重沉稳，一丝不苟，爱好也十分普通，所以不显眼。

上一任藏人头齐信卿是个相当时髦的雅士，气质与华丽的服饰相得益彰，喜欢不时说些俏皮话、玩笑话与仕女们闹成一片。与此相比，行成大人的口碑则是"沉闷的人"。

"不好接近。"

也有人说：

"齐信大人擅长吟咏诗歌。听他吟诵诗歌，会为之倾倒，沉醉其中。"

仕女们评论道：

"相比起来，行成大人既不会咏歌，也不会乘兴吟诵、活跃气氛之类，真是个土气无趣的人哪！"

行成大人虽然才二十六岁，但是看起来比实际年龄要老成，似乎对"活跃气氛"没有什么兴趣。另外，他是有名的能吏，书法被誉为当代第一，学问方面也是造诣颇深，但人们都认为他不会作歌。

说实话，这一点也是我喜欢行成大人的原因所在。我也是属于不擅长吟咏和歌的那一类人。虽然急中生智型的和歌比较拿手，但那种动人心弦的和歌名作，则并非强项。对于这一点，我自己也是心中有数。

不过，自己不会作歌与具备鉴赏他人创作的佳句名歌的能力，这是两码事。我认为自己在鉴赏、鉴定能力方面，胜人一等。恐怕行成大人也是那种类型的人吧。

经房大人曾经跟我说过一个小插曲。

众人一起在殿上围绕歌论谈得兴起。这时——

"头弁①（行成大人）一直不吭声，不知是谁，开玩笑道：'难波津之花，冬日藏身影——这句如何？'"

经房大人像是好笑得忍都忍不住了，话才说到一半，就已经笑开了。

那首和歌是孩子们习字用的和歌。孩子到了五岁、六岁，大人们便让他们从那首和歌开始习字。下半句是："如今春来到，朵朵展欢颜。"

①藏人头兼任弁官。

"头弁或许是很想来一句精彩的回复吧,一直歪着头冥思苦想,最后却蹦出了一句:'不知道。'这下,所有人都笑得不行了。正儿八经的歌论也在这句'不知道'面前骤然失色,丢盔弃甲。之后,每每有点什么事,大家便流行说句'不知道'来败兴。"

说着,我和经房大人都齐声笑了。行成大人那种不加修饰的质朴令人心生好感,而我跟经房大人对此颇有共识,这让我对经房大人更觉几分友好。

"行成大人,我很喜欢——"

我这么一说,经房大人也重重点了点头:

"笔迹是不会说谎的。虽然世上也有一些品行不佳,却写得一手好字的人,但仔细一看,那字里终究还是透着一股卑劣。看看头弁写的字吧!散发着一种高雅的气质。"

"没错!汉字、假名都十分出色。要是能收到一封那样字体隽秀的情书,恐怕会目眩神迷呐。"

"你那么说,我就有点麻烦了,得拜头弁为师了。"

经房大人开玩笑道。

在仕女们中间,也有人不喜欢行成大人与左大臣(道长大人)走得近。可是,如果让我来说的话,那是因为左大臣大人本身是个大人物,所以才会看中行成大人的非凡才干。最早,有心提拔当时尚未获得升殿资格的行成的是才子源俊贤大人,主上对此事有所犹豫:"——将尚未升殿之人任命为藏人头?"源俊贤大人极力推荐道:"这是个难得的人才。可以说,如果弃用这样的人,将于天下不利。他是个能为陛下鞠躬尽瘁的有才之人,还请陛下提拔他,重振民心。"这样一个人物,左大臣殿下看重他,也是情理之中。

行成大人一开始便对我说：

"清少纳言大人，我在齐信大人那里听说过您，今后还请多加关照。可能会不时前来这边叨扰，请不要怪罪。"

官员们一般都会各自找个跟自己脾气相投的仕女，一旦有什么事情，或通过对方禀报，或跟对方征询意见等等。这位新上任的头弁，居然直接就这么找我来了。

虽然乍一看似乎有些不容易亲近，可我却马上看中了行成大人诚实、稳重的性格。他不同于齐信大人那种才思敏捷，却深思熟虑、行事果断，不见轻浮。

行成大人眼睛细长、澄澈有神，鼻子、嘴唇长得大而踏实，形状好看。表情比较成熟，所以看起来有些老成，但是笑起来的时候，十分年轻。听说主上也十分中意行成大人，对他颇为信任。

如果帮忙联络的我不在，行成大人会派人到我房间找我。如果我回家了，他或者写信，或者自己上门拜访。甚至来到三条邸这边，说：

"还不进宫么？如果是这样，请差人跟中宫禀报一下：'行成如此这般说了'。"

真是够奇怪的了。

"为什么要如此大费周章呢？那边仕女要多少人，便有多少人……"

我这么一说，头弁便认真地说道：

"不行，我可不能那么干。我一旦认定了某个人，便不会三心二意。"

"可真是死板呐。不循规蹈矩，用现成的凑合，不拘泥执着，融通无碍，这才是成熟的做法哦。"

我一调侃，头弁便露出了和气的笑脸：

"性格天生如此，改不了了。'不可改心'，不是有这种说法么。"

"哎呀，那么，圣人教诲的'过则勿惮改'该如何是好呢？"

"算了算了，跟清少纳言论战，必输无疑啊。"

如此种种，真是开心。我觉得可以跟行成大人成为知心好友。他早年丧父，品尝过生活的艰辛，所以对别人也有一份暖心的关怀，这从他的话语中可以感受到。我也对中宫说过：

"毕竟是主上提拔的人才，非同一般，是个出类拔萃、心思有深度的人。"

"应该是那样的，光看他那隽秀、典雅的字体，也会那么想的。"

中宫似乎为行成大人的书法所倾倒。

这样，我时常在中宫面前提起行成大人，有机会便加以赞美。行成大人得知以后，甚至说道：

"清少纳言大人，我真的非常高兴。你看，都说'女为悦己者容，士为知己者死'，我愿意为您尽心效力。"

"哎呀，简直就是'远江之滨柳'么！正如那首'远江之滨柳，伐后又生芽。恰似你与我，情意难断绝'所咏唱的那般。"

"对，你和我就是那样的关系。"

行成大人这么说道。年轻的仕女们私底下说坏话："头弁真是讨厌呐，居然喜欢老婆子。"

行成大人和夫人之间生有子女，他是一个没有什么绯闻的人。

不过，他对女人的容貌十分在意。

当然，这可以说是男人们的通病。

"少纳言。让我看一眼你的脸吧。我们已经这么亲近了，不仅如此，其他人甚至都怀疑你我已经关系非同一般了。如此亲近，可你居然连脸都不让我瞧上一眼，真是太过分了！总是让我隔着帘子跟你相会。"

"不行！我已经不年轻了，连中宫都嘲笑我是'葛城神'之类的了。大白天里，已经羞于见人，只能晚上偷偷出来。姿容丑陋，不值得让您一看啊。"

"是么。我看经房大人不是经常一手掀起你房间的帘子，二话不说就直接进去了么。"

"嘻嘻。……那一位，怎么说呢，就跟我弟弟似的。"

"嗯——则光是哥哥，经房中将是弟弟，那就把我当做比你小的堂弟吧。"

"居然有个堂弟是头弁，我这是哪儿修来的福分啊。……不过，行成大人，你喜欢什么样的美人？"

"这个么，如果从我的喜好来说，哪怕眼角上挑近乎垂直、眉毛紧挨着额头、鼻子塌陷扁平，只要嘴角俏皮、下巴以及颈部线条清秀美丽、声音可爱，那样的人就很好了——话虽如此，过于恶相的人恐怕不行。女性的美，脸的下半部是关键哪！"

我大吃一惊。

他虽然嘴上说没见过我的脸，但肯定在哪里偷偷见过。

确实，我对下巴与颈部、嘴角颇有自信。很久以前，父亲曾经对我说过："真是个可爱的下巴！"那也许是由于没有其他可夸奖之处。不过，我的下巴长得肉乎乎的，到喉部便一下子紧紧绷住，然后就那样线条柔和地连到颈部。

颈部白皙，不见皱纹青筋，这可以说是一个让我感到骄傲的地方吧。声音也还不怎么显老。

行成大人的这番话，让我不由得脸上绽开了欢喜的笑容。

行成大人也许是无心之语，要说右卫门君，她的下巴可是尖成了个三角。尽管她是个美人，但应该说是个处处见锐角的美人。还有一个叫小弁君的人，眼睛细细地往上吊着，鼻子有些扁塌，可是年纪轻，皮肤白皙，头发又长又好看，便遮了百丑。不过，在她本人看来，眼睛跟鼻子的缺点大概是致命伤了吧。行成大人不小心触及这一痛处，小弁君更是凌厉地吊着眼睛，斥责道：

"头弁也太失礼了吧！缺少对女性的尊重，也是够过分的了。不懂风雅的木头人，完全不知人情世故的无能官吏！"

听说她还那么告状到中宫那边去了。中宫也觉得那事有趣。

我和行成大人总觉得有些地方很是投缘。我也听到过这样的风言风语："清少纳言是个十分精明地跟有地位的男人们来往的人——甚至跟左大臣那边的人也暗通款曲，滴水不漏。不知道她想些什么，是个不可掉以轻心的人哪。"我相信中宫，而且不管怎么说，我终究不想放弃这份得以享受与富有学识、教养的男人们平等对话的乐趣。从本质上说，与男性交往比较符合我的天性。

女人，于我而言，只要中宫一个足矣。我喜欢美人，所以共事的仕女中，我也跟长得好看的人比较亲近。不过，她们让我觉得无聊。

有一次，头弁来中宫职后妃室这边，聊得起劲，一不留神，已是深夜。将近丑时（凌晨一点至三点），他急忙离开：

"明天是宫里的避忌，彻夜逗留，恐怕多有不便。"

次日一早，来了一封用两枚薄薄的藏人所办公用的纸屋①纸叠在一起写就的书信，信上写着：

"今天总觉得许多话没有说尽兴。本想彻夜跟你说一些过去的故事等等，结果在鸡鸣的催促之下离开，真是遗憾。"

其字迹之美，令人赞叹。

我连用秃笔给他写回信都觉得羞愧不已，但还是回复道：

"你说'在鸡鸣的催促下'，虽然丑时的确叫做'鸡鸣'，但当时还是深夜，我并未听见鸡鸣之声。莫非你所听见的鸡鸣是那位孟尝君让人学的鸡叫吧？"

在《史记》中，记载有关于孟尝君的故事。这位战国时代的王族还因为厚遇诸多食客而闻名。有一次，他为了逃命，利用一个擅长模仿鸡叫声的食客，骗得函谷关打开了城门。我便是引用这个故事加以调侃。

结果，很快地，又来了一封回信，一封似乎带着些许暗示的信：

"孟尝君的鸡是函谷关之事，不过，我说的可是你和我的逢坂关哦！孟尝君和三千食客集团，这边可是只有你和我的秘密相会。情调截然不同。"

我忍不住开心地笑了。这种游戏，而且是我一说"孟尝君"便即刻回复了"函谷关"以及由函谷关的关所联想到的逢坂关——带着些许艳色的暗示。说实话，成人之间充满机智的应酬就必须是这

---

①纸屋院是律令制下图书寮的附属机构，负责制造朝廷用的纸张。

个样子。

则光之流绝对应付不了这样的对话。

我开心得几乎要哼唱舞蹈。如此一来,我的机智便得到磨炼,灵感顿时闪现。我再次回信:

夜半学鸡鸣,出关过函谷。
此乃逢坂关,轻易不放行。

你哪怕学一整个晚上的鸡叫,逢坂关也是过不去的。我轻易不会开门的。你和我之间要越过朋友那道线,是不可能的。可靠的守关人在看着呢。

紧接着,回信又来了:

既是逢坂关,轻松可通过。
无须鸡鸣啼,已开门相候。

居然说什么不用鸡叫,这边便会敞开关门相候,真是一首过分的和歌。左想右想,总觉得难以回复,便就此作罢。最早的那一部分行成大人的信件,隆圆僧都磕头作揖拜地来讨要:"这手迹实在是无与伦比,我会视如珍宝的,您就送给我吧。"我便送给他了。

后来,我见到行成大人,他对我说:

"我把你的信给别人看了,因为实在是一首非常精彩的和歌。"

"那么做是不是不行啊?"

"不,我自己也觉得挺得意的。这种时候,要是不能一传十,十传百，就太没意思了。我觉得你那么做挺好的。"

在行成大人面前，我十分坦率。

"不过，你的信，我偷偷地藏起来了。因为那首歌，说得好像两人之间有点什么似的，容易招人误解。僧都大人一直想要，我便把你最早的那封信送给他了——不过，我的信，你可以随便给人看，一点都没有关系。何止如此，我甚至想要跟你道谢呢。受人称赞、欢迎，我最喜欢了。如果不能得到有心人的喝彩，一切便黯然失色了。"

"啊哈哈哈！说得有理，你还是跟一般的女人不一样。这一点，我非常喜欢。"

行成大人也非常高兴。

"一般女人的想法可能会是这样的。尽管她心里对自己的信觉得得意，想在别人面前炫耀一下好不容易才写成的佳作，可是如果我说：'我把信给别人看了'，她便会抱怨：'可真是考虑不周，行事不当啊。'之前我还想着，你会不会也像那样冲我发脾气呢。"

"怎么可能呢！"

"把我的信件藏起来，也是一大妙处。我咏了一首失礼的和歌，万一被人知道了，只怕大家都会说行成是个鄙视女性的无礼男人，就不好再来这边叨扰了。"

"是的，那首和歌并非头弁的真心，不过是个笔误罢了。"

"这真是吓我一跳啊，你果然一清二楚。你说的没错，我这个人不擅长和歌之道。无法顺利地将心中所想化为和歌——我常常感到焦虑，你能理解我的这种心情么？"

"实际上，我也苦于不会作歌，所以非常理解你说的那种微妙。"

"原来如此。"

我和行成大人齐声笑了起来。每每有什么事，我和他总觉得彼此的心贴得非常近。

经房大人来到我这边，说道：

"头弁已经把你都夸到天上去了！"

"真的？"

我羞红了脸，但是很开心。

"'夜半学鸡鸣'那首和歌，已经无人不知、无人不晓了。看到自己喜欢的人得到别人的夸奖，真是高兴啊！"

"哎呀，是么！这可真是喜上加喜哪！"

我忍不住说道。

经房大人朝我凑了过来：

"怎么回事？什么叫喜上加喜？"

"不仅得到了行成大人的赞许，而且你还把我算入了喜欢的人之列。"

"事到如今你才发现么？居然还当做是新鲜事！"

故作生气的经房大人真是有趣。

"你把这个也写进《春曙草子》吧。"

经房大人说道。虽然自画自赞有些不好意思，但为了纪念中宫重返春天，我把这个也写下来吧。

这一年的岁暮，双喜临门。

小公主脩子接到了内亲王宣旨，不久即将正式成为脩子内亲王。然后，便是盼望已久的伊周大人的返京。

最高兴的人应该就是中宫了。第二次的春天，已经毫无悬念。

新年过后的除目，我得知则光当上了远江国①权守②。

我以为他在赴任之前会过来一趟。

可是，则光没来见我便出发了。

说实话，我原本以为我们会在三条邸见个面，在那里举行一次饯别之宴。

或者也可以说，我暗自有些期待。至今为止，虽然曾经因为生气、争执分开过，但不论何时，双方总会再次会合。不久，则光便厚着脸皮，一边说着不得要领的话："好了，好了"，一边跟我求欢。

听说了则光即将前往远江赴任之后，我等了一段时间，心里总觉得他会来跟我说些什么。

然而，时间不断过去，七七八八之余，出发的日子眼看就要到了。最后，我差人给他送了一封信："我从宫里回到三条邸了。"结果，则光那边并没有回信，而是派人送了口信过来："大概后天上门。"当天夜里，我特地用心地准备了不菲的晚餐。若狭国的小鲽鱼鱼干，用上好的酱煮成的慈姑，山鸡肉羹，酱烧红鲤，烤斑鸫，山药粥，甚至连酒都准备好了，结果他却没来。这真是……

也没派个人过来说一声。

第二天晚上，他还是没来。

赴任之前的忙乱，我见过父亲当时的样子，所以知道得很清楚。更何况则光这回是初次经历。他的官阶已经晋升至从五位下，

---

①相当于今天的静冈县西部。
②"权"指定员编制之外的官员，此处"权守"即定员之外的国守。

手下的人估计也很多，还有与上司之间的联络等等。按照则光的说法，此事是"致信大哥帮忙说了话"，所以要给左大臣家里的哪一位，或之前托了关系的那些人送礼致谢、口头致谢等等，也许里里外外算得上是他人生中最为忙碌的时期了。另外，对于前年出生的女儿，则光曾经喜滋滋地说"第一次有个女儿了"，所以他一定会把女儿的母亲即叫做嘉汰子的那个妻子也一起带去。一家眷属，人数应该不少。我也明白，七七八八的事情，他应该是忙成了一团……

第三个晚上，他还是没来。

我让人给他送了一封信，问："什么时候出发？"并且，对于造成我不得不写这样一封信的则光，我感到非常生气："太傲慢了！太傲慢了！"像则光这种人，只要我淡淡地暗示一句"我等着你"，就应该慌不择物，一边系着乌帽子的带子，一边急忙一路跑过来的。说了会来却爽约，真是岂有此理。更何况，我还特地准备了美味佳肴等他过来。则光本应诚惶诚恐、感激涕零，对我的深情厚谊表示感谢，并且细细倾诉他与我分开是如何痛苦、悲伤的。他理应要说：

"我甚至都想着，如果得跟你分开，还不如辞退这次的荣升。"

而我则随即落落大方地给他抛了个话题：

"不要说这样的话了，你好好地出发吧。要说我不觉得寂寞，那也是谎话。但是，你好不容易才抓住了晋升的机会……竞争应该非常激烈吧？"

于是，则光便一脸兴奋地开始说道：

"没错！某某跟某某也都盯着这个位子，但还是我坚持到了最后。"

每当跟我说起这些的时候，则光是最为开心的。

好歹应该这样依依惜别一番的，结果他却爽约，真是岂有此理！

我第二次送去的信，终于有了回音。

"对不起。一片乱糟糟的，很忙。没时间，所以去不了。你不要觉得我是个薄情寡义的家伙。话虽如此，或者可以说我的薄情是跟你学的。不，这是个玩笑、玩笑。多多保重。我马上就会回来的，到时候见面吧。——阿则"

该说是十足实务性呢，还是冷淡乏味呢？只能让人觉得这封信是匆忙中草草写就的。如果是一般的男人，一旦置身离别状态，便极尽缠绵、饱含情趣，深情款款地写下亲切的话语安抚女人的心情，加以慰问。然而，这封草草而就的信，可以说是冷淡乏味的。我十分郁闷，怒气腾腾地瞪着那封信。

那封信表达出一种难以抑制、呼之欲出的心情：

"顾不上你了。与其说我这边很忙，不如说我很开心。"

我对此感到无法容忍。

不知何时，则光曾经说过："一个跟这个京城完全不一样的地方比较好。我想跟一些和京城里的人截然不同的人交往、一起共事。"如今他也许正沉浸在即将开始新的人生的兴奋中，其他什么事也做不了。在跟我不同的另一个天地中，品味着兴奋与期待的则光，心里可能想着："……真是狂妄。"

我写了首和歌给他：

薄情学自我，失约师何人？

——你说薄情是从我这里学来的，那也可以。可你跟我约好了说会来，结果却失约，这又是跟谁学来的呢？

和歌的意思如此。

不料，入夜时分，来了个使者，再次带来了他的回信。

"不要咏什么和歌，不是都跟你说过么。只要听见'歌'字，我就头疼。一看到信里写着和歌，我连看都不想看。比起这些，我说海松子啊，即便如此，我还是为你而担心。就算只是'哥哥''妹妹'的情分，不也挺好的么？好好保重！"

这再一次激怒了我。我觉得自己被他以一种"哥哥""妹妹"的立场糊弄了。

是么？那么，跟嘉汰子、其他妻子们则是"夫""妻"或者"男""女"关系啰？平常开玩笑说"哥哥""妹妹"也就算了，在跟我这么一个体面、成熟且出色的"女人"分开的时候，连个像样的道别都没有，说什么当做"妹妹"，敷衍了事，我可饶不了。

我又写了一首和歌回复给他。

妹背山已崩①，不见吉野川。

——"哥哥""妹妹"的约定已经不存在了，我可接受不了那种"情分"。你担心？你究竟担心我什么呢？你的事情，我也已经是一点都不想沾上关系了！

---

① 吉野川从大和国的妹山与背山之间流过，妹山和背山并称"妹背山"。妹背，即兄妹之意。

则光是否能明白我想说的是这个意思呢？不，他一旦知道回信是首和歌，说不定连看都没看一眼，就扔到一边去了。最终还是不见回信，则光一行已经前往远江国赴任了。

则光走了。

他在京城的时候，即使没见面，我也一点都不在意。因为我觉得，举手打个响指，他就会飞奔而来。

这样的他居然跟我连个面都不见，就离开了京城。听说远江有个大湖，则光是在那里"闻着泥土的芳香，掬起河里的水一饮而下"么？"比起嘉汰子，我更想跟你一起去那样的地方，过一过那种生活"——则光不是说过么……

尽管并不是说我曾经爱过则光，但仅仅是他不在京城而已，我却总有一种什么都提不起精神的感觉。对则光、对任命他的朝廷、对帮他走关系的大哥，都感到一股怒气。

我甚至觉得短期内连进宫出仕都去不了了。

即使一个人闷在三条邸里，也不会再有则光的随从不客气地前来敲门了。再也听不见吵架之后，则光怒吼着"回去！"的声音了。

那个时候，已故的粟田殿（道兼大人）的女儿新入宫，据说年方十五。道兼大人被称为七日关白，政权到手之后不足七日，便病重去世了。他曾对神佛许愿："我想要个女儿，想要个……"好不容易夫人终于怀孕，他欣喜若狂。但这次入宫的并非当时那个孩子。因为那是三年前的事情。当时那个孩子，如他所愿是个女孩，可惜他未能见上一面便过世了。

这次入宫的是主上乳母中、一个人称藤三位的与道兼大人生下的女儿。道兼大人虽然慨叹夫人未能生育女儿，但似乎对情人藤三位所生的女儿并未特别宠爱。

藤三位作为主上的乳母，十分风光，在道兼大人过世之后，与中纳言惟仲再婚了。据说惟仲是个野心勃勃的人，他没有让道兼大人的女儿赋闲，而是将她作为"御匣殿别当"送入了宫中。总有一天要让她升格为女御，为此，惟仲私底下一直在活动。藤三位原本是九条殿师辅大人的女儿，所以那位小姐的血统可谓高贵。不过，并不能就此认为她能与中宫及其以外的承香殿、弘徽殿等女御相抗衡，获得主上的特别宠爱。

承香殿女御大肆张扬自己有喜，实际上却从肚子里流出了许多水，一下子"瘪了下去"，成为世人的笑柄。但是，主上宅心仁厚，对她深表同情。他给伤心的女御送去慰问的书信，不久之前，女御又回到了宫里。听说这一位长得十分貌美，而且性格也十分温柔，主上爱她仅次于中宫。世人对此颇感意外。也许是由于女御的父亲右大臣显光大人声望不高吧。

不管怎样，就算御匣殿别当入宫，应该说对中宫也不会有任何影响吧。尽管承香殿、弘徽殿她们入宫的时候，我们也曾经不安过。

因此，我便一心只顾自己怄气，也不去出仕了。

就在这时候，来了一个使者，带来了中宫的旨意："请尽快前来出仕。"

同时，使者还带来了堆得高高的二十张精致的白纸。那纸张质量上乘，似乎吸取了满满的柔和光芒、满载着早春的芬芳一般，精美无比。而且，让人觉得赏心悦目，看起来可以饱吸墨汁，让人可以畅快书写心中所想，手感绝佳。

"哇！这个是怎么回事……"

我新年过后便三十三岁了。可是，一看到精美的纸笔，依然忍不住大声欢呼。

我喜欢衣服、饰品，也非常喜欢纸张。

"为什么把这个给我……"

"那是中宫殿下赏赐的。"

台盘所的杂仕女①回答道。

"我不知道是怎么回事，好像中宫殿下有什么想法，所以就赏了这个。听上等仕女说，中宫殿下提过：'这看来写不了《寿命经》啊'……"

我笑了出来。

这么说来，我似乎跟中宫说过来着：

"觉得世事纷扰、了无生趣的时候，烦闷的时候，如果能得到好的纸、笔，幸福之余，便顿时心情大好。'太好了！如此，便可再活一阵子了'——于是又打起精神来了。"

——中宫一定是记得我说过的这些话。《寿命经》②是非常短的经书，用不了这么多的精美纸张。一想到中宫记得那时的事情，"殿下这是在调侃我呢……"，心里不知是觉得高兴还是光荣，顿时有些激动起来。我自己都忘记了，中宫居然还记得……

即使是一般的朋友，如果能够为自己那么做的话，都已经觉得很开心了，中宫居然特意为我如此费心，心里不知是惶恐，还是光荣……

该如何回复是好呢，我的心情有些彷徨，权且先写了一首

---

①平安时代，在宫中负责杂役、陪同出行的下层女官。

②《金刚寿命陀罗尼经》，全一千余字，系祈祷长寿之经文。

和歌:

神明①显灵实惶恐,或将延年齐鹤龄。

——真是不敢当。承蒙殿下赏赐的纸张,我看来可以延年千岁。

我在和歌里让"纸张"与"神灵"形成双关,虽然这么说有些僭越,但我想中宫与则光不同,她应该会明白我的心意吧。

我赏给前来送信的杂仕女一件青绫单衣,让她回去了。之后,我便喜不自禁地和小雪以及跟随我多年的侍女们一起切纸、折纸,把中宫赏赐的纸张做成了册子。

"中宫殿下赏赐的纸张。"

光是这么想,已经让我雀跃不已。

"把她的光辉岁月都写在这上面吧,一一记录在这纸上。"

我想道。尽管现在还处于零散打稿、慢慢积累的阶段,但总有一天,我要誊抄在这精美的纸张上,呈献给中宫。弁君说过:

"只写那些高兴的事、美好的事、激动人心的事就好。那些悲伤的事情,不值得写下来。"

总有一天,我要把光辉的记录献给集人生荣耀于一身的那一位……

我是那么想的。

中宫一直等待着我那本《春曙草子》的完成之日,她想要尽早

---

①此和歌中,"神灵"与纸张的日文发音双关。而"鹤龄"又与中宫提到的《寿命经》相关。

读到。难得作者与读者心心相印的这份幸福。

　　而且，幸福还不止如此。大概过了两天，数位身着红衣的下人送来了草席垫子："打扰了！我们把这个给搬来了。"他们三下两下便抬到了中庭，侍女们生气地说道："你们随随便便闯进来，太失礼了！"他们便有些无措，说了句"那，我们就搁这儿了"，然后把垫子往廊上一扔就回去了。

　　我问："他们是打哪儿来的？"

　　侍女回答："他们一声不吭地往这里一放便走了。"

　　我让人拿进来一看，这又是上好的草席垫子。蔺草的香气扑面而来，青翠的草席垫子上白底黑纹的镶边十分清新，我突然明白过来："这也是中宫殿下……"

　　没错。曾经有一次，我跟中宫说过，看着精美的纸张、崭新的草席垫子会让我感到开心。而且，我还说过，看着白底黑纹镶边的草席垫子便会觉得"这世上，活着终究还是有价值的！可不能轻易就放弃了"，于是心灵得到安慰，甚至连性命也都爱惜了起来。中宫听完后，笑着说："你可真是个怪人！"她身边的仕女们好像也都笑了："纸张、草席垫子就能延年，还真是省事儿的长生之道啊。"

　　我连忙派人去追那些下人们，可惜已经不见踪影了。草席垫子上不留只言片语。虽然觉得这是中宫出于好玩，恶作剧般地赏赐给我的，但我还是跟侍女们商量着：

　　"如果是送错地方了，对方肯定会来跟我们说些什么的吧！"

　　心里也想着是否悄悄跟中宫身边的仕女打听一下，但同时又觉得万一弄错了，十分尴尬。

　　如果是栋世的话，他不会是这种做法。此外，就一张草席垫子,也不像是身家丰厚的他的风格。他应该会附上书信,或是使者的口信,不出娄子。(他的"不出娄子",很合我的心意。与其说是老奸巨猾,不如说是老练周到,那种圆滑处世,带有一种信赖感。)

三四天过去了,依然没有见到任何联络。

我愈加觉得肯定是中宫的安排。这么一想,心里却有些怪怪的。

我突然开始"想家"了。我想的"家"其实就是中宫的身边。一个人在这里生闷气也不是办法。逝者如斯,已经走了的,就让他过去吧。则光还要再过几年才会回来。

正想着差不多要进宫了,结果有人说"今晚忌避方位呐",无奈只好暂时拐到一个只有一点点相熟的人家中。对方接待得非常糟糕,于是匆匆撤回我自己家里。天气冷得我无精打采的。

下巴都要冻得掉下来了。

好不容易终于到了起居室,赶紧把火盆拉了过来,凑近前去:

"啊,好冷,好冷……"

心里深切地觉得:

"孤零零一个人啊……"

致信兄长曾经说过:"看看弁君是怎么死的吧!"不管在如何华丽的地方出仕,一回到家里,便是孤身一人,冷得瑟瑟发抖,景象凄凉……

"埋了木炭哦。"

小雪告诉我。果然,用火箸拨开干净的细灰,便露出了好几块不见一个黑点、烧透、通红的大木炭,顿时"哗"地一下暖和了起来,脸颊跟下巴都快要烤熟了似的。

"哦，真暖和……又活了过来似的。"

"您早些歇息吧……我给您端来了甘葛汤。"

跟随我多年的左近说道。左近原本是在父亲身边服侍的侍女，如今住在这三条邸中，帮忙看管照顾这里，应该会在这宅子里一直待到过世吧。她已经年过六十，无夫无子。

"或者，您要喝点酒么？"

"好啊，喝过甘葛汤之后，来一点点吧。"

"您就那么做吧。身体会暖和起来的。"

最近，为了夜里安眠，我开始喝一点酒。好像左近有时也会喝一点。

一口、两口……不像则光或致信兄长那样大口痛饮，一小口一小口品茗的过程中，全身筋肉便松弛了下来，开始觉得：

"一个人冷得发抖，一个人死去，不也挺好的么？"

再说，只要身边还有女人们、伙伴们跟我说："木炭已经埋好了""喝点酒更容易入睡"，这就已经够了。

所以，当我再次回到中宫跟前时，应该说是振作起来了吧，甚至比以前还要更加充满活力。中宫因为兄长伊周大人、弟弟隆家大人已经回来，他们一左一右紧紧地守护着中宫，心情也重获安宁。而且，内亲王正是最可爱的时候，主上也就在近处，中宫处于最幸福的时刻。

经房大人早早便前来中宫职后妃室拜访：

"怎么样？之后，《春曙草子》已经进展相当多了吧？"

"哎，还是老样子。"

"我还一直以为你是为了完成那本草子，所以回家去了呢。你是怎么写我的？我很想知道。"

对我而言，跟经房大人一起聊天，是最有意思的事情。

"对了，不是有个叫宣孝①的么？右卫门权佐②……"

"是的，就是那个参拜金峰山时出了名的。"

我回答道。

宣孝前去参拜吉野金峰山的金刚藏王菩萨，却身着夸张华丽的服装，引得世人一片哗然：

"那是怎么回事，不把神灵放在眼里的家伙！"

"什么嘛！沽名钓誉啊。那家伙，一把年纪了还那么招摇。"

这个人如今四十七八岁吧，我自从进宫出仕以来，不经意间见过他几次。长得相当俊美，颇为富态，看起来不像他的实际年龄。头发乌黑，最重要的是，表情、打扮等都显得十分年轻。在被视为左大臣派的那些人当中，他也是圈内人熟知的厉害人物，听说左大臣对他也颇为看重。而且，在仕女们中的口碑也很好。他担任过石清水临时祭③的舞者。这么一个风光华丽、姿容惹眼的角色由年过四十的男人来担任，非常罕见。"那个右卫门权佐……"——他是喜欢中年男人的女人们乐于议论的对象。

所谓参拜金峰山，也就是说所有前去修行精进的人，不管身份如何高贵，即使是皇族，也必须身着朴素的净衣④，修身斋戒，断绝欲望，举止谨慎。结果，宣孝愣是放言：

---

①藤原宣孝（生年不详—1001），紫式部之夫。

②相当于右卫门府次官。

③每年旧历三月第二个马日或第三个马日于石清水八幡宫举行的祭祀活动，也被称为"南祭"。京都的葵祭则被称为"北祭"。

④斋戒时着用的服装，形似狩衣，素净无纹，多为白色。

"真没意思！穿着净衣参拜就会灵验了么？菩萨又不是真的说过：'前来参拜务必朴素着衣。'"

然后身着惹眼华丽的服装前去参拜。这是我还待在家里时的事情了，八年前左右，是正历元年前后。当时，则光兴致勃勃地说给我听。

不拘常规的宣孝已经绝不年轻，早就过了四十了。正因为如此，引起了我的注意。我是一个对那种"高调"的男人或女人极感兴趣的女人。

说到当天宣孝的着装，浓紫的指贯搭配着白色的狩衣，狩衣底下的单衣是一下子就引人注目的明黄色（当时是春天）。同行的儿子隆光可能十七八岁，他身着青色的狩衣，搭配红色的单衣、图案考究的水干①，一身潇洒的打扮。随从们也都着装华美。看到如此一行人，不论是即将开始参拜的，还是已经参拜回来的，都同样感到震惊，指指点点、一片哗然："闻所未闻！"在一片头巾或乌帽子、净衣、拐杖、足半②的参拜者身姿中，宣孝一行人该是多么地惹眼啊。

不喜欢张扬的则光等人出言贬低：

"真是个臭混蛋！那家伙就会虚张声势！"

我却觉得十分痛快。宣孝这个人，平日里就是那种风格，无拘无束，厌恶死板。可是，我听说左大臣大人连那种地方也都十分中意。

究竟会遭到什么样的神罚呢？所有人都半是好奇、半是恐惧地

---

① 下等官员或者贵族中尚未施元服之礼的男童所穿的便服。
② 一种草鞋，长度只到脚板的一半，故而被称为"足半"。

看着事态发展。结果,出乎世人的意料,才过了三个月,宣孝就被任命为筑前国国守,反而晋升了。

"什么人哪!大胆挑战了一把,居然赢了!"

有人这么说道。还有厌恶他的人、支持他的人,总之在世间引起了很大的轰动。所以,自从出仕之后,我也暗中留意宣孝,觉得:"难怪,如果是那个人的话,做得出来啊。"

经房大人说道:

"听说宣孝想要娶越前国国守的女儿为妻呢。"

"可是,那个女儿不是还待在越前么?"

我曾经租用过一个与赴任越前国国守的为时沾亲带故的人的房子,悄悄住了一段时间,所以记得这件事。国守的任期是四年。

"那是两年前的事情了,如果是那样的话,她不是还不能返回京城么?"

"不,好像只有女儿回来了。或者说,宣孝可能已经开始跟她有来往了。"

"咦,那个人和宣孝结婚了么?虽然她年纪应该也不小了,可是跟宣孝的话,年纪相差得像父女吧?"

"是的,不过,听说是宣孝向她求爱,好像世间女子还是相当羡慕为时的女儿的。不对,应该说是嫉妒。"

经房大人笑了。——我把越前国国守为时的女儿说成"那个人",是因为之前听经房大人说过她的和歌。"相遇匆匆未识君,倏如明月隐云中",跟"爱出风头"、外向开朗的风流人士结婚的她,究竟是个什么样的女人呢?

"我也是听别人说的,那个女儿喜欢物语,自己也动手写。在京极殿①那边的妇人们中间小有名气,好像读过的人不少。"

"物语……真想读一读啊。"

我产生了浓厚的兴趣。一听说有才女,我的好胜心便被激发起来了。经房大人跟我约定,如果他拿到手了,便给我送过来。京极殿是左大臣道长大人的宅邸。那座宅邸里,似乎喜欢物语的人挺多的。

我们这些待在中宫身边的仕女们,比起读物语,喜欢谈天的人更多。我们享受对话时的临机应变、急中生智。或者,应该说是一种"说话比赛"?就像赛贝壳、赛和歌、赛画画那样,互相展示各自的话语,我们有一种以活泼的劲头为乐的风尚。

例如,中宫说道:

"说说关于好闻的气味的回忆如何?……气味这种东西,令人意外地残留在记忆深处……"

"这个的话,得数……充分熏焚过的熏衣香的残香。数日过后,忽然一阵香气飘过,甚至比刚熏的更让人眷恋,十分怡人。"

宰相君回答。接着,有人应声说道:

"五月的菖蒲香囊②,到秋冬时节打开,还留有余香,让人不禁想起了五月的事情。"

"去清水寺参拜时,烧柴火的烟与气味从山坡底下若有似无地飘来,真是让人怀念。"

小兵卫君有些拘谨地说。只见中宫点了点头:

---

①土御门殿,藤原道长府邸。
②端午节时,将药草、香草、香料等装入锦囊中,跟菖蒲等绑在一起,底下垂有五色彩丝,挂在帘子或柱子上,用以祛病驱邪。此习俗源自中国,名称为"长命缕"、"五色缕"。

"是的，烧柴火的烟香真是令人难忘啊。小兵卫君年纪虽小，却已经知道什么是怀念了。"

得到了中宫的赞许，小兵卫君十分开心。

也有人说：

"在一个没有月亮的黑夜里，坐在车里。透过帘子看到的火把，它的烟味充满车内，让人感受到一种浓烈的苦闷。"

"的确，我们都把熏香的香气视为当然，不同时节的香气真是让人怀念啊。少纳言以前曾经说过，初秋时节小睡片刻时，把残留着一点汗香的薄衣盖在身上，虚幻而伤感。"

中宫似乎在鼓励我似的，含笑看着我。所以，我也得说些什么了。

"我喜欢坐在车上与其他车交错时飘来的香气。黄昏时分，四周已经看不太清楚时，男人们坐在车上，随意弹拨着琵琶之类的，交错而去。这个时候，突然飘来一阵牛后鞦①的气味，虽然不好闻，但就连那个也让人心动……"

我说完，大家都哄堂大笑。

"还不是因为你自己胡思乱想！估计把那辆车里的男人给想得天花乱坠了吧！牛后鞦的气味，一听就觉得臭……"

有人说到一半，突然意识到这是在中宫面前，便连忙用袖子掩住了嘴。中宫看到之后，也开朗地笑了。

"有时，比起名贵的熏香，俗世里不入流的气味，反而更让人怀念……那已经是很久很久以前的事情了，我当时还是个小女孩，待在父亲的家里。有一次，在前去太秦药师寺参拜的途中，我见到

①套车时拴在驾辕牲口屁股上的皮带子。

了割稻子的场景。"

"那个时候，芬芳的天空的香气。稻子的香气。真是难以忘怀。"

"割稻子、插秧，看看这些也非常有意思的。插秧时唱的歌，把杜鹃鸟说得很坏。"

我说了去贺茂参拜途中见到的风景。中宫当然不知道什么是插秧时唱的歌。

"把杜鹃鸟说得很坏，指的是？"

"这个实在无法在您面前说出口。"

"那，我就装作没在听的样子，少纳言，你自言自语吧。"

中宫转过脸去，乌黑的青丝间露出了一点点莹白的脸颊。我立刻唱道：

"杜鹃鸟，

坏鸟儿，

那只臭杜鹃，

因为你叫了，

我就得插秧。"

满屋子的人都齐声大笑，引得女藏人们都以为发生了什么事，赶忙过来询问。

就这样，我们在中宫面前，总是这么俏皮，话题总是充满活力，层出不穷。而不是那种读着物语，大家都静静地认真听着，带着一些沉闷、阴郁的氛围。

——说这些，也许是因为我不知何时，对那位越前国国守为时的女儿……听说与宣孝结婚了的那个姑娘写了本物语，得到了左大臣府上的夫人们的喜爱一事有所在意了？

我对那个姑娘怀有好胜心，而左大臣府里还有左大臣大人天天望眼欲穿地盼望着早日长大成人的彰子小姐。

虽然小姐还只有十一岁，但不久之后，她即将举行着裳仪式，离成人那一天也不远了。到了那一天，她应该会入宫吧。如果真是那样，那么中宫面临的将不只是弘徽殿或承香殿那种阵势了。

（二十一）

近来，我心情愉快。

中宫所在的中宫职后妃室总是济济一堂，很是热闹，中宫也十分开心。已经两岁的脩子内亲王越来越可爱，作为主上的长公主，得到了朝廷的隆重礼遇。

而且，最近，中宫身边的仕女们，年轻的小兵卫君、小弁君等人日渐成熟，更加容易相处，变得越来越有意思了。

我不喜欢跟年长者或老气横秋的女人、男人来往。如果不是那种就算上了年纪心依然年轻的人，我就不想跟对方打交道。小兵卫君虽然比我年轻得多，但活泼外向，有着旺盛的好奇心，喜欢热闹，喜欢玩，这些地方都跟我非常相像，脾气相投。她不像右卫门君那样，凡事都用一种讽刺的目光来看待，人品要好得多。

至于男性友人方面，有经房大人和行成大人等，为数众多。也许，比起丈夫或孩子，我是那种日子需要朋友来填满的女人吧。

即使不是朋友……去寺庙参拜或者出门看热闹时，有人能留意到我那精心缝制的衣服，悄然从车帘向外面露出一点衣角——有慧眼相识的人就好。

特意用了心思，着意打扮，花哨地将衣服露出一角，甚至会让别人觉得"过头了"。这么一心想着炫耀，结果却一个人都没遇上，真是不甘心！

归根结底，这也许是因为我想引起他人注意的欲望要比别人强上一倍。

"那辆车的主人是清少纳言。"

"难怪，从车帘底下露出来的衣裳，那颜色搭配得可真是太美了。"

"把人的心都给勾到车帘后面去了。"

成为别人议论的话题，这种喜悦真不知该怎么形容了。煞费苦心拿着劲儿出门，却没能遇见注意自己的人——没有比这更让人懊恼的了。

"对了……把这个也写进'令人懊恼的'！"

可以说，有趣的事情，如果有人喜欢、欣赏，才是真正的有趣。另一方面，我对别人的事情，也有着强烈的好奇心。

这个正月以来，一直没能跟则光见上面。而且，现在他已经出发前往东国了，我有些神不守舍。

"这种时候，也许去寺院参拜，换换心情更好。"

——突然萌生了这个念头，我便去参拜了。我不管看见什么，心情都不见好，什么都没意思，也不想去出仕（——这是中宫差人给我送来纸张、草席垫子之前的事情）。因为我失去了那股精神劲儿。

可是，在郁郁寡欢的我的眼里，寺庙给我提供了惊人的无尽乐趣。平日里，前去清水寺参拜的人已经很多了，正月里为了除目等等前来求神的人更多，一片你推我挤的人群。一些看起来身份高贵的女人们夹杂在这些人中间悄悄地过来了。不知道究竟是什么人，车前放着鞋子，在众多随扈的簇拥下，静静地下了车。当然，她的脸部被扇子或袖子遮住，无法看清。从她身后跟着许多身着华丽的裳裙、唐衣的女人们来看，可能是相当有身份的小姐或夫人。

可能是亲属吧，两三个年轻的男子保护着女子，不时告诉她：

"小心，这里有台阶。"

"这里更高了。"

当参拜的人渐渐要超过他们时，陪同的随从们便出言制止、呵斥道：

"慢着！贵人在此，成何体统！"

这究竟是何方贵人呢，我想。灯火通明，大殿中的佛像熠熠生辉。僧人们各自手捧着祈祷文，伏身在拜垫上，高声祈祷着。钲的声音愈加高亢：

"平安顺产……"

僧人们这么高呼着的，或许是刚才那个女人的祈祷文吧？来寺里闭门修行的人、返回京城的人，各色人等。年长的仕女暗地里留心着。——年轻的男人们在女人们逗留的房间附近转悠，对佛像连看都不看一眼。明晃晃的灯火照耀下，经常也可以看到神清气爽的年轻男子的身影，哎呀，那个莫不是……我透过灯光看着。可能是认识的人。……

"话说，关键的参拜怎么样了？"

虽然被右卫门君笑话了，但实际上，自己的事情都置之脑后，在旺盛的好奇心驱使下，眼中所见的一切都是那么有意思。这种时候，身边没有可以对话的朋友，太遗憾了。男女皆可，一个或两个，相约同行，谈天说地。如果有可以推心置腹地交谈的友人，我就不需要什么烦人的家人了。

不过，见到孩子，我经常觉得好奇、有趣。在清水寺里，经常可以看到两三岁的小孩子被前来闭居参拜的母亲或乳母抱着，有时说话带着迷糊的睡意，有时惹人怜爱地小声咳嗽，在我听起来都无比可爱。自己有孩子的女人们，对别人的孩子不感兴趣。可是，我不管看哪个孩子，都觉得十分有趣，无法离开目光。

更不用说小公主脩子内亲王有多可爱了！只要见过她一眼，将毕生难忘。主上非常喜欢内亲王，无法将她随时带在身边，他肯定觉得十分难受吧。

因此，现在的我，可以说一切都很充实。虽然没有自己的丈夫、孩子、家庭，但是中宫所在的地方就是我的家，有朋友可以代替丈夫（行成大人、经房大人也包含其中），孩子则四处皆是。而且，在这所有一切之外，还有我那炽热的好奇心。

从来不觉得寂寞无聊之类的。

五月的时候，有斋戒活动。似乎即将落雨一般，天空有些阴沉。我百无聊赖之余便提议：

"要不要去听杜鹃的啼叫声？"

右卫门君第一个表示赞成。于是，到贺茂深处去的事情便定了下来。

"我曾经在那里听过杜鹃的啼叫声。"

小弁君说道。小兵卫君则说：

"那是蝉吧!"

我们临时决定,不管怎样都要出发去看看。五月五日一早,我们拜托中宫职的官员帮忙安排车辆。我们从朔平门离开。听说按照惯例,五月下雨时上头不会怪罪,便把牛车架在台阶前,一行人坐了上去。有我和右卫门君、小兵卫君、小弁君,这几个平日里一起的玩伴。其他仕女们羡慕地说:

"再安排一辆,把我们也带去吧。"

爱使坏的右卫门君却根本不听,冷冷地回了一句:

"不行,上面肯定不同意。"

然后对随从说:

"快点走吧。"

"哎,可真够坏的……"

那些人恨恨地说道。

"不可能带她们一起去……一辆车,悄悄地去,这才有意思!带着杂七杂八一堆人去,太麻烦了。喂,赶紧出发吧!"

我也说道。之前我问要不要听杜鹃啼叫的时候,一个个都这个那个的,不想动弹,一旦等到我们要出发了,又都挤到车帘这里羡慕不已。那种犹犹豫豫、事后又爱羡慕的,我很讨厌。一旦决定:"一起去吧!"便立刻响应:"好咧,走了!"我喜欢这样的。右卫门君虽然喜欢刁难人,但是行事干脆、果断,小兵卫君和小弁君等十八九岁的年轻人,心里充满激情与好奇,爱出风头。总而言之,我喜欢具有行动力,不磨叽的女人。

从西洞院大路往北走,在一条大路边上,有左近卫府的马场。那里聚集了很多人,我们一问,他们便让我们停下车,说道:

"今天是五日，这里举行骑射竞技。各位不看看再走么？"

随从听人说：

"左近中将等大人应该会来。"

"左近中将的话，那就是齐信大人啊！"

我不禁有些怀念，想着要是能见上面，可以久违地说说近况，可惜没见到那样的人。

"真没趣。不尽是些六位在这里转悠么？走吧！没什么重要人物。"

右卫门君毫不客气地说完，便吩咐车辆出发。沿着一条大路往前走，立刻就由贺茂想到了四月的贺茂祭。草儿的气味，满眼生机勃勃的新绿。我们来到了一条不见人影的原野小路，便索性打开窗户，将车帘挽起，深深地吸了一口气：

"啊……真好闻！"

路上芳草萋萋，底下有积水，虽然并不深，但是当车辆驶过时，便溅起水花，饶有趣味。道路左右的民房篱笆上的枝条，忽然从车窗钻了进来，正想将它折下，车已经开了过去，消失在身后了。

"哎呀，有艾草的香气……"

小兵卫君说道。车子轱辘轱辘地在小路上驶过，周边长满了艾草。

"被车轮……碾碎了，所以这么香！"

这香气也让我怀念。

说到这……这种怀念，我似乎在很久以前曾经体会过。是什么事呢？在哪里呢？

对了！是我跟则光还在一起生活时的事情了。那个时候，则光是丈夫，我是妻子，我对此没有任何怀疑地生活着。虽然那只是七八年前的事情，我却觉得似乎已经是数十年前般遥远。知道我喜欢初夏的山间风光，则光便带我出门了。则光自己也是喜欢乡间风物的男人。他骑着马，一会儿在车前，一会儿在车后。名叫小鹰的大儿子，被则光抱着坐在马上。紧跟着的小隼跟随从们一起骑在马上撒欢儿。

文静秀美、五六岁的吉祥则坐在我的膝上。从车窗望去的风景，跟此时此刻一模一样。

长着柔嫩新芽的树枝，艾草的香气。那时，车里好像还坐着吉祥的乳母、我的乳母的女儿浅茅吧？浅茅现在仍然不时来到我在三条的家，告诉我孩子们的情况。

小鹰已经举行过元服之礼，是个独当一面的男子汉了。虽然不是我生的孩子，还是会时常想起他。听说小鹰现在更名为则长了。

我听说他曾经跟人说过：

"我母亲在中宫身边，大家都叫她清少纳言君。"

他把我当做"母亲"么。因为是个男孩，所以我很早就放手了，不像最小的吉祥那么亲密……如果能对别人提起我，以我为荣，那我也很高兴。小鹰似乎比较像他父亲吧？是个性格爽朗、伶俐的孩子，好像很快就叫我"母亲"了吧？

吉祥是个刚刚会喊"妈妈、妈妈"的小婴孩。那孩子在我离家之后，成了僧人……名字变为则长的小鹰，已经到了该娶妻的年纪了吧？很久没有见过他了。

突然间，我心里一直想着这些事，但也并没有特别想跟他们见面的欲望。我是一个对今天、眼前、现在这个境遇，相对容易知足的女人。

"这里是小二条殿的别墅。"

跟着随从的声音，我一眼望去，原来是一个别致的乡下房子。小二条殿便是中宫的舅父、高阶明顺大人。这位舅父始终不变地守护着中宫。在伊周大人以及隆家大人遭到贬谪离开京城时，中宫便是寄居在这个舅父的宅邸里。

明顺大人有些古怪，喜欢隐居，以此闻名。他在世人中颇有声望。

用则光的话来说，中宫母亲的娘家高阶家原本就以学问教养见长，而且野心勃勃，但明顺大人似乎跟他们并不是一路人。

正因为如此，那年流箭事件引起骚乱的时候，只有这位大人没有受到责罚。其他的信顺大人、道顺大人都遭到连坐，而明顺大人则毫发无伤。于是天下人便都知道了，左大臣家、道长大人对他的印象不坏。

现在他虽然担任但马国权守，但他似乎想要远离世俗荣誉、享受人生。

话虽如此，他也并未出家，就此切断与俗世的所有联系。对于俗世，明顺大人似乎也有他高超的应对方式。在二条北宫被一场诡异的火灾烧光之后，大概有一年时间，中宫寄身在这个舅父的小二条邸里。明顺大人对她照顾得十分周到。

每次当我想到明顺大人，便不由得开始思考某天齐信大人对我提过的忠告。那时，伊周大人还是内大臣，引发花山院事件之后，罪责尚未确定。可以说是人心最为惶惶的时候。

在梅壶，当时还是头中将的齐信大人悄悄地跟我说：

"少纳言，你回家里去吧。那么做，也是为了中宫。发生事情的时候，最好能有人在外面支持中宫……为了中宫，故意跟她保持距离，可以缓和与反对势力之间的摩擦，形成一种平衡——少纳言，与其他的仕女相比，你跟男人们的来往更多，也说得上话，只有你能担此重任。"

很难说我当时就完全听懂了齐信大人的话意。可是，不料，事态果然变成了齐信大人预测的那个样子。

所以，事后，当我回到中宫身前出仕时，大家都一致对我冷眼相看：

"那是左大臣家的密探……"

可是我认为只要中宫能明白我的心意就好，顽强地坚持了下来。我跟左大臣家的仕女兵部君或者其他什么人、还有服侍伦子夫人的一两个仕女相识，或者有一个像致信那样身为左大臣家侍卫的家人，我觉得这些反而成为我保护中宫的有利之处。

这位明顺大人不也正是处在这样一个位置上么？

以前，我曾经认为他是个没什么可仰仗的人，如今到了这一步，他出于自己的性格也好，爱好、美意识也罢，置身于纷争之外，我想也许他已经决意在那个位置上支持中宫。

听说现在每每左大臣家里有什么喜事或者举行什么活动时，都会给这位明顺大人送来邀请函。另一方面，他与从贬谪之地返京的伊周大人、隆家大人也来往融洽。

明顺大人身材瘦削，长着一张长长的马脸，为人超脱。他有时会说些古怪的话，这一点很有名。不知是何时的事情了，冷泉院的南院因为火灾烧毁了。花山院担心父亲的安危,早早前去探望。冷泉院是个疯狂的君主,他的儿子花山院则有过之而无不及,也是个古怪的君主,所以那一刻的情形,真是诡异之至。

冷泉院为了躲避火灾,坐车来到了二条町尽头,四周满是随同陪护的人。拨开层层人群,花山院策马而来,喊道:"父王在哪里?"只见他歪歪地戴着斗笠,一身怪异的装束在车前跪下,恭恭敬敬地整好袖子候着。这一幕已经让人觉得有些怪异,结果,冷泉院在车里突然开始高声咏唱神乐歌。实在是太怪异了,所有人都强忍着不要笑出声来,明顺大人却来了一句:

"如果是祭神时在庭院里上演神乐,这篝火也不免大了些①。"

于是众人再也忍不住了,在场的所有人都齐声哄然大笑。作为一个对仕途腾达或利益权势不感兴趣,超凡脱俗、懂得风趣的人物,明顺大人得到了世人的喜爱。

"大人现在就在这座别墅里。"

有人说道,于是我们便将车停下:

"那,我们去见一见他吧。"

明顺君十分高兴地出来迎接:

"哦,欢迎光临乡间寒舍。"

"我们去听杜鹃的啼叫,路过这儿。"

"杜鹃?没什么意思啊。你们用不着到贺茂深处去,就在这一带,它们整天叫得吵死了。"

果然,杜鹃在悠闲地声声啼叫着。

"啊,这么地……真想让中宫殿下也听一听。还有那些那么想

---

① 在宫中举行祭神仪式时,会在庭院中点篝火,用以保持场地洁净以及照明。

跟着来的人们也听一听。"

众人你一言我一语。

房子是简朴的田园风格。而且古香古色，画有马的图案的板障子、画有鱼梁车的屏风、用三稷草编织的帘子等等，更是一色古风意趣。明顺大人的喜好，就此处的环境特征而言，并不糟糕。建筑也不见刻意之处，似乎整体是个走廊一般挨着门口，所以不论在何处，都能看见屋外的自然，通风良好，飘来阵阵树木的清香——是一座我喜欢的房子。

"好了好了，既然你们来到这种地方，那就一定得看看田间劳作、百姓生活。"

明顺大人说道。他把年轻的使女们召集到院子里来。正想着这是干什么呢，原来是要脱谷。

利落、干净的女人有五六个，骨碌骨碌地转着一个我未曾见过的碾子，两人一组地在碾米。碾米歌也非常有趣，可惜因为太稀奇，只顾着笑，结果全忘记了。没能记录下来。

"我还想着吟咏杜鹃的和歌呢。"

我这么一说，明顺大人便回答道：

"把碾米歌之类的写上，献给中宫，凑个数吧！"

逗得我们都笑了。

"把乡间料理作为话题吧。"

在一张像唐画上画的那种又长又大的餐桌上，摆着各种各样的盘子，可是谁都没有动筷子。

"京城里的上等仕女，这种时候，往往都是争先恐后地抢着吃呢。频频要求'再来一份'，主人家都要跟不上了。从各位不动筷子的情况来看，应该是在家里常吃这些野菜吧？"

明顺大人又说得把我们都逗笑了。山芋、拌蕨菜、蔬菜羹、粟米饼、腌瓜、盐烤河鱼等朴素的菜肴，在餐桌上堆得像山一样。可是，那些菜肴不仅堆得高高的，而且是摆在大餐桌上，很难下手。平日里，我们都是使用四脚餐盘、高脚餐盘等，即使是不讲究的时候，也使用桧木餐盘，每个人的餐食，也就是在漆碗或者漆盘里盛上一点点，我们已经习惯这样了……

"可是，这样就像是在大房间里做杂事的下层女官那样了……"

我笑道。明顺君则回答：

"那，马上就把它们搁到地板上吧。你们各位恐怕平常都习惯了跪伏着，刚才可能餐桌太高了。"

"什么跪伏着之类的，哪有……"

"不是一直都在行礼么。从中宫身前退下时、前去参见时，不都是匍匐跪行么。偶尔也要挺直了背，大口大口争先恐后地吃顿饭！会长寿十年的。"

说着，明顺大人拍了拍手，对下人们吩咐道：

"给跪伏着的各位上等仕女们，送上桧木餐盘！给她们一个一个地盛好来。"

我们的随从们，在走廊近处，早早就吃饱喝足了。

"这个蕨菜，是我亲手采摘的。"

明顺大人劝着，我便尝了尝。

乡下的味道。

我突然想到。则光现在大概也在远江的乡下，吃着东国的蕨菜吧。他也亲手采摘蕨菜么？

"下雨了!"

随从们跑来禀报。于是大家连忙坐上了车。

"杜鹃的和歌,忘记作了!杜鹃,杜鹃……"

小兵卫君十分慌张。

"没关系吧。回去路上再想,怎么样?"

我虽然不是则光,但一听到和歌二字,乐趣也少了一半。右卫门君擅长久思出秀歌,不是那种开口就来的类型。所以,一说到和歌,她便不作声。

"慢慢来,等雨停了,再走也不迟。"

虽然明顺大人出言挽留我们,而且这座宅邸的乡野之趣与明顺大人舒适、真诚的接待,都让我觉得乐在其中,丝毫不见腻烦,可是如果天黑了再回京城,也不免有些着急,便还是告辞了。

途中,从卯花①挂满枝头的路边经过,实在太美了,便吩咐底下人"把那个摘过来",把帘子以及两侧插得满满的,连车厢的横梁上都挂着长长的枝条,就像是让牛拉着一面卯花的花墙似的。

随同的男人们也都来了兴致,一边嚷嚷着"这边……这边还空着",一边把花插上。一行人就这么杂乱随意地装饰出一辆卯花的花车,大家纷纷说道:

"要是有人能看上一眼就好了。"

可惜从旁边经过的尽是一些不值一提的身份低下的女人或是一身脏兮兮的和尚。他们睁大了傻乎乎的眼睛,愣愣地指着这边,目瞪口呆地目送着我们离开,真是遗憾。

"真无趣啊!好容易才想到这么风雅的事儿来着……"

---

①溲疏花,别称空木。初夏时节,白花满树,十分素雅。

小弁君等人都不甘心。进了京城,从西洞院往一条大路走,路上会经过一条邸①。

"也许公信侍从②会在家。让他看看这辆车,借此宣传出去就好了。"

我让随从前去问候,传话说:

"我们从这儿路过,刚刚去听了杜鹃回来。"

结果,随从马上就带来了回信:

"大人说了,他马上就到,请稍等片刻。方才,他正光着身子在侍卫所乘凉,这会儿正忙着穿指贯裤呢。"

这么一说,年轻的小弁君和小兵卫君等人都笑得不行……

"好了,快赶车吧。不用等也行,这种时候。"

说着,我让人把车赶了起来。如果在这里等着,此番风雅,便有些刻意"显摆"的味道,不太好看。

所谓的风雅,只要一点点、一掠而过的"传闻"即可。从传闻开始,由此及彼地展开想象,这才有趣。杜鹃的啼声,也是隐隐约约地听见为上。像今天在明顺大人家里那样,叫得嘈杂不堪的,反而让人失去兴趣。

可是,当我们的车朝土御门方向进发时,公信大人匆忙穿好了衣服,从后面追了上来:

"请……请稍等一下!"

随行的男人有三四个,连鞋子都没穿,一路跑了过来。

"快!快走!"

---

①已故太政大臣藤原为光宅邸。
②公信系为光第六子,当时任职侍从。侍从隶属中务省,唐名为"拾遗"。

我催促牛车赶得更快一些。公信大人终于在土御门追到了我们，他一边气喘吁吁地说道："这牛车，怎么回事！"一边大笑起来。同行的男人们也都笑了。

"和歌怎么样了？让我听一听吧！"

公信大人问道。

"不行，得先让中宫过目呢。"

说着说着，雨开始泼下来了。

"这下可糟了！这个门没有屋檐，要被淋湿了。"

"进宫去吧。"

"该拿的东西都没拿，就跑过来了。戴着乌帽子，进不了宫。我就是一心想着要追上你，顾不上别人怎么看，就这么一路跑来了，所以才这个样子。"

年轻的公信大人带着点怨气说道。他没有瞻前顾后，就那么一路追了过来，在我眼里，这个人十分有趣、令人愉快。

"你派人回家去取一下冠帽就好了。"

"不行，这副模样……"

争着争着，只见雨下得更加猛烈了。随从们不堪忍受，便将车往房子那边拉了过去。

公信大人撑着从府里拿来的雨伞，一步三回头，一脸遗憾地回去了。

他手里拿着卯花，让人觉得有些好笑。刚才那么拼命地赶了过来，现在却慢慢悠悠地走着，也是很有意思。

在中宫跟前，我说了这半天的出游经过。未能跟着一起去的人抱怨无法看到明顺大人的宅邸、听到杜鹃的啼叫声。当听我说到公信大人在一条大路上拼命奔跑的那一段时，她们都大声笑了。笑完之后，中宫问：

"那么，杜鹃的和歌呢？"

"呃，这个么……吃吃蕨菜，看看碾米，就给忘了。本想着路上再作歌，结果为了卯花花车而疯狂，又给忘了。之后，被公信侍从给追上了，又失去了咏歌的机会。公信大人问我和歌的事，我正琢磨着的时候，又下起了雨……"

"真是情何以堪啊。这种时候，要是连一首雅致的和歌都没有，殿上人们听说这事之后，会作何想法？在一开始听到杜鹃鸟时，就应该即兴作歌。迟了，感触就没那么深了。"

中宫觉察到我认为自己不擅长作歌，故意说道。

"那就在这里现作一首吧。快点……清少纳言你可真是尽想着怎么逃避呐！"

"实在抱歉。"

我们正说着，公信大人派人送来了一首附在刚才那枝卯花上的和歌。

"等我回完这首歌。"

正想差人回房间取砚台，中宫把纸张放在自己的砚台盖子上递给了我：

"快点，这里有纸。"

我还是不肯死心，跟宰相君互相推让着："你先写吧！""哪里，中宫指定的不是少纳言么！"

这种时候需要摆出架势，我就更加作不出歌来了。

正在这时，天空突然变得一片漆黑，雷声大作。

我想雷声要是能一直这么响下去就好了，可惜不久就停了。

"好了，和歌呢……"

中宫调皮地责问道。

"马上……"

正说着，因为雷鸣一事而前来问候中宫的人越来越多，有主上派来的仕女们以及公卿们等等。忙着接待他们，不知不觉天已经黑了。

"实属无奈，今天是个跟和歌无缘的日子。"

我跟中宫说道。

"事到如今，已经失去了最好的时机，太迟了。"

"还有时机这么一说么？"

中宫有些不快。

"特意去听杜鹃啼叫，居然一首歌都没有，真是太煞风景了。"

"有卯花花车也不行么？"

"那得是见着的人才觉得有意思啊！"

"杜鹃作不了歌的话，用吃过的蕨菜作一首吧？"

宰相君说道。中宫立刻在边上的纸上写了一句：

"最是蕨菜记心间"

然后说道：

"上一句。"

这个，就是这个！这种时候，我立刻就能想出来：

"——胜过山野杜鹃啼"

我写好之后，呈递给中宫。

"噗噗，看来，作不了杜鹃的和歌，果然还是有些在意的啊。"

中宫笑了。两人合作的和歌，立刻传遍了后宫。

庚申是七月四日。那一夜不得入睡。

据说人的腹中住着一种叫做三尸的恶虫。庚申当天夜里，这条虫子将升上天，到天帝那边告发人的罪状，人的寿命会因此缩短。可是，这天夜里，人如果不睡觉的话，虫子就无法升天，所以人们都彻夜不眠。这叫做守庚申。

权帅大臣伊周大人（准确地说应该是前大臣，可直到今天，在我们中间，仍然习惯称呼他为"大臣"。一方面，我们不怎么想接受他曾经被定为流放之罪并被逐出京城的事实。另一方面，我们期待，在我们这个以中宫为顶点的世界里，能有一套不同于世间惯例、规矩的秩序。中宫身上有一种让我们对此深信不疑的强烈的魔力）尽心地做着庚申之夜的相关准备。

这一夜，总而言之不得入睡，所以非常辛苦。备好美味佳肴、酒水，然后围棋、双六，加上赛画、赛和歌、评论或比赛朗读物语，必须筹备各种愉快的聚会。

伊周大臣在这方面特别有才能，我们也久违地回到了已故关白大人还在世时那样的活力与繁华中。夜越来越深，席里也越来越热闹。

大殿油灯亮堂堂的，仕女们今晚一个不少地都前来觐见，几帐后面也是座无虚席，挤得满满的。有时大家为中宫的话语哄然大笑，有时伊周大人和隆家大人插几句话，睡意似乎都跑到九霄云外去了。

那天夜里，我听到了经房大人某天曾经提到过的物语。听说就是跟那位"爱出风头"的开朗的风流人士藤原宣孝结婚的越前国守藤原为时的女儿所写的作品。宣孝相当自得地让人传阅，说是从姑娘时代就开始写了，如今这么一下子就在世间传开了。

在今晚的席间，有人把鹰司殿身边的一个仕女，以和歌、博学而闻名的赤染卫门①写的物语也带来了。我通过兵部君，跟这位叫做赤染卫门的人也相识。（这些事也是中宫身边的中纳言等人怀疑我是左大臣家密探的原因所在。）

鹰司殿指的便是左大臣道长大人的夫人伦子。

赤染卫门是学者大江匡衡②之妻，是一个孩子已经成人的中年妇女。她体态丰腴，看起来十分年轻，是个性情和缓、落落大方的人，似乎人人都喜欢她的样子。她的和歌，让我来说的话，中规中矩，少有韵味，但世人评价甚高。听说她嫁到了学者家里，才学甚至在一般男子之上。在我看来，她的文章与她的和歌一样拖沓冗长。

还是为时女儿写的小说更好，字里行间不时展露出才气。

"空蝉"这个题目也精彩。

写的是一个年轻的贵公子跟前去忌避方位的府里的夫人相爱的故事，是一个清新的短篇，里面有些描写让人印象深刻，很是不错。

可是，就这些内容的话，还是让人觉得有些不识庐山真面目的寡淡。

两个物语由声线优美的年轻的小弁君以及小兵卫君朗读。

---

①赤染卫门（生卒年不详）。平安时代中期女歌人，一说为《荣华物语》作者。
②大江匡衡（952—1012），官至正四位下式部大辅。平安中期的儒者、歌人。中古三十六歌仙之一。

其间，虽然我们随侍在中宫面前，但今晚特许我们可以不拘礼节放松地倾听。幸运的是，今晚凉风习习，十分舒适。

赤染卫门的小故事是关于古代某一代天皇的生平，平平无奇，感觉就像是在听课一般。

"虽然好像收集了许多新的情况，可是没什么特别引人注目的……"

伊周大人说道，而我则被为时女儿的"空蝉"所吸引：

"能不能把这个借给我呢……抄完之后就归还。"

我说道。

"哦，你喜欢这个么？"

伊周大人微微一笑：

"那你就拿走吧。宣孝对他那位新婚的年轻妻子的文才十分自得，她本人虽然不太乐意，但宣孝可是四处宣扬，鼓动鼓动他，说不定连其余的也会让我们一睹为快呢。"

"她写了那么多么？"

"好像是在写一个系列的短篇。我听说其他还有'夕颜'、'末摘花'等题目。女人们看来都喜欢物语，我家妻子身边的仕女们也都抢着看呢。"

伊周大人问中宫：

"怎么样？感想如何？"

"物语听着听着就想睡觉，不太适合守庚申啊。"

中宫笑着说道。

"不过，我刚才一边听一边想着，比起物语，我们经常谈论的话题似乎更有意思。"

夜越来越深，中宫似乎更加精神了，连声音都开朗兴奋起来：

"听着，比如，之前我们一起谈论过'关于好闻的气味的回忆'，像那样的话题，我觉得要有趣得多。比如——对了，什么样的笛子比较好……等等。"

中宫有一种激发人们情绪的天赋。

"少纳言。"

她说着，闪闪发亮的双眸对着我：

"笛子，你喜欢什么样的？"

"呃……大概是横笛吧。"

主上是笛子的名手，所以我那么回答了。

"远远地传来的笛声，渐行渐近，让人悸动。相反地，在近处闻见的笛声，渐行渐远，也是一种深切的韵致。"

"是的，而且，把它装在怀里或藏在袖子里，不显山不露水，很有意思。"

小弁君接着说道。

"哎呀，这么说，倒是方便盗取咯？中宫殿下，您可要小心了。"

隆家大人仍然是不客气地插话，把周边的人都逗得哄堂大笑。

"从车里传来的、徒步边吹边走远的……还有，骑在马上边吹边远去的贵人，那笛声也是非常动听的。"

宰相君一副心驰神往的样子，所以伊周大人追问道：

"是谁？是谁？那个男人……"

"这么说来，从恋爱的情趣来看，也是横笛比较好啊。"

中宫低声说道，似乎想起了种种物语中的场景。我也忍不住说道：

"拂晓，男人把横笛落在地板上离开了，那是最美的。看到男人把精致的横笛忘在了枕边,那一刻女人的心情……"

"那一幕在《落洼物语》里也有啊。"

爱使坏的右卫门君指摘道。

这是不同的两码事。在那部通俗小说里,只不过写了这样的肤浅一幕:男人忘了拿笛子,第二天一早又来了,女人听他说了之后才第一次察觉。

可我说的却是,在枕边发现男人的笛子时女人的心跳。那也许是男人假装忘记而故意留下的,是恋爱策略中的常见手段,当女人拿起笛子,昨夜的对话或爱的记忆将会浮现在她脑海里。这一切,横笛是最适合不过的了。

或者应男子之要求,将笛子还了回去。交给使者时,用带有香气的纸张仔细包好,看起来就像是竖着书写的信件似的,别有一番风味。

在包笛子的纸上,像落洼小姐那样写上:

谙习笛曲已忘却,你我恋情亦枉然。

也是挺好的。

"我觉得横笛适合那种恋爱的情趣。"我这么一说明,伊周大人便说:

"哦,那个把笛子落在枕边离开的男人,究竟是哪一位啊?经房?齐信?行成?"

"不是的,这是文学的想象。只是想象一些极有可能发生的事情……"

"想象不是凭空出现的。"

"没有根据,所以才是想象嘛!要是真有点什么,就闭口不提了。悄悄藏着的,才是恋爱啊!把恋爱挂在嘴边的人,是不会恋爱的。"

"也许是那样的。"

伸出援手的是中宫。

"不要欺负少纳言。少纳言会谈论恋爱,但我觉得她不是个会恋爱的人。"

中宫真是一眼就看穿了我的心思,可是我却不知该高兴呢,还是该难过……

"哪里,话虽如此,我也是想方设法地尽力尝试着来一场恋爱的,可惜力不从心啊。"

我说完,又是满堂大笑。身体里的三尸恶虫可能也惊吓到了吧。

"是么。总觉得信不过啊。男人们可都是一副为了赢得'少纳言情人'这一荣誉而焦躁不安的样子呢。"

终于有机会这么调侃我,伊周大人感到很开心。

"没那回事。因为不用担心会发生恋爱,所以大家各种拿我开心呢……"

"有道理。"

这么说的是淘气的隆家大人。

"要是跟少纳言有点什么,马上就会被她写下来、拿出来谈论,那就什么事儿都藏不住了,男人们一直都担心着这个呢。而且,面对着一个文思敏捷的才女,平平无奇的事情都不好意思说出口。一旦连在闺房之中都得绞尽脑汁的话，哪里还能放松。简直是紧张到极点啊。"

一席人对此又是大笑，我不由得羞红了脸。不，我并不是因为自己的才华得到赞美而谦逊，而是一幕鲜活的回忆突然浮现在了脑海中。大概是三天前，栋世来了。这是他第二次留宿。他不是那种我想要说句机灵话或咏首和歌，让他为之紧张的那种男人。岂止如此，反而是我感受到了一种愉快的紧张。我久违地品尝到了一种青涩的紧张感。

只是，与年轻时我对那位心中憧憬的实方中将所怀有的爱恋悸动有着根本性的不同：不在一起的时候，我可以做到不惦记他，可以带着一种距离感看待我们俩的关系。

可是，现在，这些暂时还不为人知。栋世也说不必特意让人知道。

如果去他家里住下的话，则另当别论。现在，他不时上门就好，我们双方暗中相互达成了一种默契。最重要的是我现在有中宫，大部分时间都待在中宫身边，没有什么时间可以分给私生活。

栋世说他对此并不在意。或许他四处都有相好的女人。他有病在身的妻子已经过世，身边只有一个女儿。帮忙打理房子的资深侍女与栋世之间，好像已经是多年的关系了。这是我的直觉。

总之，因为这些，虽然最近我跟栋世变成了情人关系，但彼此都不觉得"这一步来得有点晚"，我喜欢这种从容。

"所有的男女关系，倘若忽而焦虑、忽而绝望，那是不行的。就像树上熟透的果实自然而然地落下一般，如果不是那样水到渠成，则会有不顺畅的地方。"

栋世悠悠地说道。虽说没有思念成灾,但自从我跟他成为情人之后,我对人生的看法逐渐发生了一些变化。恰好中宫身边的情况也安定下来了,所以不论公私,我的心灵都保持在一种安宁中,十分愉快地生活着。

"说到笛子,我喜欢笙。在月色朗朗的夜里,能听到笙的声音也是非常美妙的……"

这么说的是中纳言君。这个人是个中年人,正如她是个资格最老的仕女,喜欢朴素无华。

"可是,那个笙不好侍弄,正在吹奏的人的脸很滑稽。"

"吹奏筚篥时的脸才更是难看呐。"

"可是,笙的声音十分神圣……"

"对对,筚篥的声音太聒噪了,听起来不是像纺织娘一样么?"

中宫笑了,似乎为大家踊跃加入、聊得起劲而感到高兴。

"在夜间更胜一筹的有?"

她又抛出了一个问题,从每个人各自的答案中,欣赏其才华、性格的不同。

有人说:

"夜间,让人觉得更美的东西……"

"应该是深红色的熟绢的光泽吧。在灯光映照下,色泽鲜亮,像冰一样闪烁着光芒。"

"一头秀发的女人。在黑发上流淌着的灯光的颜色,远比白天要美丽得多。"

"七弦琴。"

这么回答的是不懂装懂的右卫门君。

"容貌不怎么出众的人说话的方式、动作、声音，让人心生好感的……那些在夜里才更显出色。容貌方面的缺点也能隐于夜色之下……"

"说的是方才那个'空蝉'的事情吧。那里面的女主人公就是那种感觉。"

"有个什么人是故事的原型么？"

"感觉描写得似乎是有原型的。"

"说不定……"

中宫说道：

"说不定那个女主人公就是作者为时的女儿哦。那个故事很有一种自我赞美的味道。"

中宫的洞察力果然非同凡响。

"那就是说，宣孝的妻子，被一个前来忌避方位的男子追求了。"

伊周大人小声自语。中宫明确否定道：

"那倒不是。"

"跟男人们不一样，女人们相当擅长从现实出发，编织梦想，并且在这一点上体现现实的分量……跟少纳言的笛子是一回事。"

"的确是那样的。"

我非常开心。中宫虽然是个女性，但她对同性的事情也能深有同感、予以理解。

男人们时常会立刻将不可能的梦想加诸现实，将二者混为一谈。女性却是将空想或梦想无限放大，而它则惊人地与现实愈来愈相似。我知道为时的女儿具备这样的才能。或许这是适于物语作者拥有的才能。

可是，比起那种才能，中宫更中意的是灵机应变的才能，她举出"……样的是？""……的是？"等题目，欣赏着不同的人随机巧妙的回答。

"那么，什么是可怕的？"

"我来！"

面对中宫的提问，小兵卫君第一个回答道：

"夜里打雷。"

"闯入隔壁邻居家的盗贼、强盗。"

右卫门君回答。不知是谁：

"咦？强盗的话，应该是闯入自己家里的更加可怕，为什么是邻居家的？"

"如果是闯入自己家里的，自己已经惊吓过度呆若木鸡了，反而在意不到恐惧了。如果是邻居家的，不是一直都令人害怕么？"

"的确如此。"

中宫支持那种临机应变的思考方式。

"这跟发生在近处的火灾更可怕，是一个道理啊。两年前的火灾也是如此。自己家里着火时，已然失魂落魄了……"

中宫说道。就像刚刚发生的一样，二条北宫烧毁时的可怕一幕也再次浮现在我们眼前。那是伊周大人和隆家大人都被流放的那个夏天发生的事情。即便如此，中宫依然是个运势强盛的人。

她没有被那场劫难打败，而是坚强地挺了过来。

也许正是因为她经历了那样的命运，所以才能那般开朗豁达。

"那么，在灯影、夜色中逊色一筹的是？"

"紫色的织物。藤花。——因为紫色在夜间看起来一点都不显眼啊。"

"红色也是如此吧。"

有人说道。

水果经女藏人之手传了过来。呈给中宫的是冰水中加了甘葛汁的饮品。贵公子们——隆家大人和他的那些弟弟们，似乎喝了酒。终于，夜深了。尽管如此，人们哪里会知道疲倦，席间越来越热闹。中宫倚在凭几上。为了防止御帘背后的一切在灯光映照下被看得一清二楚，近处的大殿油灯均已吹灭。不过，中宫那微白的脸庞和手，清清凉凉，依稀可见，一举一动间有清香飘来。

中宫喜欢的是：

"夕阳。黎明的残月。昴。"

"哦，话说，差不多是和歌可以上场的时候了……以黎明的残月为题作歌如何？"

中宫抛给了仕女们一个题目。

"终于来了"——仕女们都十分紧张。

"要是预先知道了这个题目，还可以有个思考的时间……"

一些为此而十分困扰的人也说道。

"可不能等到黎明哦。好了，按照完成的先后次序发表吧。"

中宫的话让在场的人更加紧张，冥思苦想，脸色都变了。大家都绞尽脑汁想要作出一首精彩的和歌。

我并没有加入其中，而是来到中宫身边，接着先前的话题说道：

"云朵的色彩以白为佳。云朵以白色、紫色……"

"在有风的日子里，含雨的云朵也很有意思。倏然薄薄地遮住了皎皎明月的云朵……"

我们十分闲适地聊着，大臣大人责难道：

"咦，为什么少纳言不作和歌？"

"中宫有旨，我可以不用作歌。"

我一脸轻松地回答。

"为什么？中宫为何同意那种荒唐的要求？其他时候也就罢了，今晚可不行。可是，中宫为何容许少纳言那么任性？"

他朝中宫讨要说法。

中宫笑着说道：

"上次她特意前去听杜鹃鸟的啼叫，结果连一首和歌都写不出来。我批评了她，结果少纳言当时说什么来着？她说，因为自己是元辅的女儿，结果反而作不了和歌。人们都认为她在这方面理当比别人更为出色，可是自己没有歌才，勉强为之反而玷污了父亲的名声。所以在作歌一事上，我就放她一马了。"

伊周大人面带疑色地说道：

"中宫总是偏爱少纳言。——这个人，可不能那样让她恃宠而骄哦。"

"哪里，多亏了中宫的话，我才终于卸下了心里的沉重包袱。已经不用再想和歌的事情了，好轻松啊。"

我这么一说，伊周大人不由得笑出声：

"真是任性啊……"

人们都苦心作歌，轮到自己使用砚台时，便将想好的写下来。

"好了，从已经写好的人开始朗诵。"

中宫说道。

"动作快,还算是个优点啊!"

"请先说吧。"

"拜托!安静一会儿!"

也有人一副快要哭出来的样子。尽管如此,还是一个接着一个,声音发颤地朗诵了自己的作品。有时是伊周大人赞许道:

"嗯!这首不错!"

有时隆家大人点评道:

"现在这首是小弁作的么?写得好!"

不论是中宫,还是伊周大臣、隆家大人,无一不是闻名遐迩的歌人,所以众人都有些怯场,不敢得意洋洋地诵读歌作。

我可以不用作歌,真好。

在这种场合,朗声诵读自己的作品,赢得满堂喝彩的才能,我没有。

在这方面非常擅长的,是那位赤染卫门。

这个人吟咏的是那种盛大场合中,朗朗于万人瞩目下吟诵的和歌。她的和歌格调高昂、端正规矩、品味优雅。可以说是礼服正装般的和歌。身穿裳裙唐衣,插着桧扇,一张脸用白粉涂得雪白——礼服正装般的和歌。

而我真的非常不擅长此道。

像上次那样,对于那位心意相通、"善于出奇制胜"(也就是说适合斗智的)男人行成大人,我回赠他"夜半学鸡鸣,出关过函谷。此乃逢坂关,轻易不放行",如果是那种应酬,我倒是挺擅长的……

便装和歌,或者说是光着身子的和歌。

如果是那种带着一点玩心、以随机应变或急中生智为乐的交流的话，我挺喜欢的……

正这么想着，中宫把一张折好的纸朝着我膝盖附近扔了过来。

"噗噗噗噗"，中宫笑得十分好听。

肯定又是在寻思什么调皮的事情了。我连忙打开一看，上面字迹秀美地草草写着：

——君为元辅之后人，何故今夜不作歌？

（你是歌人元辅的孩子，为什么今夜不参加作歌呢？）

这么一首歌，真是趣味横生。我喜不自禁，为自己能够得到中宫这样的调侃而高兴。

"一个人在笑什么呢？"

大臣大人发难道。

"中宫的信上写些什么了？是什么？是什么？给我看一看，少纳言！"

"不行，这是中宫跟我之间的秘密……"

我说道。

"少纳言，你至少要回一首和歌给我。也可以说给大家听听。"

中宫说道。

这种回复，正是我的拿手好戏。

"——我身若非其后人，今夜必定勤作歌。

假如我不是歌人的女儿，哪怕是一千首和歌，也可以立刻作出来，呈献给殿下。"

说完，席间顿时冷场，也是十分有趣。

"接下来，我想让中宫以及各位听一听我珍藏的一部物语。"

伊周大人下令女藏人取来了一本薄薄的草子。

"适逢中宫赐题'黎明的残月'，这部物语恰巧写的也是七月黎明的种种思绪——作者是谁，读完之后，请各位猜一猜。我偶然间得到了这本物语，就让家里的女人们抄下来了……"

我心里突然有一种预感，因为伊周大人朝我这边意味深长地笑着……

尽管如此，我依然认为，我悄悄藏在身边箱子里的那本《春曙草子》的草稿不可能被人拿走。

谁都不知道有那本书，（严密地说来，很久以前，其中一小部分，可以说是草稿中的草稿，曾经通过弁君呈献给中宫及其家人看过……），甚至连三条邸里跟随我多年的侍女左近，我都没让她碰过……

"小弁，你来读。要饱含情感地好好读。"

伊周大人说道。小弁君接过草子，开始读了起来：

"那是七月的时候。酷暑炎炎，府里四处的门都那么彻夜开着……"

毫无疑问，正是我的草稿。究竟是怎么流传出去的呢？经房大人来三条邸时，他非常想看我写的草子，一再恳求："我说……就让我看一眼嘛！一点点就行！"但我拦住藏起来了。肯定是那时候有一部分落下了，或者被经房大人掠走，兜兜转转，结果落到了伊周大人手里。

"七月的满月,皎洁明亮。

这个时节,夜色也是十分迷人。但最美不过黎明时的离情别绪。

女人披着衣裳睡着了。男人已经离开了。

在大门附近,用心擦拭得锃亮的木地板上,铺着一张崭新的榻榻米,立着三尺的几帐。

女人正在享受着送走恋人之后的晨睡。身上披着的衣裳是淡紫色的,底下穿着丁子染①的单衣,搭配着红色的单层裙裤。也许是依然解开着的缘故吧,可以看见腰带长长地从衣裳下面露了出来。

头发微微晃动着露在打衣外面,波浪一般地起伏着,可真是长啊。初秋的风十分凉爽,女人似睡非睡,似醒非醒,身心依然沉浸在昨夜的旖旎之中,意识恍惚。

黎明的雾气中,出现了一个男人。他那被雾气沾湿的狩衣在肩膀处掉了一点下来,睡乱了的鬓发也塞进了乌帽子,一副晨归的风情。狩衣下面是白色的生绢,透过它可以看见红色的衣服,看来很像是刚从女人那里回来、衣衫不整的样子。

男人身上自然而然地流露着一种风流的味道,那样子颇有情致。

---

① 用干燥的丁香花蕾煮浓汁染成的一种颜色,黄褐色。

'趁着朝颜①花上的露珠未落,把后朝之信②写了吧。'

路上,男人心里正这么想着,由于这个女人所在的房间的格子窗已经拉起,他的视线便被吸引了过去。

'哦……'

他不由得走近前去,将御帘的一角稍微拉开一点,偷偷看了一眼,发现女人正独自在睡觉。看来这边也是恋人刚走啊,这么一想,男人也觉得颇有趣意。放眼望去,在女人的枕边,一把紫色的扇子尚未合上,几帐边上散落着红色的陆奥怀纸。

这是一种引发男人绽开微笑、令人心生眷恋、带着人间烟火味的氛围。

可能是觉察到了什么,女人从衣裳中抬起脸来。男人笑眯眯地靠近长押坐着。

'哎呀,讨厌!居然闯进这里来……'

女人有些不高兴。虽然彼此认识,但是不想这么一个刚起床的模样跟对方相见。

'真是意犹未尽的晨睡啊。'

男人半个身子探进御帘中打趣道。

'露水还未落下,人便走了。有点闹别扭了。'

女人冷冷地说道。那种简慢的样子,让男人有些动心。尽管自己才刚刚跟情人分开,而且,这个女人也刚刚让情人离开,但是男人还是突然感受到了一种带着情色意味的愉快的悸动。

---

①牵牛花。
②平安时代,男子与女子共度一夜,于天色未明前离开。男子回到自己家中之后,一般要给女子写信问候。这便是后朝之信。

男人想要拿走女人枕边的扇子,便弯下腰去,用自己的扇子去挑。

'啊,这凑得也太近了……'

女人顿时吓了一跳,身子往后退去。

'怎么了?那么警惕!'

男人拿起扇子,反复仔细端详着,说道。

'这不明摆着么!凑得那么近……'

'有什么关系嘛!彼此之间用不着客套,互相也都不提昨晚的事情……'

'你在说些什么呢?'

'好了好了……'

看他们这样你一言我一语,让人猜测这两个人以前可能曾经是一对。天渐渐亮了,周围人们说话的声音也越来越大了。男人也起身离开了。

女方的情人早早写好了后朝之信,差人连同一枝露水沾湿的胡枝子一起送了过来。使者一直等到男人离开,才把信件送了过来。

'对对,我也得赶紧写信去了。'

男人在一旁看着,心想:

'说不定,我走了之后,对方也是如此,有其他男人怦然心动之余,顺路进门探望吧?'

想到这里,他露出了微笑。

男人从站在阴影处的使者身前走过时,使者携带着的后朝之信的熏香清晰地飘了过来。"

"真是个好故事啊!"

中宫率先说道。

"刚刚,有一阵香气飘过。——飘向黎明时分的天空的香气。这种感觉,少纳言,是你写的吧。你真是个天才!"

中宫怜爱地凝视着我,说道。

我的泪水夺眶而出。能得到中宫如此赞赏,我已经死而无憾。

二十二

去年夏天非常炎热。可今年,长德四年(998)的夏天有过之而无不及。而且比去年更加糟糕的是,瘟疫再次蔓延,京城里尸横遍野。这是个潮湿闷热的夏天,连身强体健者都不容易挨过,那些长期生病的病人、体弱之人,更是难以安然度过,不断死去。

今年的疫病并非常见的天花,而是人们称之为赤斑疮(麻疹)的。感染之后,身上会长出一粒粒红色的小斑点,京城里几乎没有人不遭殃的。终于,甚至连主上、中宫、女院也得病了。各处寺庙里,祈祷疫病早日结束的声音不绝于耳。不论身份高低贵贱,所有人都得病了。

在我家里,不知道小雪从何处感染来的,结果连我也得病了。一个传染一个,府里上上下下都病倒了。

然而,不可思议的是,老侍女左近却毫发无伤,她说道:

"这种病,得过一次以后,就不会再得了。大概在三十年前,我曾经得过。那时候,人们都叫它稻目疮呢。"

栋世前来探望的时候,也提到这个情况。他还没有得过,笑着说：

"索性你的病传染给我，也许更好！"

但是，我还是没有跟他见面。

满脸通红，身上长满了一粒粒的小斑点，如此面目，怎么能让男人看见！如果是则光的话，则没有那些顾虑，可能会嚷嚷着"那件事做一下！""这么做！"不停地使唤他。

尽管栋世说自己府上出现了多个病人，十分棘手，但仍然派了人手来我家支援。左近指派安排着那些人，一个人忙得团团转。中宫身边也有许多人离宫回家，只剩下少数几个仕女忙得不可开交。听说中宫卧床将近十天，紧接着，便传来了高二位过世的消息。

高二位是中宫的外祖父，被中宫与伊周大人、隆家大人一起视为精神支柱，是他们如同父亲一般的存在。

"生个男的皇子！回到宫里去！不要辜负了主上的宠爱！"

满腔热忱地彻夜劝说中宫的高二位大人，只看到了脩子内亲王的出生。虽然如此，伊周大人与隆家大人顺利回京，他一定也为此感到高兴。好事才刚刚开了个头，在这个时候离世，高二位大人应该放心不下吧。

曾经骂高二位大人是"难对付的老头子"的则光，在任地远江国听闻这个消息，会作何反应呢？

还是说，新奇的东国生活让他乐不思蜀，京城的生活感觉已经淡薄，甚至出言相问："什么？高二位，是哪一位来着？"

但是，作为我来说，当然不希望他那么想。我期待他能够从高二位那里，最终想到我。接着，听说京城里许多人死于瘟疫之后，便担心我的情况如何，连忙着手书写慰问的书信……我希望他是那样的男人。

不，或者应该说，我希望有个那样的男人。

可是，则光杳无音讯。

与其说是冷漠，不如说他完全没有那根神经。一想到这，我便气得发疯。甩掉那种家伙，真是理所当然。利落地分了手，真好！另一方面，觉得就此一刀两断，也是痛快。

与此相比，栋世则是有时带着药来看我，有时送来食物、布匹。

经房大人早早得病，很快就痊愈了。他来探望时说道：

"主上终于康复了，可是宫里现在一片大乱哪。"

"有那么多殿上人都染上了麻疹么？"

"是的，那也是一个方面。根据太宰府的讯息，南蛮的异贼们正在掠夺南部诸岛。听说壹歧对马都已经遇袭。太宰府的驿报一来，准没好事。"

可是对我来说，壹歧对马都是那么遥远。比起南蛮的贼人，去年闯入权中纳言平惟仲家里的强盗们更为可怕。听栋世说，最近，趁着一家人都因为瘟疫而病倒，肆无忌惮的强盗团伙们夜夜都在京城里四处作恶。

因为他们同一时间在各处发动袭击，所以检非违使和卫门府的武士们都招架不住。

栋世担心我家里一色女人，便在夜间派来强壮的男人，说："哪怕是暂时……"

他们就像在栋世家里做的那样，在大桶里装满水（以防有人放火），将弓箭揽在腋下不离手，睡在大门附近的走廊上，保护着我们。

我和左近她们不知道安心了多少。

当远处街上传来原因不明的叫唤声或有什么动静时,他们便把门牢牢锁住,在院子里点起篝火,彻夜守护着我们。夏日的夜里,常有游民们翻过围墙,躲在庭院的角落里或者走廊下睡觉,或者一有机会便偷窥家里的情况,掠走物品。(有传言说,某个地方的小姐,不知是被游民还是东国武士掠走,就此失去了踪迹。究竟是谁家小姐、事情何时发生等都不太清楚,却口口相传,成为京城中的传闻,涟漪一般地扩散开了。)这种情况并非现在才开始,京城是个不太平的地方,尤其夏天是个危险的季节。因为瘟疫而陷入绝望的民众们失去理性地乱来,根本不在意我是个进出宫廷的仕女,不知道他们会做出什么事来。

这样的警戒心与恐惧感让我心底总是战战兢兢。对我而言,壹岐对马那边的南蛮贼人非常遥远,京城中的治安比它可怕得多。

此外,另一件让我更为在意的事情是,之前被命名为"黎明"的短篇物语,为何会落入伊周大人手中。

"把它带出去的是你,经房大人吧?偷偷从《春曙草子》中抽走的吧?"

经房大人毫无愧色,在御帘的另一边,"啊哈哈哈"地仰天大笑起来。

"抱歉,因为那个短篇实在是太美了。"

"你是怎么抽走的?原稿都原原本本的还在这里呢。"

"偷偷地抽走,让人抄写好了,再偷偷地还回来。这件事,我这厢给你赔礼了。不到你身旁道歉的话,你感受不到我的诚意。我可以靠近一些么？"

"不行！麻疹会传染的！"

"可是，我在这边看不见你啊。"

"我可以很清楚地看见你——你不觉得太过分了么？也不跟我说一声，就把还没写好的稿子……"

"所以我这不是正跟你道歉么。实际上，本来打算悄悄看一眼，就还回去的。可是因为读得实在太开心了，觉得就我自己欣赏未免太可惜，便忍不住拿去让权帅大臣（伊周）看了。"

"怎么那样……"

我虽然嘴上那么说，但是口吻中并无怒意，反而产生了一种好奇与期待。

"那，大臣怎么说？"

"他说这作品很出色，从来没见过如此描写得如此清新的物语。还说物语里的男女，不知后来怎样了呢，兴致大发。他说既不是《宇津保物语》或《竹取物语》那种古风作品，也不是《落洼》那种粗俗大众小说，也不是《蜻蛉日记》那种令人窒息的手记，这样的开头，真是第一次见到……"

"虽然他说是开头，但是整个物语到那里就结束了。"

"那个男人跟女人后来怎么样了？"

"没什么怎么样，我当时又不是为了编故事。"

"哈哈！就那么多了么？"

"就那么多了。"

"那也很有意思。"

正是经房大人的这种地方让我觉得他是个聪明人。

他了然地拍手叫好：

"好！人生某个瞬间的情景——可以说是瞬景么？聚焦于这稍纵即逝的世间种种，将其迅速捕捉在手的情趣，你是会写这种东西的人呐。"

"呵呵呵，哪里那么夸张！不过是一些小小的感悟而已。"

"它像珍宝一样地熠熠生辉！是颗小小的宝珠。让我们多看几个变幻多彩的宝珠吧。"

"我可不会把它加工成物语。"

"不，那是物语的元初！物语的核心！读过的人，可以从那里开始编织自己的物语。这很有意思。"

经房大人一样接着一样不停地说着，结果最后，我只好被迫跟他约好要写许多那种"瞬景"。

这位经房大人为我派来了祈祷加持的僧人，那些看起来颇具灵验的法师们，高声诵经的样子十分可靠，甚至让人安心地觉得自己马上就能痊愈。栋世热情的探望等等，男人们这种非常实际的支援令人欣喜。

对了，把这个写入草子里"可靠的"一节中去吧。

说到可靠的，在我已经彻底平静下来，并且又过去了一个月之后，那位则光终于给我送来了干巴巴的一封信。

之所以说是干巴巴的一封信，是因为好不容易从乡下来信了，居然没有随信附上任何乡下的土特产之类的，这让我非常恼火。

为什么则光会如此不懂人情世故呢？

千里迢迢从乡下往京城送来信件，却没有附上任何手信，这也太没有人情味了！从京城送往乡下的信件，没有手信是理所当然的，因为京城里随便什么东西都是价格昂贵的。

而且，从京城送出的信件满载着珍贵的京城信息，对于待在乡下的人而言，这才是比价值万金的手信更令人期待的，所以无需从京城送东西过去。

可是，从乡下来的信件，或是食品，或是衣料、动物，如果不随信附带一些手信的话，就太扫兴了。而且，也是不懂礼节的做法。

则光是个不知道社交常识的男人，对于那些事情，他似乎一窍不通。话虽如此，我也是没给他写过信。

则光的使者真的是就干巴巴地把信件扔了过来，说道：

"回信，如果有的话，马上就给我吧！"

主人那个样子，随从也是不带一点情感。信上写着：

"怎么样了？听说京城里流行麻疹，还好吧？你有些地方又顽固又傻气，得小心些才是。有好好喝药么？会灵机应变、能写若干草子，在这些方面比别人强，你可能也以这些为傲，可是在某些方面反应迟钝、大大咧咧，有点目空一切的感觉。所以，即使跟你睡在一起，也没什么意思。只是你的性格很有趣，我们俩才那么合得来。

"如果不是那样，估计我们俩之间什么也不会发生吧。

"妄言多谢，总之要小心，保重。

"我这边忙得不可开交，不过有广阔如海的湖泊，有美丽的自然。我可以骑马去狩猎，也可以去钓鱼。能吃到比京城更美味的东西。变胖了，晒黑了。乡下真是好。如果是你，可能觉得宁可当个乞丐都是京城好。可是，对我而言，感觉乡下一天比一天好。虽然乡下人也相对地会撒谎，有些狡猾，尽管如此，他们还是比京城里的人反应更为坦率，更容易相处。

"那，下回再继续。

"多多保重。

阿则"

为什么不随这封信送上一反①两反的麻布呢？真是个愚笨的男人。

而且，我对则光的信感到生气。那句"即使跟你睡在一起，也没什么意思"是什么意思！

则光有些地方直白得不可思议，而且几乎可以称之为"死心眼儿"。至今为止，我还没有在闺房之事上被人说长道短过，这触怒了我。

则光才是什么东西！不懂情趣，一无是处，只顾自己！

总觉得有些可爱，所以无法抛弃，我才跟他一直牵扯不清。跟则光欢好时，我从未体会过恍惚失神的感觉。居然还责怪我，真是错得可笑！不是则光欠缺酝酿情绪的能力的么？事到如今，说什么没有意思，这算怎么回事！我才是出于对他的体贴、常年相伴的敬意等等，温柔以待，如今这个说法是怎么回事！

而且，则光安居于一个没有我的地方，瞎说什么"乡下真好"，也让我觉得扫兴。

我把则光的信撕了扔了。

从前，则光在，对我而言是安心感的来源。如今，那个则光让我不安、不快、陷入混乱。

"我反应迟钝么？"

---

①古代日本,可以给成人制作一身服装用的布匹长度。如果是绢布,则是宽为9寸5分至一尺,长为2丈8尺至3丈。布匹材质不同,略有变化。

"我大大咧咧么?"

"我目空一切么?"

"我没有意思么?"

我痛恨思考这些。

我努力让自己多想想接纳了我的京城的事情。中宫、经房大人……行成大人、齐信卿,在这些人中,如果说我的存在得到认可、赞美,那只有我的才华。也许就是则光所说的"若干"小才。

则光信中那种嘲笑都市人的口吻,让我恼火。

"什么嘛!愚蠢的乡巴佬!"

为了在这场较量中获胜,我也必须要完成《春曙草子》。

我暂时埋头于将经房大人赞赏过的"瞬景"书写下来。

如果编成物语,则需要情节、性格等等细节,非常麻烦。瞬景描写的话,不论多少内容,我都能写得来。

不,正因为没有情节,瞬景中的人物反而更加栩栩如生。

"疾病"

我写道。

麻疹之类的疾病,真的是全无美感。全身长满红色的斑点,发高烧……与此相比,在疾病中,美丽且有情调的是:

"胸痛"

胸部以下的疾病,症状也不够高雅。女人把袖子捂在胸前,痛苦不已的样子,优雅而美丽。男人亦是如此。

"幽灵"

这个也是比起幽灵附体的恐惧,那种一直低声抽泣、忧愁的情绪,不是跟一个美丽的女子很相称么?

"脚气"

这也是适合身份高贵的人烦恼的一种病。另外，更为优雅的便是：

"总觉得没有食欲，难受地想躺着。"

或者：

"牙疼"

这才是有情趣的疾病。牙疼之人，最好是年轻貌美。

"这是一个十八九岁的美貌的年轻女子。长达一丈左右的秀美头发，发尾松松地散开着——是一个丰腴而肤白、楚楚可人的美人。

因为牙疼，女子的泪水濡湿了额发。头发凌乱地贴在脸上，但她已无暇顾及，涨红了脸，含着泪水，用手压住正疼着的牙，真是很有风情的一幕。"

这么写着写着，我的写作欲望难以抑制地兴奋了起来。已经顾不上什么则光，只是随着泉涌而至的兴致，沉静在情景描写的乐趣之中。

"八月的一天。柔软的白色单衣搭配着裙裤，身上披着一件淡紫色的雅致的袿衣，女子患了胸痛。

女子的朋友等人前来探望。府里还有数位年轻的贵公子前来慰问，进不了屋子里面，便待在院子里或簧子处，关心地说着：

'真是可怜呐……病情严重么？'

女子的情人也悄悄地混在人群中，一边若无其事地说着：

'这样可不行啊……平日里，也时常发生这样的事情么？'

一边为女子感到心疼，隐约露出为她担心的样子。这也很有情致。

女子把秀美的头发扎好，以免它散乱不堪。她突然作势要起身：

'有点想吐……'

这么说着也很是惹人怜爱。

这个女子所侍奉的宫中身份极为高贵的那一位，听说她生病后，派来了声音十分优美的诵经僧人。

僧人挨着几帐，坐在病床近处。

因为地方不大，可以十分清楚地看见不断有女人们前来探视。

都是些身份高贵的仕女，多彩绚丽，华光四射。僧人的目光不由得被吸引了过去，一边偷偷斜视着，一边诵经。简直是要受到佛祖责罚的样子……

与这种女子的心绪相比，要说我对男子的喜好，则是恰到好处的亲密、不拘谨呆板、爽快的男子。身份高贵、年轻的贵公子。

"好色与不好色的男人，如果从这两种类型来考虑的话，我觉得男人——好色的比较好。四处有多位相好的男人，这样的男人。昨晚是在哪一处的女人那里过夜的？……拂晓时分回来，男子也不睡觉，就那么待着。

尽管睡意浓浓，但他还是把砚台拿了过来，磨好墨，用心地写着后朝之信。虽说十分用心,但却尽量写得让收信的一方觉得字迹潦草,似乎是漫不经心地挥笔而就一般。

男子在白色的单衣上,叠穿着棣棠色或红色的衣衫。白色单衣的袖子已经不再笔挺了,或许是昨夜的泪水的缘故?他一边回想着昨夜的甜言蜜语,一边写信。

终于写完了,他没有把信交给候在跟前的侍女,而是特地起身,叫来小侍童或合适的随从等人:

'……'

小声地叮嘱对方送信地址后,把信递了过去。

'遵命。'

使者走了之后,男人久久出神地望着他离去的方向。

他小声地随口背诵着经书,正发着呆的时候,房子里面传来了早餐、漱洗的准备已经做好的催促声。男子进了里屋。可是,在女子的回信送来之前,他都一副魂不守舍的样子。

他靠着书桌,随意浏览着书本。当看到符合自己此时心情的有趣之处时,便不由得高声诵读出来。

接着,他洗完脸,漱了口,穿上直衣,作为早课,诵读法华经第六卷。刚好到了重要的关键部分时,前去女子那边的使者回来了。原来,情人的家似乎离得并不远。

使者频频跟男子使眼色。

是带来了女子的回信么?

男人连忙停止读经,一心只想着女子的回信,已经无法静心读经了。真是要遭天罚的事情,这定会受到佛祖的责罚吧……"

为牙痛而烦恼的女子、晨归的男子的风情，我实际上并不特别了解。但是，总觉得似乎就浮现在眼前一般，要写多少，就有多少。

我可以想象出无穷多那样的场景。

此外，与晨归的男子相映成趣的，还有夜里等候男子的女子的身姿与内心世界。

"铺着木地板的朝南厢房——擦拭得几乎能照见人影的木地板上，搁着一张崭新的榻榻米。

对面摆放着三尺高的几帐，帷子看上去清新凉爽，女主人卧在榻榻米上。

白色生绢的单衣搭配着红色的裙裤。

女主人身上披着的是件深红的衣裳，尚未穿得太皱，依然笔挺。

灯笼里，点着灯。

离灯笼两根柱子远的地方，帘子卷起，两个侍女以及小侍女等人待在那里。也有人或是挨着长押，或是贴近放下的帘子卧着。

香炉里火埋得很深，香小心翼翼、若有似无地飘着。那样子徐缓而典雅。

男人来的时候，已是夜半时分。

他悄悄地敲门。

知情的侍女一副了然的样子，将男子迎入房中，也是小心地不让别人发现男子，悄悄地让他进门。这种情趣也很美好。

男子和女主人悄声地说着话，两人之间有一把音色美妙、制作精美的琵琶。男子在说话的间隙，尽量小声地不时随手拨动几下琵琶，作为伴奏。

那声响隐约可闻，这也是秘密的成人间的恋爱之道，蕴含着情感，十分美好。"

实际上，我曾经等候过则光，也等候过栋世。可是，这里写的那个身披红衣睡着的女子，连我自己都喜欢上了。某种意义上来说，恋爱于我，是为了恋爱而恋爱的。

不知这种"瞬景"是否会得到中宫的青睐，不过，中宫或其他读者，也许在某一天，会对我喜欢的情景产生共鸣，并由此开始编织物语。

哦，对了……那个学者诗人藤原为时的女儿——不知道她名叫什么——与宣孝结了婚的那个喜欢物语的"空蝉"的作者，那个女人的物语创作基本上都是以年轻的贵公子为主人公，或者跟那个搭上关系，进而联想到其他什么物语。

不管怎样，找到了这种乐趣，我便可以忘记则光来信所引起的不快与混乱。

则光在信里写道："如果是你，大概会说即使当个乞丐也要留在京城里吧。"说起来，前些日子，来了个好玩的乞丐，给我们带来了好笑的话题。

最近，中宫所在的中宫职后妃室的西厢房中，正在举行不断读经法会①。中宫母亲的三周忌即将到来，此外，也是为了悼念她的

---

①为祈求安产或为逝者祈求冥福，在一定期间内，昼夜连续不断地诵读《大般若经》《法华经》《最胜王经》等经书。

外公。来了众多僧人,佛像也挂好了,还有许多供品、灯明,自不待言。

法会开始后,大概过了两天左右,在走廊前面,似乎有人正在争执着什么。

"把那个供品撤下送给我吧!"

有人出言请求。而僧人们则斥责道:

"胡说什么!法事还没结束,离撤下还早着呢!"

"真是厚脸皮!这是什么人呢?"我来到廊前一看,原来是一个上了年纪的尼姑。或者应该说是个行乞的尼姑,身上穿着脏兮兮、破旧不堪的衣服,简直就像只猴子似的,而且油腻、肥胖。

"那是在说些什么呢?"

我问仕女们。那尼姑可能是听到了吧,转过身来,声音也十分造作:

"在下也是佛门子弟,想募化些撤下的供品,可那些僧人们不舍得。"

那刻意装出的上流腔调也让人觉得讨厌。

更何况,她将两边袖子合起来,来回转动着脑袋,那带点妖艳的举止,刻意装腔作势的模样很是好笑。

她丝毫不在乎脏污的衣着,言行花哨。

我觉得,这种行乞的尼姑,索性一副温顺、垂头丧气的样子,倒是惹人同情,现在这样也太忘形了。

"是么,只吃佛前撤下的供品么?别的东西都不吃啊,真是难能可贵。"

我嘲弄道。尼姑夸张地摇着手:

"哪里是不吃别的东西。因为没有别的东西，所以才这样募化佛前撤下的供品嘛。"

我笑着把水果、饼、海带等装在器皿里给她了。尼姑喜出望外，嬉皮笑脸地说了会儿闲话，那厚脸皮的样子真是无法形容。虽然声称是佛门弟子，但徒有其表，实际上肯定是个靠嘴皮子吃饭的卖艺人。

连小兵卫君和小弁君等年轻人也都出来了。她们也觉得好玩，问那尼姑"你有孩子么？""丈夫呢？"等问题。

"我没有孩子。是的，有丈夫。我丈夫叫山城茄子。是的，我跟诸位一样。"

尼姑嘴快地说个不停，小弁君还在跟她聊着。

"唱歌么？"

"跳舞给人看么？"

话还没说完，只听见尼姑肆无忌惮地高声唱了起来：

"夜里和谁一起睡呢？

和常陆介一起睡。

抱着睡哦，肌肤真娇嫩……"

小弁君她们顿时羞红了脸，说道：

"不要唱了，够了……"

可是尼姑反而唱得更大声了。这下子她张开双手，摇晃着光头唱道：

"男山峰上的红叶哟，

风流出了名，

哎呀，你也出了名。"

"讨厌！快回去吧！"

小兵卫君拼命地制止尼姑继续唱下去，想把她轰走。

"来人啊，把这个人赶走——"

"挺可怜的，给她点什么再让她走吧。"

我正说着，中宫似乎听见了，在里面说道：

"为什么让她唱那种不堪入耳的歌呢？我实在听不下去，把耳朵都给捂住了。把那边的绢卷给她一个，早点让她走吧。"

于是我便把用来供佛的绢卷撤了下来，扔给了尼姑：

"这是从佛前撤下的。你穿上这个白色的吧，衣服都脏了。"

尼姑又依循礼法，毕恭毕敬地将绢卷披在肩上，行拜舞之礼[①]。这反而有些目中无人，大家都一边笑着，一边说道：

"真是狂妄呐……"

我忽然由尼姑的举动想到了则光说过的话。在则光眼里，生活在都城里的我或许跟这个行乞尼姑的情况别无二致吧……

我为什么会如此在意则光的话呢？则光在我陌生的世界里悠闲地享受人生，这件事也许让我产生了一种觉得他"真是俗气、狂妄"、或是觉得他愚蠢可笑、或是嫉妒的感觉。说句真心话，我希望所有人都夸奖我、都关注我，我可能无法原谅那些关心其他事情甚于我的人。

这么说来，最近，我又有了一个新的发现。

不，与其说是我自己发现的，或许应该说是在别人的启发下发现的。这依然是栋世的功劳。

第一次遇见藤原栋世，是在他四十五六岁的时候。如今他已经

[①]平安时代，叙位、任官、赐禄时，为表感谢而施行的礼仪。

年过半百了。这个声称与我的父亲元辅是故交的中年男人，说是对我"私下仰慕已久"，以我喜爱的已故父亲为共同话题，作为一个可以随便说说话的对象，我们开始了来往。

他不时应季给我送来礼物。这与其说是一个家底殷实的官吏，不如说是一个精于世故、熟知人情的涵养之士的行事风格。

所以，他也不曾违背过爱挑剔的我的喜好。

就这样经过几年时间，互相了解对方的脾气，相处得十分融洽。我也渐渐开始期待栋世的书信、日间的来访。栋世乐于照顾我，能够与我相会，他似乎由衷地感到高兴。一开始的时候，我以为他想要从待在中宫身边的我嘴里套出一些政治消息，或是通过中宫获取什么权利或好处，所以心怀警惕，但栋世身上并无那种臭气。中宫闭居于二条邸中，权帅大臣（伊周大人）和隆家大人等人都遭到贬谪流放时，他告诉我："主上对中宫的爱意并未改变""世人都非常同情伊周大人一家"，鼓励我、安慰我。后来，事态果真如他所说的那般发展。

一来二去，不知不觉中，他跟我变得十分亲近，而则光则离我远去了。某一天，我突然发现，五十岁的栋世悠闲地躺在我的卧处，熟稔地爱抚着我的身体，像是许久以前就已经如此一般。栋世像是父亲，但终究和父亲不一样。他长得十分壮实，体格健硕，眉目粗犷，气质优雅，安闲的声音中不见一丝的阴影。

"不知道什么时候，变成这样了……"

我说完，栋世便淡定地笑道：

"男女之间，那不是最好的么……自然而然、不知不觉，这是最好不过的了。世间一切，皆是如此，男女之间更是必须如此……当然，既有听之任之、自然如此的，也有用心经营、变成如此的……"

"哎呀，是么。那，你是哪一种呢？"

我面对栋世时，心情与措辞自然变得与面对则光时不同。

我对栋世产生了一种依赖。

许久以前，少女时代，我对年老的父亲十分依赖。自那之后，这种心情还是第一次出现。我第一次觉得亲身体会到了"依靠男人"的安心立命的心境。这让我对栋世怀有一种从未有过的爱慕与依恋。

栋世那从容、浑厚的声音，沉稳而有力的说话方式，让我的心灵得到了一种恣意的解放。在必须时时严阵以待、奋勇出击、保持旺盛精力的出仕生活中，不知不觉变得僵化、疲惫不堪的心灵得到了充分的滋润。

"就像果实成熟后自然从枝头掉了下来一样，我们有了今天……"

栋世回答道，那声音听得我十分惬意。

在他悄悄送来的信件中，如今也清清楚楚地写着"恋"字了。

前一阵子，我去鞍马山参拜，栋世早早便送来了和歌：

恋恋思君夜未明，
出门直访鞍马山。

栋世的来信或来访，都让我久违地感受到了恋爱的悸动，我似乎因此又重新获得了活力。

这种恋爱的乐趣不同于我跟则光之间极为熟稔的关系，但是又没有与其他男人刚开始恋爱时的不安、焦躁、嫉妒等等。栋世娇惯我、赞美我,让我心情愉快。

栋世曾经悄悄地来过我位于中宫职后妃室厢房处的房间。虽然他的年纪比则光大得多,但在风流男士的优雅方面,也比则光要强得多。他举止成熟,不像则光那样躁狂。而这种老练的态度,可能与他之前四处留情有关,甚至让我突然间感到有些嫉妒了。

栋世悄无声息地迅速闪进房间。可是,他的衣服散发着熏香的味道,我的心不由得怦怦直跳:"隔壁房间的人不会有所察觉吧?"

栋世压低了声音抱住我:

"慌什么呢?"

我知道当晚住在隔壁房间的正是爱刁难人的右卫门君,无法淡然处之。

"我要让你心跳得像小鸟……来咯!"

栋世笑着说道,一边把手从我的领口处滑了进来,一把揞住了我的乳房。

"可能有人正看着呢。"

我连忙小声低语。接着,我突然感到一种年轻时也未曾体验过的兴奋,十分激动:

"喂,你听我说,这个怎么样?……我作了一首和歌,你先放手。"

"就这样听你说。"

栋世说道。于是,我便迅速地吟诵:

相会逢坂山①,心跳如鹿撞。

---

① 和歌中,"逢坂"与表示男女相会的"逢濑"一词双关。

身非走井水①,却怕有人寻。

你我偶尔相会于逢坂山。
逢坂山附近有一处走井。
虽说不是走井里的井水,可万一被人发现的话,该如何是好?
一想到这里,不由得心头鹿撞。
"哈哈哈哈!"
栋世难以克制般地低声笑了起来。
"果然名不虚传!这真是精彩!你这个人可真是文思敏捷。居然连这种时候也不见你马虎,如此之快就咏出了一首名作。"
"噗噗噗噗……"
"天下应该没有比你更有才华的女人了。可是,却又如此可爱。"
他的赞美正合我意。栋世就像是在哄一个小女孩一般,自始至终,不吝溢美。
"我喜欢你。从第一次见面开始就喜欢上了。可是,那时候,你身边还有个说是分了手的则光。我当时相当自制了。"
"是么,不是找各种借口、弦外有音地来套近乎的么?"
"不过,不管怎样,我都坚信你和我会有今天的。"
"咦,为什么?"
在我身边,既有叽叽喳喳地缠着我的经房大人,也有我仰慕对

---

① 走井为逢坂山附近的一口井。井水清洌,源源不断,自古被人们称为"走井"。此处用泉涌不止比喻自己紧张得心跳个不停。这首和歌应用了双关、比喻等多种咏歌技巧。

方、对方也有所示好的齐信大人。如果有心制造机会的话，也许就跟他们成了恋人……"

"那不可能吧。"

栋世好像有些奇怪地说道。

"你不是那样的人。"

栋世为何说得如此断定，这让我有些不快：

"为什么？即使是如今的头弁大人，我也跟他关系融洽。一来二去，谁知道会发展成什么样。"

"你不是那种跟身居高位的男人们发展恋爱关系的女人。一旦跟上流社会阶层的男人们成了恋人，自尊心受到伤害的程度也大，这些你都知道吧？"

"……"

"他们自私且朝三暮四。而你自负心又强，按理应该选择阶层与自己相同或低于自己的男人作为恋人更好。你不是喜欢跟上流社会的男人们同台斗智，把他们说得败下阵去，占据上风么？"

"……也许是那样吧。"

"可是一旦变成男女关系，身份的问题就冒出来了。如果你在这方面依然想要占据上风，那么就必须选择我这样的同为中等阶层或下层的男人了。——不管怎么说，我应该都是个适合你的男人。"

"可真够自大的啊。"

"哈哈哈，这不是自大。人生苦短，谁得到的快乐多，谁就是胜者。在一起，快乐就好。"

此话不假。我和栋世在一起十分快乐。鱼水之欢，也是到了这个年纪才第一次深有体会。夏日里的短夜，我们聊得酣畅，结果一夜未眠直到天亮。秋天微凉的夜里，避人耳目，我们在宫中我的房间里偷偷相会，也让我体验到了一种从未有过的兴奋。

两个人严实地裹着被子休息，只听见钟声传来，仿佛像是从某处遥远的地底下发出似的。

则光失礼地说我是"没什么意思的女人"，而我则是在知道了栋世之后，想要嘲笑则光的寡淡。虽然一开始时并非难耐相思的状态，却是一旦踏进之后便如无底沼泽般愈陷愈深的逸乐。一个月一次、两个月三次左右的相会，每次见面都有一种初逢般的新鲜感。而且，那种逸乐裹着一层秘密的色彩，味道更显浓郁。并未刻意隐藏，但也不曾四处声张。我经常跟式部君同屋，当她回家时，我便和栋世相会。

所以同伴们谁也不知道此事。

只是有传闻说栋世正在追求我。不过，世人似乎都认为，我平日里跟经房大人、伊周大臣等位高权重、年轻俊美的贵公子们随意说笑、亲密往来，肯定不会把一个年已半百、土里土气、由令制国国守升上来的男人放在眼里。

对于秘密的情事，我十分满足。栋世吹捧我的才华，还恰到好处地配合着这一点，面无赧色地说：

"真真是个美人呐！身材的圆润也可爱，脸蛋也可爱，头发也可爱！"

因为不是被年轻男人这么说，所以我反而听得十分入耳、愉快。

"说实话，头发里安着假发呢。"

"假发也可爱。"

"呵呵呵呵。"

我忍不住笑了出来。栋世的身体肉墩墩的,但是十分结实,而且有一种历练过的柔软。

"我喜欢马,喜欢猎鹰,所以……"

他告诉我。不似那庞大的身躯,他的动作细致敏捷。有时看似并未特别使力,却有一种要将人吞噬一般的强大力量,瞬间出现,又旋即消失,令人天旋地转。他的两鬓与胸毛都有些斑白,但皮肤有一种久经日晒的漂亮光泽。

栋世虽说不是沉默寡言之人,但也不会让人觉得饶舌。所谓的饶舌指的是言语空洞,如果内容充实,就绝不会让听者产生饶舌的印象。

栋世告诉我"你是不与上层男人恋爱的女人"之后,我才第一次发现:"有道理,或许的确如此。"我的身边也有许多与上流阶层的贵族子弟恋爱、飘飘然的女人,但那些男人几乎都轻易就变了心,常常让女人陷入痛苦。恋爱或情事也受到身份的影响,这岂不是不公平么?如果是同样的情况下,我宁可跟身份比我低的或者同等阶层的男人享受恋爱——也许我真的有那样的想法。可能是因为我的自尊心已经强到了那种程度吧。

跟栋世在一起,有好几个新的发现,也是十分有趣。

"我们就这么开开心心地直到七老八十吧。"

栋世在我耳边温柔地说道。如果是跟栋世在一起,或许真的哪怕到了七老八十,也依然能够享受到那样的乐趣吧。

"要是能长寿就好了……"

"会的。天花、疟疾都无法伤害我们。我们天生比较顽强,能弯弯转转活得长长久久。"

那句"弯弯转转"十分好笑，我忍俊不禁。在心中的某个角落里，我总是祈愿中宫也能如此。

至今为止，我从未思考过自己老了的样子。我曾经想过，在三条邸里跟多年的侍女左近相依到老也行。

——可是，被栋世这么一说，便觉得两人一起惬意地享受晚年的情景似乎也浮现在了眼前。总而言之，我在栋世的影响下，各种世界变得更为广阔，更有意思了。并且，开始大胆地放眼观望人世间。

不知为什么，栋世这个男人，不管面对什么，都能保持一定距离地加以评论。这与年龄或人生经验无关，总觉得那似乎是一种天性。

"左大臣殿下……"也好，"权帅大臣……"也罢，他的口吻总是同样阴郁，若无其事地扔下一句："反正大家都终有一死嘛。"话虽如此，却也并非破罐破摔或者大彻大悟，他说道："可是，我们不一样。就我们两人，一起活得长长久久吧！"他大言壮语："佛祖面前，众生平等。没有君主、乞丐之分"，既然如此，倘若要说他虔诚信佛吧，似乎又看不出来。觉得他对现世仕途不感兴趣吧，可他也经常出入权门，颇受看重，交往似乎也颇为广泛。他不露富，实际比看起来更为殷实，使唤的男人们在他底下干活也都比较容易。

他有一个正当年的女儿，好像女婿还没有定下来。没有儿子。

他说："如果有儿子，那可就烦恼苦恼一起来了。"

他和则光不一样，我一说起宫里的事情，他便兴致勃勃。而且,他的反应跟我非常相似,就这一点来说,他也是一个跟我十分情投意合的说话对象。

他唯一一次反驳我,是我说方弘坏话的那一次。经常出错的方弘成为我们仕女或女官的取笑对象,有人甚至说:"真想看看他父母是什么人。"可是栋世却劝诫我:

"要知道,别看他那样,实际上相当取巧滑头。恰恰是那种人,不可掉以轻心。他勤勤快快地忙活,哪天就飞黄腾达了。再说,他可能也是拼了全力的。男人跟女人不一样,为了前途可是赌上性命的。不必拿他取笑,无端招他怨恨。说实话,尽量不要惹人注目,这也非常重要。不过,即使告诉你不要出风头,估计也是没用的吧。"

如果是则光这么说,我早就火冒三丈了,可是一个五十岁的男人用沉稳安详的口吻谆谆道来,我却能点头接受:

"是的。"

哪怕仅此一点,也让我觉得人生的视野开阔了。

即便是再有好感的男人,如果是以前的我,也会想着跟他争个高低。可是当我面对栋世时,那些棱角、棘刺都自然而然地不见了。此外,就算不能跟栋世见面,我也能保持心情的平衡,这也是一个很好的现象。

不会觉得焦虑烦躁,但如果收到联络说他会过来,也十分开心。我喜欢这样的关系。而且,说实话,栋世对我的物质帮助让我的身心非常现实地处于一种安定的状态中。

为什么这么说呢?虽然自从权帅大臣回京以来,我们仕女的津贴也终于像以前那样,可以按时收到了,但是之前中宫处于逆境中的时候，津贴常常断发，非常不安定。

父母家境殷实的人还好，独自生活的女人们则是内心难抑不安与动摇。

自从栋世出现之后，那种担忧便变少了。将来的事情就留给将来，现在开始烦心也无济于事……

或许是身心安定的缘故吧，最近宫中的生活变得越发快乐起来了。

话说，不可思议的是，之前那个行乞的尼姑还在。某天厚着脸皮混进后妃室讨要佛前撤下的供品的尼姑，最近好像养成了整日前来晃悠的习惯。因为她之前唱过一首什么"和常陆介一起睡"的滑稽的流行歌，所以大家就此给她取了个外号叫"常陆介"。

当时中宫吩咐赏给她绢卷，结果她身上的衣服仍然是脏兮兮的。

"看来，那绢估计被她弄到什么地方去了。"

大家心里觉得有些好奇，也有些生气。

主上身边的右近内侍作为主上的使者来访时，中宫觉得这事挺好玩的，便当做笑话说道：

"最近好像有个这样的人进进出出。经常总是到这里转悠，好像能说会道的样子。"

右近内侍笑着回答：

"是么，那我也想好好见识一下。她应该是这边的专属艺人了，我们绝对不会横刀夺爱的……"

最近，不知道是否容易混进来的缘故，除了这个厚脸皮的行乞尼姑之外，还有一个气质高雅、温柔的尼姑过来讨要东西。

很是好奇的年轻仕女们为了打发无聊，就把她叫了过来，问她身世什么的。尼姑流着泪，一副十分羞愧、惹人怜爱的样子。

赏给她一反绢，她跪伏领受了。

她温雅文静地再三致谢，欣喜地告辞而去，结果常陆介刚好过来看到了这一幕。于是，常陆介语带讥讽地高声吟诵：

赏赐多如山，行走也艰难。
且问是何人，令人真眼馋。

她殷勤、刻意地吟诵了两遍，仕女们在御帘后面都笑翻了。行乞的尼姑也许心里合计着众人会对她说："即兴发挥得有意思，这个赏给你吧！"期待着能得到些什么。她一脸得意的样子转悠着，不停地偷窥着里面的情况，久久不肯离去。

"真讨厌！那一脸得意的样子。"

"咦，她不会是以《伊势物语》中小町的和歌为本歌吧？"

"她那是想自诩为小町么……"

"小町的末路……"

"不如说是少纳言未来的模样呢。那随机应变的聪明样子，可真是如出一辙！"

冒出这句的是常常话里带刺的右卫门君。

"别再说了！"

我这么一说，大家更是笑得前仰后翻。常陆介似乎有些按捺不住了，她索性直白地催促道：

"就把佛前撤下的供品赏给在下呗！"

"我才不会像她那样没皮没脸呢！"

我一说完，大家又是哄堂大笑。经房大人刚好也在场，他不以为意地吩咐侍卫们："真不像话！快轰出去！"

事后，他听说了常陆介的事情，大笑道：

"哎呀呀，原来是常常出入此地、深得各位喜欢的艺人么？我还真想学一学《男山峰上的枫叶哟》那首歌呢！"

今年（长德四年）的冬天喜事连连。不仅仅是我和栋世，中宫身边也是如此。脩子内亲王十二月举行着袴仪式。过了新年，中宫结束服丧，必将风光地重返宫中。听说可能是因为今年接连发生了天花流行、贺茂川溃堤等不祥，新年之后朝廷将更改年号。

最可喜的是，主上与中宫将再次一起生活，比翼连枝。至今为止，虽然中宫有时秘密进宫，互相之间书信频繁往来，但不管怎样，跟同住宫中还是有所不同。

一想到即将重新开始在登华殿细殿的生活，我们久违地感到了一种喜悦。

或许中宫跟我们都怀有这种雀跃的心情吧，大家举行了一场造雪山的比赛。

今年冬天的雪多，十一月已经下了场大雪。积雪消融后不久，从十二月十日开始便不停地下雪，雪花甚至吹进了走廊，渐渐堆积了起来。女官们将走廊上的扫了下来。

"用这些来造雪山，如何？"

我跟中宫一请示，她便笑允了。

于是，我们便以中宫之命召集来侍卫们，让他们动手造雪山。正在除雪清道的主殿司的官员们也兴致勃勃地把雪堆了上去。最

后,甚至把回家休假的侍卫们也都叫了过来,说的话也非常有意思:

"今天参加造雪山的人,增发三天的津贴。没来参加的人,取消三天的津贴。"

这么一说,大家都连忙进宫参加。那些家比较远的人,就无法通知到了。

最后,堆成了一座相当高的雪山,甚至比一个人还要高。我们看着它,就像看着越国白山①似的。仕女们都兴奋不已。

主殿司与中宫职的官员们每人都赏赐了一卷绢。他们拜谢过后,把绢插在腰间退下了。

中宫也为这难得一见的景色感到高兴:"真是一座气派的雪山!"

她问:"你们看这雪山能保存到什么时候呢?"

有人说:"得有个十天吧!"也有人说:"不,应该会留到十五六天之后。"

"少纳言,怎么不见你吭声呀——"

中宫问道。

如果跟大家一样,说个近期的时间,那就没什么意思,所以我索性回答道:

"应该可以保存到正月初十之后吧。"

"怎么可能……"

席间顿时一片哗然,中宫也有些不相信的样子。

---

①现在的日本福井县敦贺至山形县庄内地区,在日本古代大化改新之前,被称为"越国"。"白山"是位于今天福井县、石川县、岐阜县的一座山,自古与富士山、立山并称日本三大名山,以积雪著称。

"最多，也就能保存到年底吧！"

中纳言君说道。这一位说起话来颇具长者风范，很有把握的样子，她如此断言，我也感到有些迟疑。

"会不会说得太长了？说正月初一可能更好一些……"

虽然心里这么想，但事到如今，泼出去的水已经收不回来了，便坚持道：

"不，我觉得可以保存到正月初十过后。"

雪停了之后，阳光照射在雪山上，熠熠生辉，俨然是把远方比叡山上的雪移到了庭院中一般，中宫也十分开心：

"不承想名胜风景就这么出现在眼前……"

不知是否因为不久即将与主上一起生活，那张与雪山相映成美的莹白面颊上，泛着粉色。

主上的使者式部丞忠隆[①]来了。

下雪了，主上便派人前来慰问。每每下雨了、打雷了、热了、冷了，主上总是会差人前来嘘寒问暖。

"哦，这边也造了雪山么……"

忠隆饶有兴趣地说道。

"今天各处都在造雪山。清凉殿的内庭里，也造了一座雪山，以便主上欣赏。东宫、弘徽殿——还有，听说左大臣家的土御门邸也造雪山了。"

他这么一说，我顿时来了兴致，咏道：

[①]源忠隆（生卒年不详），官至正五位下，先后任检非违使、藏人、左卫门尉、骏河国国守等官职。

心中不觉叹稀奇，唯有此地见雪山。

岂知处处皆落雪，已是寻常旧风景。

只见忠隆面露难色："这么突然来一招，我还真是招架不住。要是回得不好，反而让您的和歌失色。不管怎样，请让我把您的杰作在主上跟前展示一下。"

说完，他便匆忙离席。我得意地说道："听说他在作歌方面很是自得，今天这是怎么回事呀。"

"或许是真的被你的突袭给难住了吧？"中宫这么说也很有意思。

虽然在作歌方面稍胜一筹，但这座雪山是否真的能够维持到明年的正月初十过后呢？不巧的是，十二月二十日下雨了。我担心得夜里也睡不着，一早起来一看，发现雪山并无消失的迹象，只是觉得高度稍微变低了一些。

"白山观音，求您保佑，不要让这雪山消失了。"

我祈祷着，自己都觉得有些疯狂。

临近年三十的时候，雪山依然不见消失。初一夜里下起了雪，我心里想着："太好了……"结果中宫说："今天的雪不能计算在内。把今天积起的雪扔掉，只保留原来的雪。"

次日清晨，中宫一大早就收到了斋院[①]那边送来的信件。

因为是斋院的来信，所以必须把中宫叫醒。这不是一般人的来

[①] 古代日本天皇即位时，选定未婚的皇女前去贺茂神社、伊势深宫侍奉神社。在贺茂神社的称为斋院，在伊势神宫的称为斋宫。此处的斋院为村上天皇的皇女选子内亲王(964—1035)。

信，是被誉为当代教养第一流的斋院特意差人送来的信件。

中宫尚在休息中，而且一早寒气逼人，虽然这么说有些僭越，我也觉得十分兴奋。究竟是一封什么样的来信呢？回信也得与之相称才行……如果像忠隆那样抱头而去，那可当不了中宫身边的仕女。

再说，新年伊始便收到斋院的来信，这不正说明了中宫的势力已经恢复如初了么？之前各方似乎都跟中宫保持距离，这应该是即将翻开新篇章的征兆了吧？

我想先把格子窗打开，于是便将棋盘等收好，一个人奋力地将窗户往上推。格子窗沉甸甸的，嘎吱作响。御帐台内，中宫似乎被这动静给吵醒了。

"少纳言，怎么了？"她问道。

"斋院来信了，想着早点让您过目。"

"斋院？……这么一早就。"

中宫的声音里也透着激动。

我想对中宫说："今年看来会有好兆头啊！"

（二十三）

斋院选子内亲王相当于主上的姑母，现年三十六岁，比定子中宫年长十二岁。她是主上的祖父村上天皇的第十皇女，她的母亲安子中宫生下这位选子内亲王之后，便撒手人寰。村上天皇十分钟爱安子中宫，所以他对刚刚来到这世上便与母亲死别的选子内亲王尤为怜爱。

内亲王长成了一名才华横溢、为人优雅的女性。在兄长圆融天皇即位时，十四岁的她被选为贺茂神社的斋院。

内亲王人望甚高，得到世人赞誉。同时，她作为一个风雅、有修养的人，也深受人们的尊敬。所以，斋院的任期原本仅限于一代天皇，但她即使在圆融天皇退位之后，即花山天皇在位期间，也仍然担任斋院。如今一条天皇在位，也依然承袭了上一代的做法，真是罕见之事。世人都说："因为贺茂大神尤其中意这位斋院啊。"

据说内亲王不愧是喜好风雅之人，她姿容秀丽、才华横溢。说到侍奉神灵的上了年纪的未婚内亲王，人们的印象可能是一个不好相处、性格阴郁，或者难以靠近、高深莫测、庄严神秘、气质高贵，又或者是粗俗严厉的老女人。可是，这位斋院与迄今为止的历代斋院截然不同，她非常喜欢华丽。（这一点也是让我心生共鸣之处，所以我对这位斋院有一种亲近感。）我比这位斋院年轻两岁，今年正月就三十四岁了，人们或许会认为我是个老气的中年女人，可是我非常讨厌什么老气、别扭、阴郁等等。

我还十分讨厌那些装模作样的或粗俗的，老而丑陋、素淡、土里土气的，廉价的，凄惨的一切。

我非常喜欢那些明艳华丽、惹人注目、阳光美好的一切。

据说斋院也是那种类型的人，所以跟气质相近的左大臣（道长大人）关系甚好。斋院出于侍奉神灵的身份，原本需要忌讳、远离佛祖以及与佛教相关的事情。在这一点上，侍奉于伊势神宫的斋宫也一样。斋宫和斋院一经卜定，则必须彻底忘却与"佛"相关的事情与言辞。作为身心如一地侍奉神灵的斋宫，必须是一种特殊的存在。

只有这位性格奔放的斋院毫不在乎地将这规矩视为无物，在侍奉神灵的同时，并未放弃对佛祖的信仰。听说她每天都诵经、祈祷。当有名的寺院举行菩提法会①时，她必定会捐助布施。

甚至在她自己侍奉的贺茂神社举行庆典活动的日子里，当她看到为了看热闹而聚集在一条大路的熙攘人群时，便祈祷道："愿此众生，皆能成佛。"这真是前所未闻，人们都为之目瞪口呆。

如此不循常规的内亲王，即便身为斋院，也不容许粗陋、素淡。贺茂祭的仪式、随行侍女们露于车帘之下的服饰之华美，也是声名在外。以斋院为中心，她身边的侍女们可谓才媛云集，官员们前去斋院的居所时，也是十分紧张、兴奋。

这位斋院的居所与定子中宫的居所可以说是当今世上最为热门的社交场所了。

话虽如此，斋院毕竟是侍奉神灵的身份，而这边的中宫则是以主上的宠爱为后盾，作为后宫的女主人十分显赫。虽然就社会地位的重要性而言，二者不可同日而语，但不管怎样，我还是对这位富有教养的风雅之人、性格奔放的斋院怀有敬意与亲近感。

我觉得中宫似乎也一样。当然，可能也出于主上对这位姑母十分亲近的缘故……

只有隆家大人好像对斋院与左大臣的亲密往来嗤之以鼻："一丘之貉！"隆家大人说得很是难听："那斋院是个沽名钓誉、极爱自我表现的可恶女人。作为一个斋院却喜好佛教，已经是极为出格了，可那个目中无人、傲慢无礼的女人，只对权力敏感，正朝着左大臣摇晃她那狐狸尾巴呐。应该叫她狐狸斋院。啊哈哈！"

我说："可是，斋院那边的仕女们作的和歌都是十分出色的

---

①为求极乐往生而举行的宣讲《法华经》的法会。

秀歌。"

结果没等我说完,他便嗤笑道:"因为心里一个劲儿地觉得斋院是特别的,所以不论什么看起来便都是好的了。那不就是底气不足、输了气场么?"

隆家大人似乎对斋院的做派很不以为然。

可是,我对于这位张扬自我、富有个性、"前所未闻"的斋院抱有好感。

斋院似乎也对才气焕发、声名远扬的中宫及其身边人员怀有兴趣,不时送来书信。所以中宫也是十分兴奋地打开了斋院的来信。

斋院的礼物是卯槌。昨天正月初一是新年里的第一个卯日,在卯日那天装饰卯槌是讨吉利的做法。卯槌是一种把驱邪的桃木削成槌子形状后,饰以五色丝线的物品。

斋院把卯槌像卯杖①那样,用纸张裹住了顶部,还用正月里喜庆的山橘、石松、山营等把它装饰得清新漂亮,只是不见书信。

"不可能没有书信啊。"

中宫说着用她那双美丽细腻的手拿着卯杖仔细地端详。

我说:"那张裹住顶部的纸会不会有什么玄机?"

"哎呀,和歌果然在这里!"

中宫把纸展开,饶有兴致地慢慢诵读起来:

斧声震山中,细细寻将去。

---

①平安时代,在正月里的第一个卯日,由大学寮(后为六卫府)进献给宫中用来驱邪的木杖。一般用梅、桃、椿木切割成五尺三寸(约1.6米)的长度,系以五彩丝带制成。

伐木之丁丁,为把祝杖制。

"哦……真是一首明快大气的好歌!"我不由得赞叹道。

"的确如此……给斋院殿下的回信,真是伤脑筋哪。得赶快写回信了。"

中宫脸上愈是绽开了兴奋的笑容。虽然嘴上说着"真是伤脑筋",但似乎因此反而激发出了活力。这么说恐怕多有僭越,那种美好的活力正是中宫于我最大的魅力所在。

我最不喜欢的大概便是那种失去了"振奋"精神的人。不论男人还是女人都一样。

我们必须给斋院派来的信使准备赏赐。如果给的赏赐不合适,会让斋院宫里负责庶务的女长官(女性官员)、斋院身边的仕女们见笑的。

中纳言君她们连忙准备赏赐的物品。在此期间,中宫认真地思考回信的事,写坏了的纸张似乎也不少,看起来相当用心。

回信很快就准备好了,信使蹲在正前方的台阶下面领受回信和赏赐。白色布匹的下面大概是苏芳色的单衣、梅花袭[①]的礼服吧,信使按照惯例把这些赏赐搭在肩上,于纷纷落雪中告辞退下,也是一道美丽的风景。

可惜一片忙乱中,我未能一睹中宫的回信,真是遗憾。

其间,庭院里的那座雪山俨然一副"越国白山"的样子,巍然不动,不见消融。不管怎样,十二月十几日的时候堆起来的雪山,今天已经是正月初二了,依然存在。看来,"大概会保存到正月初

[①] 深红面、淡红里。

十之后"——我说过的预言有可能成真。如此一来,期待雪山尽量能挨过十五的贪念便冒了出来。虽然雪山有些发黑,外观不怎么好看了,但我心里已是胜券在握的感觉。

"不过,接下去可是一天天暖和起来了,可能连保存到初七都有些危险呢!"

右卫门君她们说道。其他人也都期待着早一点见分晓。

可是,上面突然定下来,中宫要从后妃室返回宫里。雪山一事尚未得出结论,却必须离开这里,对此我也感到遗憾。中宫笑道:

"真想看一看雪山会变成什么样啊!一直盼着能知道,到时候少纳言是一脸得意,还是垂头丧气呢……"

"真的非常期待能一语中的,在殿下跟前理直气壮地指着雪山说上一句:'瞧!我说中了吧!'"

我说道。

为了做好入宫的准备,后妃室里里外外不时有人进进出出。据说是由于良时吉日、主上的心情等因素,入宫的时间提前了。趁着众人搬运器物一片忙乱之时,我悄悄地叫来了负责打扫庭院兼照顾花木的守园子的下人。这个女人在挨着土墙的地方搭了间屋子,她就住在那里。我跟她说:

"你好好地看着这座雪山,别让孩子们把它给踩坏了,希望能保存到正月十五。如果能保存到那一天的话,上头会给你奖赏的。我这边也有重谢。"

这个女人本是台盘所的女官、女杂役的头目等都不屑一顾的地位卑贱的下人,我送了她许多糕点、炒米、蔬菜、穿旧的衣裳等,只见她满面笑容,在那儿乐得直搓手:

"没问题，小事一桩。也许有孩子淘气会爬上去，我一定好好守着。"

"你必须制止这类事情发生。如果有人不听，你就过来我这里说一声。"

"好的，夫人，我明白了。"

守园子的人那么说了，但我还是放心不下。

陪同中宫一起进宫之后，我也每天都派底下负责清扫的使女或侍女长等人前去看一看，提醒一下守园子的人。说到下等的庶民，真是一言难尽。只有在给她东西的那一刻，她才装出一副认真听命的样子，等过了一段时间，就一切都抛诸脑后了。多数狡猾且贪心、难以对付。

直到正月初七，我都陪在中宫身边。差人将正月初七①那天撤下的供品、蔬菜、七草粥等送给守园人，结果负责清扫的使女回来后笑得不行：

"哎呀，那个下等女人，简直把我们当成佛祖似的拜谢呢！"

我回三条的私宅，是因为栋世来了。

从去年年末开始，我一直出仕宫中，连正月里也没能跟栋世见上面，所以有些兴奋。老侍女左近也为我感到高兴，她说道：

"虽然这么说有些对不住则光大人，但是对海松子小姐来说，他不是一棵可以依靠的大树。在这一点上，栋世大人能给小姐提供一个厚实宽大的胸怀。对小姐来说，是个再合适不过的男人了。这大概是过世的老爷在另一个世界怀着父母心求佛祖保佑，感动了佛祖的缘故吧。或许这就是人们常说的，佛祖指引下，姻缘一线牵吧……"

---

① 即人日。人们采集荠菜等七种春天的野菜煮粥设供。

她话里的"老爷"指的是我已故的父亲。

栋世无疑是一个成熟的男人，但他到我这边来的时候，总是直率地表露出他的喜悦，无所顾忌。既没有明明开心却故作掩饰的虚荣，也不见虚张声势。这让人觉得栋世拥有的自信与实力比我认为的还要强大。

我曾经把"直率"列为男人的美德之一，则光也有这个优点。可是则光的直率是字面上的直率，而不是具有男性魅力的直率。

对方是否会受到伤害、是否会沮丧，与这些都没关系。不，是一种与任何事情都无关的、虚空而又粲然生辉的无机的直率。根据这一方的不同情况，它有时是一种值得深爱的品质，有时又是一种最为伤人的凶器。

则光对于上天赋予的这些毫无自知，任由本能或冲动行事，给周围的人有时带去欢喜，有时带去伤害。

可是，栋世的"直率"有所不同。

"哦……想这么做，想早一点这样抱着你，都不知道盼了多久……"

栋世用他那庞大的身躯紧紧地抱着我，一脸欢喜地说道。他的语气让人深切地觉得，这种"哄人开心"的话不适合年轻人说，五六十岁的人才适合说这些。

虽然还是大白天，但我们无所顾忌，用几帐、壁代围挡着，缱绻其中。

"要是有孩子的话，可不敢这样。"

两个人一起这么说笑，也很开心。

"父母已经到了有孙子的年纪，有时大白天躲在寝室里窸窸窣窄的，正当盛年的儿子、媳妇们也会觉得厌恶吧。"

"呵呵呵。大概会苦着一张脸，不知道眼睛该往哪里看好吧。"

"没有那些拖累，真好！"

会说这些话，栋世可真是一个不可思议的男人。因为世上的男人们都拼命地想要制造拖累……

在栋世来访期间，我也依然惦记着中宫职后妃室那边的雪山。天亮时，我打发下人前去看一眼。

"究竟怎么回事呀？"

栋世很是奇怪，我便如此这般地给他说明了来龙去脉。

"孩子气的事情……"

栋世笑道。之后，有天夜里，寒意缓和，下起了雨。一想到雪山可能因为这场雨消失，我便坐立不安。天亮后便是正月十四，我无论如何都盼望着能捧起十五那天的雪凑到人们的鼻子跟前，说上一句："瞧！就像我说的那样，雪山一直保存到了正月十五……"可是下雨了，一切可能化为泡影。

"可恶！这雨要是能再等上一两天就好了……该怎么办呢。"

半夜里，我仍未合眼，一片心烦意乱。栋世也十分愕然：

"这简直疯了。怎么了呢，有雪没雪不都一样么？"

对我而言，一旦说了雪山会存到正月初十之后，就非常渴望能够捧起十五的雪，让别人都好好瞧一瞧。

"好了好了，你这是要跟谁争个高低呐。我不是告诉过你，人世间，不要那么惹人注目么……"

虽然栋世那么说，可我天生就是不由自主地想要露出棱角的性格。逞强说了那话的人是我，就必须承担起责任……

"天啊！什么责任之类的，女人可不能说这么难对付的词儿——女人身边有男人不就行了么？男人就是语言。你身边有我，安心地笑盈盈地待着不好么？不管发生什么事，只要说些：'噢，不知道会怎样呢''我不太了解''真是那样哦'等等就可以了。"

栋世摸着我的头说道。可是，我做不到那样。不，像栋世那样富有包容的男人那么对我说，让我得到了极大的安抚，心情舒适，但这事跟栋世无关，是原则问题。

我无法"笑盈盈地待着"或是说些什么"我不太了解"之类的。

女人也能承担责任。就算是女人，一旦说定了"是这样！"便期待能够负责到底，道出一句："怎么样，没错吧！"做个干净利落的了断。有男人支持当然好，但那只是女人的影子部分，不可能因为有了男人而一切都敷衍了事。

不，于我而言，可能有这些因素：正是因为男人的存在，所以才更想要"引人注目""锋芒毕露"，清晰地主张自我。

"真是个说话深奥的小姐呐……不过是一点残雪，连兴头上的一句大话都要说什么责任、毅然之类的……哈哈哈，这么看来，女人的世界也是各种不容易啊。"

栋世笑完就睡着了。正因为是女人的世界，所以才不容易。再说了，那句"不过是"是什么意思！一点残雪跟大臣们的地位之争，不是一回事么？男人们拼命争夺的政权走向跟令人担心因雨而消融的残雪是一样的。

如果要加上"不过是"的话，那就给世间一切都加上吧。不过是天皇之位、不过是大臣、不过是男人……可以加上"不过是"那种定语的,唯一只有一个,那便是"佛祖"。

在佛祖眼里,世间的一切、秽土的一切都可以视为"不过是"吧。佛祖清明的眼睛悲悯地看着秽土上蠢动着的人们:"不过是为了……而费心劳力、消磨生命!"将慈悲施舍于众生。

即便如此,世人依然背负着为了"不过是"而不辞辛苦的宿业。这是世人无能为力的烦恼,所以是一种业。其中曲折,有时正因为是女人,所以才更加清楚。在这个世上,女人比男人活得更艰难……

当男人说"不过是"的时候,散发着一种男人的傲慢。男人们深信撑起这个世界的是男人。

不过,这些话,我不会跟栋世说。如果是从前的我,会立刻把话甩给则光,把他拉进争论之中。"什么嘛!怎么了嘛……",则光揉着惺忪睡眼爬起来,被迫和我展开争论,最后两个人爆发争执,则光嚷嚷着:"再也不来了!"脚踹地板拂袖而去——一般都是这种节奏。

如今,我已经不再对栋世多说什么,不再莽撞地跟他争执了。这与其说是我变得成熟了,不如说他身上有种力量不让这些发生。不知是因为他作为男人的器量宏大,还是作为一个成熟的人宽厚包容,当我看着栋世的脸时,想要责问他那"不过是"的认识中所蕴含的"男性的傲慢"的心情便不见踪影了。一方面可能是因为我被栋世的自信所征服,同时也让我意识到了自己害怕发生致命性冲突的情意。面对则光时,我从未产生过如此纤细的心绪波动。

我等不及挨到十四日清晨了。时间还早得很,叫左近来也费时,我便自己直接去叫醒男仆。

"天还黑着呢……"

男仆不乐意离开温暖的床铺,迷糊咕哝着抵触道。连这都让我觉得有些可恶。

总算叫醒了之后,我让他前去看看雪山。说到当时等他回来时那种焦虑的心情,真是……

"怎么样,还在么?被雨融化了么?"我迫不及待地问道。

男仆歇了一口气,回答道:"在……"

我松了一口气,软绵绵地……瘫坐在了簏子边上。

"太好了……"

"是的,大概还有蒲团那么大。守园子的看得很紧,都不让孩子或狗靠近。她还很开心地说了,这样子看来留到明、后天是没有问题的,应该可以领赏了。"

我听了非常高兴,忍不住笑了。

"怎么回事,一大清早这么吵吵闹闹的。"

栋世起身出来,笑道:"又是雪山的事么……"

我一心盼望着这一天能早点过去。明天就是正月十五了,跟我预想的一样,雪山一直保持到了这一天,我期待着能给人们看上一眼:"瞧!没错吧!"甚至耳边都响起了中宫欣喜的声音:"哦,真的……"

对了,必须写一首和歌跟雪一起呈献上去……我连忙提笔开始思考,真的像栋世所说的那样,自己都觉得有些疯狂。

白天,栋世出门了,我一个人待在家里。我尽情地想着和歌,这也不行,那也不好,仔细地推敲,最后总算作出了一首。

傍晚,栋世骑着马来了。一边喝着酒,我乘兴把咏雪和歌的事

情告诉他了。他听完之后,委婉地说道:

"会不会显得有些过于得意了?"

"这种程度不碍事的!四处传开的时候,必须得这个程度效果才好呐!"

"哎呀呀,你是打算不仅在中宫跟前,还要流传到世上去?"

"当然!就算我不那么想,最后也会变成那样的。世间的人们都可关注我们这些中宫侧近的动向了!我们的一举手一投足,他们似乎都很感兴趣。当今世上,最受瞩目的当属斋院一派和我们中宫一派了。即便如此,不管怎么说,中宫殿下胜过斋院一筹。弘徽殿、承香殿,加上之前入宫的黑屋子女御①,不管是哪一处,都没有如此受到世人瞩目的。"

"那是因为有你在吧。"

"我还真想那么说呐……"

我扬起头笑了。经房大人、行成头弁等人听说了此番雪山事件的来龙去脉后,对我的和歌大加赞赏,宫廷里甚至世上都传开来了——一切似乎就在眼前似的。

让那些惊诧万分、目瞪口呆的愚钝且迂腐的世人们领受一番快意的哄笑——这是我非常喜欢做的事。而且,我也非常喜欢和中宫殿下一起愉快地相视而笑,莫逆于心。

"那,明天早上得早早派下人过去……"

我说着,顾不上睡觉,工整地把和歌誊写下来。

一旦开始誊写,便又起了贪心,琢磨着:"这里可能改成这样更好些……"终于,天渐渐地亮了,我把笔放下,前去叫醒下人:

---

①前文中藤原道兼与藤三位的女儿。

"快点，起来！"

我交给他一个桧木盒子，吩咐道：

"你在这盒子里多装一些干净地方的白雪拿过来，脏的部分就扔掉吧。明白了吗？只要那些雪白的、干净的，堆成漂亮的一小堆，拿过来。记住了，脏的部分就不要了！"

然后便派他前去中宫职后妃室。这些下人，如果不细细叮嘱，他们根本不知道该做些什么。

平日里，一般都是让左近或小雪去跟他们说，用不着我亲自吩咐，现在是关键时刻，为了万无一失，所以我自己来下命令。

栋世睡得很香，还没起床。我独自焦躁地等待着下人回来。

结果，令人意外地，下人很快就回来了，手里拎着那个我让他带去的那个桧木盒子，空空如也。他说："唉，雪山早就没有了。""怎么会这样！不可能！"我火冒三丈地嚷道，连下人那张迟钝呆愣的脸也让人觉得烦躁。下人天还没亮就被叫醒，连脸都没洗就出门了，他顶着脏乎乎且睡眼迷糊的脸说道："唉，真的没有了！"

"不是说到昨天还有蒲团大小么！怎么可能一夜之间就不见了！连一小捧雪都没有了么？！"

我气得直跺脚。

"你是不是睡糊涂了！守园子的干什么去了！"

"守园子的说了，昨天天黑之前确确实实都还在的。可是，今早起床一看，不见了。她懊恼地说一直盼着领赏呢，结果……守园子的也是郁闷、遗憾得紧呐。"

"哎，怎么可能……怎么一夜之间就消失不见了呢！"

我十分懊恼，很是不甘心："这是阴谋！对了，一定是有人把雪给扔了！有人偷偷地来破坏了，因为不想看到我得意的样子……"

眼下，我认为或许是右卫门君干的好事。真是气人！我甚至连和歌都特意准备好了……我有一股想扯着头发大声喊叫的冲动。

"怎么办呢？"下人一脸傻乎乎地仰头看着我。

"还能怎么办，没办法了！不要呆站在这里，快走开！"我把气撒在下人身上。

"怎么了，大清早开始就那么尖声大叫可不好，得笑眯眯地迎接早晨啊。"

栋世起身过来劝我道。

"这是能笑眯眯的事么？雪不见了！有人把它扔了。就这也可以看出，有敌人啊！这世上到处都是看不见的敌人呐！"

栋世听完事情的来龙去脉之后，笑得停不下来：

"哈哈哈，这个好！哈哈哈……"

"看来，你那翘到天上去的尾巴让人给摁下去了。啊哈哈哈哈……"

"可恶！有那么好笑么！"

我越是暴怒，栋世笑得越是厉害。

就在一片乱哄哄中，不承想居然收到了中宫的来信。信上说：

"这次休假可真够久的呢。你不在我身边，真是寂寞。对了，那雪山怎么样了？今天是十五了，果真一直保存下来了么？"

我心里非常遗憾，因为不能直接给中宫写信，便给她身边的人去信道：

"诸位不是说了么，雪山最多留到年内，再怎么用心保存也只能坚持到正月初一。可如今怎样呢，正如我所说的，那雪山一直保存到了十四。连我自己都觉得猜得这么准，很是得意。假如到了十五，雪山依然还在的话，那也太厉害了些——可能有人感到眼红吧，结果夜里雪被扔掉了。请这样告诉中宫。"

"不要那么沮丧嘛。"

栋世安慰我道。可是，我总觉得这话听起来似乎有些嘲讽的味道，很是懊恼。

"不会是你扔掉的吧？"

我一下子严肃起来，回头望着栋世。

"我么？我为什么要做那种事……"

栋世忍不住笑出声来：

"你那火冒三丈的样子也十分迷人呐！总觉得生气时的你更可爱，我喜欢你浑身是刺、气鼓鼓的样子。"

对于栋世，我无法一直生气下去。而且，他还说了：

"我大概能猜到是谁让人把雪给扔了。"

"咦，这么说，你对我们仕女同僚一个个都非常了解咯？"

"不不不，我好像有一种直觉。"

在跟栋世说着这些话的过程中，我的心逐渐平静下来了。尽管如此，在心底里，我依然绞尽脑汁地左思右想：那个下令把雪扔掉的人会是哪一个。

"这样比较好。不要惹人注目，不要招人忌恨……不然，便无法长寿了。为了我们俩，这样比较好。弯弯转转、长长久久地活着，你忘了这个约定么？"

栋世在我耳边低声说着，尽力地开导我。

到了一月二十日，我便进宫了。进宫后不久，我连在房间歇口气的时间都没有,便前去觐见中宫,说说雪山的事情。恰巧主上也过来了,当中宫问"话说,雪山怎么样了?"之时,他便饶有兴致地探身等着我的回答。

"那个下人空手回来了。哎,说到看见那一幕时我的心情……"

我一说完,他们两位便齐声笑了起来。我的手模仿着下人的样子:

"就这样有气无力地拎着桧木盒子回来了。呐,就像艺人们模仿佛祖舍身开悟的那个故事似的,只把箱盖给人看:'瞧!舍身了!'惹得一堂哄笑——下人就是那样耷拉着箱盖的。您不知道,我当时有多么失望。我一心兴奋地想着,把干净的雪盛一捧搁在砚台箱盖或其他什么容器上面,做个雪山,在白色的纸张上隽秀地写上一首和歌,然后入宫觐见……"

我这么一说,尤其是中宫,再也忍不住似的笑了起来。紧跟着,中宫身边的宰相君、右卫门君、小兵卫君等人也都哄然大笑。连年已中年、行事稳重的中纳言君等人也都极力克制地微笑着。至于年轻的小弁君等人,甚至都忘记了自己身处主上御前,放声大笑。

仿佛受到感染似的,主上也发出了年轻人清朗的笑声——简直像是对这个宫中再次充满了笑声表示由衷的赞许一般……

当年,中宫初次入宫的时候,年长的仕女们都睁大了皱纹中的眼睛,说道:

"从未有过这般一片欢声笑语的后宫啊!"

这是自主上的祖父村上天皇时代以来,最为活泼的后宫——老资历的朝臣、仕女、女藏人们不都感到欢欣鼓舞么?在村上天皇之后，三代天皇①的主政时期都短暂而黯淡。主上即位后中宫入宫，皇宫里才像是点了灯一般，一下子变得明亮起来了。

然而，那曾经以为会永远存在的光明，在并非中宫、主上自身责任的命运之无常变幻下，被乌云遮蔽了。如今，终于拨云见日，总算恢复了往日的光明。主上年轻的心必定为之而欣喜。

——话虽如此，那齐声爆发的笑声让我有一种所有人聚集在一起笑话我的感觉。

似乎觉得我奇怪的表情很是好笑，周围的仕女们都捧腹大笑。当众人看到我对此感到不安而四处张望时，她们再一次用袖子掩着脸，笑得都快喘不过气来了。而且……而且。

中宫和主上也都放声大笑，连御帘都被笑声震得差点儿晃动起来了。

于是，我顿时恍然大悟。

"我大概能猜到是谁让人把雪给扔了……"

栋世不是对着因为"雪不见了"而垂头丧气的我说过？虽然不是栋世，却冥冥中有种直觉，正想着"真是奇怪了……"，只见中宫仍然不住地笑着说道："少纳言，你起疑心了吧？没错，下令把雪扔掉的人正是我！"

"啊？居然……"

"呵呵呵！你是那么在意，我却故意拆台，说不定佛主会降罪呢。实话告诉你吧，我是正月十四的夜里派武士们过去扔掉的。"

说到正月十四，就在前一天，曾经下过雨。我当时坐立不安，担心雪山会不会因为雨水而消融。等到天一亮，便派下人前去查

---

①冷泉天皇、圆融天皇、花山天皇三代天皇。

看。正月十四清晨，下人的报告是："有蒲团大小。"没想到，那天夜里，中宫便派人把它给扔掉了……。

"我去信问候，少纳言居然在回信中猜中了：'雪被人给扔了'，也真是好玩。听武士报告说，守园子的女人出来一个劲儿地作揖求情，但他们告诉她：'这是命令。不许通知少纳言府上派来查看的人这件事。要是走漏风声的话，就毁了这间小屋子。'听说他们把雪扔在了左近卫府南边的墙边上，说是'相当坚硬，而且量还很多'，说不定还真能保存到正月二十呢。或许今年的雪也落在了上面，成了一座跨年的雪山呐！"

"……原来是这样么？"

可能在中宫眼里，现在的我一副无精打采的样子，只见她脸上笑意吟吟，有意赞许般爽朗地说道：

"是少纳言赢了！我在大家面前宣布了，不就跟你盛着雪山过来一样么？主上听说了这次的雪山之争之后，还跟殿上人们说了：'少纳言可真是一语说中呐！'好了好了，少纳言，不要那么无精打采的，把你准备跟那个雪山一起拿出来的、反复推敲过的那首和歌展示一下吧！"

"不，已经不想……我的心已经碎了。没想到，中宫居然让我吃了这么一番苦头……"

我低着头，闷闷不乐。我一直认为中宫会为我开心的得意笑容撑腰、与我同欢喜，不料她反而给了我闷头一棒……

主上似乎看穿了我的那些心思，说道：

"说真的，我一直以为少纳言是中宫常年以来赏识的人，心里还直纳闷呐。"

而且，还揶揄道："也许中宫并不是少纳言的支持者呢，实际上。"

我委屈得像个小孩子似的双眼含泪。

"主上，少纳言正伤心着呢。您那么逗她，她就更想不开了。"

中宫连忙岔开了话题："少纳言在回信中说：'那也太厉害了些——可能有人感到眼红吧'，可真是一语中的啊——我说，少纳言。"

中宫的语气就像是在跟一个小孩儿细细叮咛似的。

"啊？"

"你都察觉到这一步了，却没能发现问题的关键啊。"

"啊？"

"如果赢得过头了，一切就不美了。"

"哦……哦。"

"黑白分得太清楚，那是心灵幼稚的表现……不如说，有些扫兴，变得无趣了？一切的一切，如果不让它停留在快乐、有趣的地方，那就……你是个孩子般一心一意人，要是置之不理的话，可是会一条路走到底的。想着你招人恨也怪可怜的……"

"谢谢您的关怀。您考虑得那么周到，一直袒护着不成熟的我，真是感激不尽……虽说如此，我还是觉得有些恨哪！"

"你还在说这个么？"

于是，周边便又笑声如潮，响彻宫廷。

"现在看来，当时中宫对我那么严厉，就能想得通是为什么了。'好高兴啊！'——我为后来新下的雪感到欣喜，结果您却严厉地说：'那样不行。把新下的雪扔掉，只保留原来的雪。'我当时心里很难过，觉得您真是不讲情面哪……"

我一说完，主上也觉得十分好玩似的说道：

"中宫当时心里肯定是想着无论如何得把你那骄傲的尾巴给撅下去。"

"不，我可没有偏心袒护，只是公平处理……不过怎么说呢，我当时也有点不太乐意看到少纳言那过于得意的样子！"

中宫若无其事地对主上说道。

"那么说……那么说，也太过分了！"

我紧跟着接话的样子，就跟滑稽戏的对口表演似的，于是大家又爆发出了阵阵笑声。主上的笑声，远处近卫府上的男人们也都听到了吧？

"那，作为补偿，你让我们听听那首咏雪山的和歌吧，这次会表扬你的。"

"不，事到如今我决不会吐露半句了，肯定又会被您嫌弃的。哼，我还会说么！"

我一副别扭的样子，于是众人又畅快地笑了。——或许因为对象是我，所以大家才会笑得那么开怀。这如果换成那位笨头笨脑、畏首畏尾、哭哭啼啼的小左京君的话，被这么笑话一番，或许会慨叹人世无常、自寻了断了。

又或者是那个爱使坏、爱记仇的右卫门君的话，她的可怕之处在于：一旦遭到笑话，便觉得是奇耻大辱，将怨恨深深埋在心底，算计着有朝一日报仇雪耻。

但是，看来人们都深知我身上没有她们任何一方的毛病，所以大家都笑得毫无顾忌。

与此同时，我懂得了中宫的想法。如果一方过于得意的话，便会招人怨恨，败了兴致。也许栋世那句"不要惹人注目，不要招人怨恨……不然，便无法长寿了！"说的便是这个。中宫从美意识中获得了这一卓见，栋世则是得益于他中年成熟男性的智慧，所以拥有那样的见识。

　　中宫派武士前去扔掉雪山那种果断的行动力，栋世或许也已经洞穿了吧？

　　听到要让我说出那首咏雪和歌，我便抵抗不说。中宫想方设法来安抚我，我便愈加别扭。于是，笑声更大了，仿佛像是春天到来一般，长保元年的春天。

　　对了，这么说来，今年本是长德五年，为了将去年疫病的晦气一扫而尽，朝廷改了年号，今年便成为长保元年（999）了。改元大赦依例举行，许多寺庙都献上祈祷，希望今年不要再像去年那样发生疫病、地震、洪水等等。

　　传说左大臣道长大人的女儿彰子小姐即将年满十二，春天里将举行着裳仪式。不久，入宫事宜肯定将随后排上日程，据说最近大臣府里日以继夜地忙于筹备此事。

　　经由兵部君、赤染卫门君等人送来的信件，我对此事略知一二。如果彰子小姐入宫，事态将会如何变化？可是，不管发生什么事情，主上对中宫的情意应该是任谁也抢不走的吧。

　　现在，中宫和主上，他们之中还有个长公主脩子内亲王（正是三岁最可爱的时候），久违地一起过着只属于他们自己的美好时光。

　　主上已经不再前往弘徽殿和承香殿。另外一位作为御匣殿别当入宫的小姐是主上乳母的女儿，年纪也是最小的十五岁。她那边，主上也是应酬性地拜访，似乎并无特别宠爱的意思。

主上今年二十岁了。尽管还是非常年轻，但相较于年龄，他性格老成、圆熟，不会让任何一位女御感到难堪。他对她们每个人都亲切体贴，维护她们的体面。

但是，他对于中宫的爱是真心实意的。虽然他表面上跟其他人一样对待，但最终还是难免真情流露，越是想要掩饰，那炽热的情感越是难以隐藏、表露无遗。

如今再加上又生下了可爱的公主，久别之后再次陪伴在身边的中宫那亲切、令人思慕的声音、充满才气的应对姿态，都让主上感受到了一种难以抵抗的魅力。于是，主上时不时便总是到中宫这边来。并且，一旦来了之后，便忘记回去的事儿了。

对于重返宫中的中宫以及我们而言，值得高兴的事情还有一件：长期缺员的中宫职长官中宫大夫确定人选了。

只是，让我意外的是，那人居然是平惟仲。我不怎么喜欢惟仲。他是个老资历的官员，如今已经晋升为中纳言，盛传他非常聪明，是个五六十岁的老头子，野心勃勃，十分贪婪。

在我眼里，他是个权欲熏心的男人。据说，从前，东三条大臣曾经将惟仲与有国视为左臂右膀，宠信有加。有国一度落马，但惟仲善于周旋，如今与有国不相上下，同左大臣一方关系密切。为什么他会被任命为中宫大夫呢？说到中宫大夫，必须有守护中宫、庇护中宫、为中宫挺身而出的思想准备，至少应该是站在中宫这一边的人。圆滑的野心家惟仲能成为那种"可靠的支持者"么？

第一，他自己是"御匣殿别当"的后援。他与主上的乳母，如今风头正劲的藤三位再婚了——自古以来，这种乳母的丈夫都是盛气凌人——他把藤三位带来的女儿送入了宫中。

不，最重要的是他并非名门血统的子弟，听说他母亲出身备中国①，是个郡司的女儿。或许由于这个，他有些备中口音，这让他显得十分强势。

我不喜欢那种暴发户的得意洋洋（对方可能也不喜欢端着才女架子的女人的洋洋自得……），不过他基本是个能干的官员。仪表出众，熟知从政治的里里外外到宫里内部机密的种种事宜，是一个从基层爬上来的官员。他应该不会玩忽职守，不管怎样，仅仅重建中宫职机构一事，就已经是令人高兴的了。

宫中生活开始之后，跟从前一样，官员们的来访又变得频繁起来了。在此之前，行成大人也不时到中宫职后妃室来，依然说着"远江之滨柳"，揶揄两人（我和行成大人）是："断不了的情缘啊！"他央求着："我们都已经这么亲近了，不要总是隔着御帘或几帐，让我看一看你的脸嘛！"

"不要！对着长得这么丑的人说那些话，真是太残酷了！您就忍一忍吧！"我坚持道。

可是，行成大人依然频繁地跟我说着："让我看一看！看一看！"

"像你这样有才气的女人，长着一张什么样的脸，我对这感兴趣嘛！很想看上一眼后，说上一句'服了！'嘛！"

"不要！就像头弁什么时候说过的那样，我长着一副眼睛几近垂直地向上吊着，眉毛紧挨着额头，鼻子塌塌的，下巴尖尖的，瞧上一眼便会尖叫出声、夺路而逃的丑陋面容，而且还是个老太婆！

①相当于今天的冈山县西部地区。

结果呢，还说什么'服了'，简直就是发梦魇了！"

我这么一说，行成大人便说道：

"即便是像你那样有才情的人，也像世上的那些俗人一般，拘泥于表面的皮相上么？我们之间的友情不应该是抛开那些东西、超越男女之间的隔阂、牢牢地相连在一起的么？既然你那么说了，我也有我的脾气。经房大人等人可以随意地出入这个房间，是怎么回事呀？我心里恨着呢！"

他还真的背过脸去，或者用袖子遮住了脸，说什么："现在就算你同意让我看你的脸，也不乐意了！"

一天早上，我和式部君一起在小厢房的休息室里酣睡到了天亮。这时，与内庭之间相隔的门打开了，主上和中宫突然驾到。

我和式部君都吓了一跳，连忙在睡时穿着的汗衫上面加了件唐衣。

"就那样吧，不碍事。我们来得突然，允许你们那样。"

中宫笑着说道。我和式部君都惶恐地低着头。"主上突然起了玩心……"，中宫也一并勾起了兴致。他们好像打算从这间屋子里偷偷地观察进出警卫处的人，以此为乐。时已春日，冬天的直衣已经有些嫌热，但又不能有失仪态，所以殿上人都身着简单的装束，进进出出。其中，有些人来到我们的房间，"喂……少纳言，已经起床了么？"，打了个招呼后离去；有些人手指敲着门，故意谎称："我是来送后朝之信的"；还有四五个年轻的大人凑在一起笑着调侃我："我是昨晚留宿在这里的，落下东西了。"主上和中宫从御帘中偷偷看着这一切，一副好笑得不行的样子。

"少纳言……"主上叫我道。

"你装作我不在这里的样子,前去应对一下。"

"怎么可能……"

"不,这个有意思。未加修饰的模样,有乐可寻呐!"

"受教了。"

我们都差点笑了出来。房间外面,殿上人们对这一切全然无知,急急忙忙地进出于便门。刚这么一想,只见有人悄然寄身于屋旁,一看四下无人,便慌里慌张地将怀里的书信展开,读了起来。那可能是一封情书吧,从他那不同寻常、逐渐变化的脸色可以清楚地看出来。主上悄声说道:

"不会是提出断绝来往或者感情到头的信吧?"

"主上可真是洞悉下情。"

中宫也饶有兴趣。

"那人是谁啊?"

主上一问,中宫便回答:"应该是卫门府的某某吧!"两人都相当乐在其中。

说真的,在这种好起劲、有玩心方面,主上跟中宫是情投意合的天生一对。在少男少女的年纪结为连理的两个人,如今依然对少年时那种带点恶作剧的游戏兴致勃勃,也真是有意思。中宫叮嘱我和式部君要保密:"此事不要告诉大家。"

"是,遵命。"

"那,你们俩就这样一起过来吧。"

"对,今天要别出心裁地好好玩一玩。"

主上也说道。——昨晚几乎通宵在玩赛物语、赛物品的游戏,(因为这个,我们很迟才睡下。)连迷迷糊糊打个盹的时间都没有,就早早醒来、已经起身了。

两人简直就像是"时间宝贵,得两个人一起好好玩个痛快。必须珍惜活着的时间"似的,不舍得有片刻的分离。同时,又有一些不甘心无为度日的感觉。他们像是被快乐驱动着一般神采奕奕。

"我们随后马上就到。现在就走的话……这个样子实在是不太合适,我们换一下衣服、化一下妆吧……"

我们请求道。

主上和中宫都笑了,他们笑容可掬、相亲相爱地又进内庭去了。

两个人都那么年轻、开朗,如此相称的一对璧人,绝无仅有。

"快看,那边!"

"哪儿?"

两位美貌的人儿笑闹着、嬉戏着,那无拘无束的样子真是快乐无比。

式部君和我这么聊着。

这时,南侧的门边上,御帘被微微挽起,搭在几帐的横木上,那里有个黑黑的东西。

"应该是则隆吧?"

我跟式部君说道。橘则隆是去年刚刚升为殿上人的六位藏人,是则光的弟弟。他沿着兄长的脚步成为藏人,就像当初则光被众人亲热地叫着"则光、则光"那样,他也被众人随意地叫着"则隆"。这一家人也许遗传有一种招人疼爱,或者说是让人觉得好相与的、令人亲近的气质。我也有点看轻则隆,有点什么事情,就托他帮忙:"则隆,这个拜托你了。要带给某某人,能帮我送过去么?"

"啊，好啊！"则隆爽快地答应了。他是为主上做事的藏人，我们本不应该跟他说那些话，但他是个很好说话的男人。

既然是则隆，那就用不着客气，我继续说着话，眼睛也没往那边瞧——结果，那个男人居然从御帘外面突然笑眯眯地探进头来！

"则隆，有什么事么？"

我嘴上还在说着，仔细一看，原来不是则隆。

这不是行成大人么！

"哎呀，讨厌！原来是头弁大人，行成大人——怎么又……"

我连忙用几帐遮掩，可是已经迟了。

"讨厌！怎么突然间就从那种地方跑进来了？我心里一直想着绝对不与行成大人面对面来着……"

吵吵嚷嚷的只有我一个人。式部君当时刚好待在背对着行成大人的位置上。

"看到了！看到了！"

行成大人再次进到房里来。"哎呀，完完全全、彻彻底底地看到你的脸了！"行成大人那张轮廓粗放、气质高雅的脸上浮现出快意的微笑。而且，他保养得当，肌肤润泽，着装整洁。

"讨厌！我才刚刚起床，还一心想着是则隆呢，有些麻痹大意了，结果你居然乘机偷看，真是太过分了！也用不着那么盯着看吧……既然都要看，女人宁可好好化个妆，打扮得漂漂亮亮的，让人看个够呢！"

我又是生气，又是好笑，用袖子遮住半个脸庞说道。

行成大人坐在那儿，手里把玩着散落在地上的扇子，说道：

"事到如今，就算把脸遮起来，也已经太迟了……实际上，因为女人绝对不肯让人看到她刚刚起床时的样子,所以悄悄地前往某个女人的房间里,想着或许可以偷偷看上一眼……捎带着或许还可以看见一点别的什么,我若无其事地过来一看,发现主上居然在这里!而且连中宫也在!这可不得了了,于是便缩起身子藏在了角落里。"

"哎呀,这么说,主上在这里的时候,你就来了?"

"是啊!想着怎么回事呢,主上不也是兴致勃勃地在偷看么,我这是偷看的偷看呐!"

"讨厌!"

我和式部君、行成大人齐声笑了起来。

自从发生这件事后,行成大人便开始随便地进出我的房间了。

有时,说一句"打扰了!"做做样子,便撩起帘子走了进来。

"这样可不行呐!随随便便闯进女人的房间里……"

"什么话呢!没什么不行的,你一半像是个男人,世上常见的打招呼之类的,我们就免了罢!让我们彼此心怀尊敬与友情,像男性友人一般相处吧!"

他这么说,我很高兴。

可是,男人的世界是男人的世界,与女人的世界毕竟不同。关于这一点,我非常清楚。

二月里举行的,道长大人的千金彰子小姐的着裳仪式十分隆重。汇集众多公卿殿上人,宴会一场接着一场。

有敕使来到彰子小姐处,她受封从三位。而当时作为使者的便是藏人头行成大人。

二十四

　　彰子小姐的入宫已经近在眼前。二月九日举行的着裳仪式之隆重，我从别人的传言、兵部君的信件以及经房大人那里听说了。大家都推测说紧接着裳仪式，下一步应该是入宫了。

　　据说着裳仪式之后，作成人打扮的彰子小姐已经是一位让人无法想象其年龄方才十二岁的美丽、端庄的贵妇人了。

　　她的秀发比身高多出四五寸，虽说是个少女，但并不稚气，娴静从容，兼具品味与威严，已经是适宜称之为女御、皇后的一位小姐了。

　　听说左大臣道长大人和正夫人伦子都对长女成年的样子感到十分满足，而且也相当得意自豪。

　　这也难怪，因为女儿的成年，他们盼望已久。

　　他们一定是一天一天、恨不得女儿一夜间长大成人地盼望着。

　　各种传闻在我们之间流传。为入宫而作的万般准备、家具及服装之豪华、随行的仕女人选等等……

　　"即便如此……"

　　有人悄声说道。谨慎地选择着语词，一边四下环视：

　　"十二岁的年纪，再怎么说也……"

　　"没错。就算再怎么美貌，不还是个孩子么？打扮得再好，恐怕也没什么效果吧……"

　　"估计还得四五年之后，才能真正独当一面吧……呵呵呵。"

　　"可能正是因为这种自愧不如，所以才花重金在筹备上吧……"

　　——也有人这么嘀咕道。

而我则对彰子小姐以及那些嫁妆等颇感兴趣。或许是因为我一向对左大臣道长大人怀有一种亲近感的缘故吧，我并没有附和周围的人的看法，在背后说三道四。

但是，我绝对没有因此对中宫减少半分的仰慕与忠诚。

与其他女御入宫时不同，我对彰子小姐无法持有敌意。我为中宫感到不安，尽管如此，我也无法做到憎恨彰子小姐。心里真是纠缠不清、十分迷乱。

这种心情该怎么跟人说呢？细想起来，大概已经是十年前的事情了。相识的兵部君悄悄带我去过土御门邸。那时候，曾经隐约听说过，刚刚出生的彰子小姐未来要被栽培为"后妃"。

我当时尚未出仕宫廷，还是一个心中总有些郁郁寡欢的、普通的家庭主妇。与则光一起生活，过着没有什么不满、但也说不上幸福的平凡日子。

也许，由于这个，我对豪华的权门府邸愈发憧憬。当时，道长大人还是权中纳言，府里生气勃勃，家风温暖。不见流于放纵，在府里侍奉的人们身上也都有一种明朗的氛围。在这样的家里，于呵护中长大的小姐将会成为一个什么样的人呢？我对此十分关心，曾经有过种种想象——如今，那位小姐终于长大成人，以一个稚嫩的贵妇人形象出现在世人面前……"自那以后，真的已经十年过去了么？"联想到自己的人生，我不由得对彰子小姐产生了一种亲近感。

右卫门君或小弁、小兵卫等年轻人，她们各自似乎从现在开始就对彰子小姐以及她身边的仕女们持有敌意。而我则是当她们谈及这类话题时，便悄然离席，或者尽量不让她们觉察，不动声色地将话题岔开。

实际上，前几天，兵部君曾经到三条邸来拜访我，跟我说了这样的话：

"夫人说了，现在世人津津乐道的那位'清少纳言'、那位清原家的海松子小姐如果不是在中宫殿下身边侍奉的人，可真是想请她到这边来啊……我常常在夫人面前说起你的事情，说是'歌人元辅的女儿'，她对你可是格外关心呐。"

兵部君遗憾地说：

"可是，又不能把在中宫殿下身边服侍的人给强抢过来……"

兵部君之所以会提到这些，据说是因为左大臣府里正忙于挑选陪伴彰子小姐的仕女、小侍女，诸多自荐或经由他人推荐的人云集于门下，期待能够成为其中一员。与其他女御或中宫相比，彰子小姐是最晚入宫的一个，为了力求不输于后宫的前辈们，她身边的仕女们也都选任那些才貌格外出众的人。人数也不是十人、二十人的规模，大概要带四五十名的仕女跟随她一起入宫。据说都是严格挑选最为合适的才媛，且门第出身、才能等都享有盛誉。大名鼎鼎的歌人、屈指可数的才女、闻名遐迩的美人，这些人都无一例外收到了"去彰子小姐身边出仕"的邀请。

听说，夫人在右大臣家里说了："如果不能请到元辅的女儿，那就要请才气不输于她的人加入仕女队伍，让彰子小姐的后宫光芒四射。"

虽然兵部君告诉我这些，口气很是遗憾，但我不可能对中宫以外的人动心。不过，居然有人那么高看自己，私下里不可能不为之感动。就像那位行成大人曾经说过的那样，"士为知己者死"。左大臣大人和夫人都认可我的才华，这么一想，便不由得对他们心生亲近感。更何况他们现在还对我的父亲元辅表以敬意，这让我十分欣喜。容易被感动的我暗自对左大臣大人和夫人心怀感激："谢谢！已故的父亲应该也会感到高兴吧。"

所以，这样的我无法去中伤彰子小姐或蜚短流长。

经房大人说，二月九日的着裳仪式是一场汇聚了众多大臣以下的公卿、殿上人的盛宴，而此番入宫将更为隆重轰动。而且，关于嫁妆之精美，"听说前所未闻哦！"——这也是经房大人告诉我的。

"你觉得其中特别精美的是什么？"

"是啊，是哪一件呢。不过，如果是入宫时的嫁妆，这边的中宫殿下也有过十分精美的物品啊。尽管因为二条北宫的火灾等，四处转移搬家中，部分遗失了，但中宫殿下的父亲用心准备的嫁妆，可真叫精美绝伦，不比左大臣大人的小姐逊色呐。"

——真是不可思议，一到这种时候，我便立刻开始维护中宫，为中宫说话的意识变得十分强烈。

即使是私交再好的经房大人，如果有诋毁中宫殿下的言行，我的语气中便会出现一种"不允许！"的强硬。

聪明的经房大人立刻就明白了，稍微有点扫兴的样子：

"好了好了，我又不是说要在嫁妆上比个高低。相对而言，男人对那些并不感兴趣。只是，这次彰子小姐持有一件贵重的宝贝，可以说是世上罕有的东西……"

咦，是么。

虽然不知道是什么样的宝贝，但是如果让我来说，这世间的宝贝都是有形之物。正如佛祖说过的那样，有形之物，终将毁灭。与此相比，真正的宝贝难道不是人的才华、性情、精神、气魄、聪明、爱情等等之类么？

说来，定子中宫是带着独一无二的至宝出嫁的。她所在的地方总是伴着光彩、充满笑声，这才是入宫时最为珍贵的陪嫁。

"跟这个比起来，金银做的柜子啦、几帐啦，都只不过是些破烂玩意儿罢了。"

"呃，这个我知道，真是败给你了——用不着连你也这么反应过度吧。"

经房大人偷偷地瞄了一眼我的脸色。

"这是怎么了，连你这样的人都像个小杂役似的吵吵嚷嚷……一个要写《春曙草子》的人，必须不论何时都得做到客观地观察、思考才行啊——我说的是屏风的事情，这可不是一般的四尺屏风！"

经房大人脸上忍不住露出了得意的神情。当然，这也并非一味站在左大臣一边、为体面的嫁妆而感到得意的那种单纯的情绪。他只是纯粹地觉得有意思。

"首先，屏风上贴着当代第一流的画家飞鸟部常则的大和绘。"

"那也没什么特别稀奇的！"

"哎，少纳言，先听我说！与那幅画相匹配的和歌，也是要请当代最出色的书法家、那位头弁大人行成来誊写的！"

"不错——不过，也没什么别出心裁的呐。头弁大人的书法之美，尽人皆知嘛！"

"你猜，让行成大人誊写的和歌是什么人的作品？不是那些司空见惯的古歌或某些知名的歌人之作，而是让当代一流的公卿们吟咏的和歌！这可不是谁都能做到的。如果没有左大臣的权力与人品……"

"是哪些大人呢？"

"公任、俊贤、高远、齐信……"

"是么，连齐信大人都……"

"不止如此，说是也拜托花山院赐作了。不管怎么说，花山法皇是极负盛誉的当代一流歌人——话虽如此，毕竟还是有所顾忌，所以听说是以'无名氏'的方式参与的。"

"是一首什么样的和歌呢？"

"拳拳之心育雏鹤，万年栖于松枝下。"

"真是一首充满温情的和歌，雏鹤指的是彰子小姐吧。"

"公任大人吟咏的应该是……'藤花朵朵似紫云，祥兆如今落谁家'，大家都各自围绕着左大臣家的喜事祝贺唱和。不过，更有意思的是……"

经房大人有些调皮地双眼放着光芒：

"只有一个人没有搭理左大臣的要求。中纳言实资，就是那位爱较真的小野宫大人，他执拗地拒绝道：'公卿、法皇等人为了左大臣个人的喜事而献歌，可真是荒唐离奇、前所未闻。'"

"这不是小野宫大人的一贯作风么。"

实资大人是个爱讲道理的人，喜欢做事合乎道理，这种态度很符合他的风格。不过，左大臣大人开口相求，感动之余便唯恐落于人后地赶忙献上和歌，可以说也是人之常情……不管怎么说，公任、俊贤、齐信等当代铮铮有名的文化人献上的和歌，由行成大人挥笔而就的屏风——这应该算得上是精美绝伦的瑰宝了吧。

"实资大人在八九年前失去了女儿，因为痢疾。他是个没什么子孙运的人，虽然也虔诚地前往寺院参拜，但似乎一直未能如愿。

假如那个女儿平安长大，刚好跟彰子小姐一般年纪，估计一想到这，中纳言大人可能也心有不甘吧。不过，也不能说是他性情乖戾，小野宫大人原本就是个有骨气的人。不是挺有意思的么？当今世上居然有人断然拒绝左大臣大人的诚意邀请！啊哈哈哈哈！"

经房大人也是一个怪人。左大臣大人非常疼爱他，甚至都超过了自己人，视他为养子一般，可他居然满不在乎地在那儿觉得好笑。

这一点也是让我和经房大人成为朋友的原因。我们两人都是一边各自心有所依，一边又怀着"一件事归一件事"的想法，放眼世界，凡是进入视野的一切，都找出它们的有趣之处，加以欣赏。

兄长致信带来的消息也颇有意思。

"总之，我跟你说，嫁妆以及国守们不断从各个令制国呈献上来的贺礼，已经把府里的各个仓库都装得快爆了。世上不太平，所以最近警备也十分森严。我们也是昼夜不得休息，为了防备盗贼、纵火的，通宵轮流值班。"

他说得简直就像那是他自己的宅邸一样。当然，兄长只是在左大臣府邸中侍奉的保昌大人的手下，但他一向称左大臣为"我家主人"，引以为傲，视为依靠。

"可是，那些盗贼，再怎么说，也不可能盯着大臣家的府邸吧？"

"谁知道！现在，我们中间有传闻说，大盗贼'袴垂'潜入京城了，不管哪个府里都有他手下的人。据说袴垂的女人待在右大臣家，他经常逃窜到那里去。上次闯入某参议家里的强盗也是他们那一伙的人。前阵子往我们府里西厢走廊放火箭，好像也是袴垂那班人干的好事。袴垂那家伙神出鬼没，检非违使也觉得棘手，这可真是够戗，根本逮不住他们呐！"

"为什么呢？"

"他们跟上头暗中有来往，对官府的一举一动了如指掌。袴垂跟官员勾结在一起的话，那就无计可施啊。可是，我们家主人对武士、弓箭手等人都非常了解，也许早就将袴垂之类的人视为笼中之物安排妥当了。不过，不可大意。不管怎么说，现在我们府里的所有仓库都堆满了陪嫁的财宝。我跟你说，哪怕是砂金，都不知道究竟有几百袋。听说整个日本的盗贼，都陆续来到京城，全方位盯着左大臣家的府邸呐。"

"太夸张了……"

"说什么呢，这不是理所当然么！整个京城的财富，不，整个日本的财富，现如今都集中在左大臣家里呢！"

虽然兄长带来的消息超出了我的认识，但也教我从另一个角度观察彰子小姐的出嫁。

"总之，今后是彰子小姐的时代了。从现在开始也不晚，你最好换个东家了。这么说可能有点不中听，你喜欢的那位中宫殿下后援靠不住，前途堪忧啊！"

接着，兄长说了作为"后援"的权帅大臣伊周大人的坏话。伊周大人虽然已经从流放地筑紫被召回了，但仍然不能在社交界以及官方场合公开露面，无官无位。我们跟从前一样，依旧称呼他为"权帅大臣"。虽然他已经不再是罪人，但又尚未恢复原来的身份，处于一种不上不下的状态之中。而且，听说权帅大臣在府中一心精进，虔诚祈祷。也许是得到了高二位的遗传吧，当年我初次入宫时曾经目睹过的那种磊落豁达的贵公子风采，近来已经从伊周大人身上消失了。而那些着迷于祈祷念咒的人常有的狷介阴影，则出现在了他的脸上。

虽然我这么想着也很心痛，但是听到兄长毫不留情地说："后援靠不住，前途堪忧！"便立刻感到怒火中烧。这可以说是我的痛处。

"我的事情用不着你操心！你就好好守着府中的财宝，多留神留神袴垂吧！"

"生气了么？好了好了，袴垂姑且不论，要是家里遭了贼，你就跟我说一声。只要我开个口，东西马上就会回来了——不过，需要交一点辛苦费哈。"

说这种话的时候，兄长显得最为开心。他也老了许多。不知是因为放浪的生活呢还是酗酒的缘故，总觉得他的衰老目不忍睹。

"说到袴垂，那还是很久以前的事情了，他在姊小路有栋房子，把商人骗进房子里，故意做出要买东西的样子，然后把人推进挖在地板下的洞中杀死，是个比常见的拦路抢劫或夜间行窃都要狠辣的歹徒，而且善于使唤手下……"

一旦开始边喝酒边说这些话，他便叨叨个没完。我之所以会觉得他"老了许多"，是因为他说着说着，可能来了睡意，便一边嘟囔着："喂，累了，让我歇口气！好冷，没有什么可以盖的东西么？"一边枕着手就躺下了。如此一来，我仿佛看到了从前年老的父亲睡午觉时的样子。我不愿看到无赖兄长老去的样子，想要移开视线。因为不想让栋世看到这种样子，所以我尽量避免栋世和兄长往来。我和栋世之间的关系，甚至不想让家人的存在对其产生影响。我希望尽量保持一种远离俗世的关系。

彰子小姐的入宫准备甚至让世间也都一片纷纷扰扰，而中宫所在的登华殿却与那些事情无关，日夜都有好玩的趣事发生，岁月悠闲。

前几天，说是奉头弁行成大人之命，主殿司带来了些东西。似乎是用白色的色纸包好的卷轴，附带着一枝绽放的梅花。打开一看，不是卷轴，而是一种细长的叫做饼餤①的筒状年糕。两个并排包在一起，随附的书信则特意模仿公文的样子郑重地写道：

"主管少纳言大人：

奉送饼餤一包，依例奉送如上。"

信上写有日期，署名则是戏谑地写成"美麻那成行"。而且，在信的背面写着："这位下人非常想亲自上门，但因为容貌丑陋，白日里无法前去拜见。"行成大人为人稳重朴实，却经常玩这个游戏。尽管如此，但这笔迹可真是隽秀！惊叹之余，我连忙前去参见中宫，请她过目："刚才头弁大人差人送来了这个。"

"真是漂亮！不过是送两个年糕，居然如此风雅——我想让主上也欣赏一下呢。"

中宫十分开心，没收了饼餤的"公文"。

"这个回信，该怎么处理呢……既然是以公文的方式来的，那么，给使者的赏赐是否也有相应的规定呢？"

我小声嘀咕。

中宫说道："惟仲不是在这儿么？刚刚还听见他的声音呢。把他叫过来问一问。"

有道理，既然是中宫大夫，应该对公务了如指掌。我让侍卫前

---

① 饼餤(dàn)，是从唐朝传入日本的一种食品。相传是用年糕裹上煮熟的蛋类、蔬菜等制作而成。

去叫他，只见他连忙整了整衣服，过来恭敬地问道："是什么事情呢？"

"不，这并非中宫殿下的命令，而是私事。少纳言那里，有下人送来了东西，官方上是否有关于赏赐的规定？送来的是食物。"

"并没有什么规定。收下来，吃掉就可以了。——您为何要大惊小怪地来问这种事情呢？是从官员那边得到了什么礼物么？"

"不，没什么，就是一点小事而已！"

我对这位惟仲大夫仍然没什么亲近感，而且也不觉得他会明白行成大人的风雅与玩心，所以不想跟他多说什么。莫名地，我对他有一种反感——也不知道此事是真是假……我们中间流传着一种说法，伊周大人听说母亲贵子夫人病危时，连夜从流放地播磨赶了回来。当时伊周大人的回京一直是隐秘的，结果出现了告密者，检非违使立刻包围了宅邸，将伊周大人带走，当天便依照判决遣送去了筑紫。据说那些告密者中，有一个人是大夫惟仲的弟弟。而且，那个弟弟，生昌①是中宫职的大进②。真是何其残忍之举。

在这样的黑色流言包围之中，惟仲可能也感受到了中宫一方无形的反感，每次见到我们，便总是一副紧张的样子。

算了，这暂且不说。

看着这张五十五六岁的大叔的脸，总觉得一股"凭本事一步登天的自信满满的野心家"的臭味扑鼻而来，而且散发着一种无法形容的蔑视女性的味道。这种蔑视女性、思想僵化的男人，是明白不了"风雅"和"玩心""玩笑"的。头弁大人精美的书信，即使给

---

① 平生昌（生卒年不详），官至正四位下，历任但马国守、播磨国守等职。
② "大进"为中宫职下属官员名称，从六位上。

他看，也是徒劳。

我动手写了回信。行成大人的信是白色的纸张附着白色的梅花，我便在鲜红的薄纸上写了：

"你没有亲自来送饼馓，真是冷淡①啊！"

然后，添上一枝盛开的红梅，交给了使者。使者刚走不久，行成大人便立刻过来了，嚷嚷着："为了证明不冷淡，下人已经过来拜见了。在下是下人。"

"真好，少纳言。"

他满面笑容地说道。

"回信时，没有送来一首敷衍的和歌，我觉得真好！"

"我不是告诉过你和歌是我最不擅长的么！"

"不，这一点很好。女人中，对自己的才华有点自信的，总是立刻装出一副歌人的样子。这种时候往往会来一首不足为奇的和歌，那种装腔作势真是让人吃不消——你充分体察了我的心思，轻轻地，轻轻地，闪躲开去，让我觉得有趣，也松了口气。"

"哎呀，讨厌！那样的话，简直就跟则光一样了。"

我也觉得好笑。这些话的来龙去脉，我甚至还没说给中宫听，听说行成大人就在主上面前，于那些举足轻重的大人物们所在之处，给说出去了。把这些告诉我的总是经房大人，他说：

"主上笑了，夸你：'饼馓跟冷淡，这俏皮话还搭配得真是精彩，是个女人中少见的善于灵机应变的人呢。不行，这么说的话，可能会挨骂啊。难怪中宫如此喜爱，很有急智啊！'"

比起得到夸奖，说我是"中宫身边的清少纳言"，更让我高兴。

---

①此处，清少纳言的回信取"饼馓"与"冷淡"谐音之趣。

男人们能意识到:"嚯,那个中宫身边的那个……",是我更为期待的。如今,一切的一切,我都以中宫为中心来考虑。几个月后会怎样,不得而知。我只相信眼下中宫与主上之间的鹣鲽情深。夜里,他们两位待在大殿中,有时甚至绵绵私语直到黎明。那声音妩媚低柔,时断时续。主上如今夜里只召登华殿的中宫侍寝了。

有时,主上年轻的声音会略微升高,于是便飘进一旁值夜的我们的耳中。

"已经是九年前的事情了……第一次见到你。刚刚举行了元服仪式的我才十一岁。那天夜里,我第一次见到了你。我还是个孩子,你……"

"十四岁。"

中宫的声音听起来也是十分怀念的样子,暖暖的,松松的。

"已经是一名亭亭玉立的淑女了。我当时心里想着,多么标致的美人啊!我从未见过像你那般美丽的人儿。我身边的女人,以乳母为首,全部都是上了年纪的。"

中宫笑了。

"真是难以置信,居然九年了。从我第一次见到你,你一点都没有变。我与你相识最久,如今最爱的也是你,这是一种幸福。不管发生什么事,请一定要相信我。"

中宫的回答,我们没能听见。

"我们背负着无法随心所欲地去生活的宿命。尽管如此,可以两个人相互支持着度过一生,不也是幸福么?……我们之间已经有了一个可爱的女儿,不论发生什么事,我都不会离开你的。不许你像之前那样,什么落发啦、出家啦,记住了。那个时候,任谁说什么,我都不认可你出家。我是天下之主。我不同意的话,出家是绝无可能的。只要是关系到你的事情,我甚至可以背叛佛祖。佛祖的惩罚又算得了什么,我不顾众人的反对,把你接进宫里来了。"

中宫的回答变成了纤弱的啜泣。不知不觉中,我也把主上说的话,听成是对我说的,欣喜之余,泪湿脸颊。

难怪。

果然那个时候,中宫曾经有过出家的念头么。不仅是动了念头,甚至一度弃世而去。

虽然中宫告诉我说"未曾出家",但真相终究是她曾经决心斩断尘缘么?

"相信我。——我和你之间的爱,除了我们俩,谁都……谁都不可能知道。"

突然,主上的声音变了。似乎在拼命地忍住泪水。

"我们一路经历了许多事情……你教会我许多事情,给我带来了许多东西,让我的人生变得精彩。——不准听了别人的话,对我有所怀疑。相信我。左大臣家的小姐入宫后,应该会有许多人重视她,对她极尽赞美之词。可是,我怎么可能会因为一个偶人般的小女孩而对你变心呢……"

"主上。"

中宫冷不丁声音明朗地偷偷打断他:

"虽然是我教会了你许多事情,可那些甜言蜜语,你是跟谁学的呢?居然这么会哄女人开心……"

"哈哈哈!"

主上不由得发出了年轻人特有的清朗笑声。

"被你发现了么？我刚才一直在哄你开心……"

"九年中，不知不觉地，我也学会了许多。在主上这位男士的教导下……"

"啊，你这个人，可真是一个开心果呐！"

就这样，主上与中宫两人的温柔情话绵绵不断。我们都寂然无声，在黑暗中，一动不动。

我高兴得泪流不止。

双双都那么美丽、高雅的这一对人儿，他们之间的深情应该可以称之为相思相爱、纯洁真爱了。

主上说的"我们两个人之间的爱，除了我和你，谁都不知道"，我听到了，知道了他的心意。必须尽力将这些传给后世，我有些伤感地想道。

——可能是他们两位的爱情绽放出了花朵吧，喜讯和春天一起到来。

中宫再次怀孕了。

也许，这次会是个男孩——伊周大人等人都欣喜若狂，一接到消息，马上就决定要进行千日修行。

这也是听别人说的，中宫身边的某个仕女想成为彰子小姐身边的一员，之前一直各方打点活动，得知中宫有喜之后，便连忙掉头回来，若无其事地殷勤出仕。

据说，彰子小姐一方对"中宫有喜"的传闻相当震惊。

不管那些纷纷扰扰，我为中宫感到喜出望外。他们俩的爱情就这样被印证着，我为中宫就此感到高兴。

接下去，将会忙碌起来。彰子小姐可能忙于入宫的准备，中宫这一边也为待产而忙碌。中宫离宫后入住的府邸、具体的行程等，必须确定下来。

夏日里，暑气炎炎。在最热的时候，皇宫里着火了。六月十四日的深夜，当我被"着火了"的叫喊声惊醒的时候，浓烟已经蔓延至房间附近，男人们都赶着去扑火。虽说是修理职那边起的火，我还是立刻叫了起来：

"殿下呢？快救中宫殿下！"

"已经坐车离开了，主上也跟她在一起。"

不知谁回了这么一句，我松了口气，有些踉跄。

不幸的中宫。遭遇火灾，这已经是第二次了……

主上和中宫又一次开始了分居两地的生活。皇宫烧毁了，主上先是搬到了太政官所在的议政处，最终迁往了一条院。

中宫又回到了中宫职后妃室。

分开了那么久，想着总算可以在宫里朝夕相处了，不料快乐的时光不过半年时间。

看起来，似乎有一股力量，如同命运的恶意一般，极力想要破坏他们两人的关系，想要将他们分开。只是，即便处于这样的状况中，主上对中宫炽热的爱情依然是我们的精神支柱、巨大的希望之所在。越是有人想要拆散他们，他们两人的爱情则越是焕发出新的生机，燃烧得更为浓烈。

主上的书信频频送来，几近疯狂。中宫即将于十一月临产，主上为此而尽的种种心意，信中四处可见。

但是，即便是号称"天下之主"的主上，也身负"无法随心所欲地生活的宿命",不管他如何竭尽心力,仍然有力所不及之处。

受任中宫大夫的惟仲,以生病为由辞去了该职。之后,中宫职长官一直处于缺员的状态中。本应对中宫给予各方照顾的部门长官缺员,所以也就无人牵头着手准备中宫离宫待产时的事情。在我看来,惟仲之所以辞去长官一职,大概是为了筹备彰子小姐的入宫事宜吧。

那个野心勃勃的大叔,肯定是觉得彰子小姐的时代已经到来,倘若跟在反体制的中宫一方,则于己不利。

善于见机行事的惟仲预测了一下未来,心里大概想着:"看来,必须趁早摆脱这个麻烦的职位……"

"您在任时间可够短的,真是让人舍不得呐!"

当我语带嘲讽地跟他这么说的时候,(仅仅只过了六个月),他厚颜无耻地回答:"在下也觉得十分不舍。虽然有所不周,但舍弟生昌将会继我之后,尽心侍奉。"

生昌是中宫大进,即从长官算起的话,他是三等官。而且,他是传说中曾经在伊周大人悄悄返京时,将消息密告给道长大人一方的男人。

在中宫职后妃室见到的生昌年纪在五十岁上下,打扮装束像是个粗俗的乡下武士。可以说惟仲还更像样一些,生昌长着一张像是把螃蟹给压碎、摊平了似的脸。

"……那也把他说得太寒碜了。"

栋世听我那么说完,边笑边出言袒护。

"别看那样,他可是个认真、诚实的男人。"

"认真、诚实的男人怎么会做出密告那样的事情!"

我简直把栋世当成了生昌,大声地吼道。在我们这些陪伴中宫的仕女中间,惟仲、生昌等人可谓臭名昭著。

对于朝廷没有安排一个出色的男人担任中宫大夫一事,我们感到不满。在负责中宫事宜的部门中,没有一个在社会上享有声望且得到仕女们认可的男人。那些出色的男人都被道长左大臣的阵营抢走了。右卫门君嘲讽道:

"反正都是那样啊。男人们自己也都想要靠到左大臣那边去啊……只要是那些想飞黄腾达的、思维'正常'的人,不论谁都是那样的。"

她嘴上说着这些话,可她自己并未投靠左大臣一方,一直侍奉在中宫身边,不明白她究竟是怎么想的。

如果是生昌那种万年小角色,至少为人要认真、诚实,居然做出密告那种事情,真是令人深恶痛绝。

"真傻啊!不就是因为认真、诚实,所以才会去密告的么?"

栋世有些奇怪地说道。

"话说物善其用,人尽其才,左大臣大人就是那种善于用人的典范呐。在关键位置上,大人任用实心眼儿的人,仔细做了相应的安排。例如那些心窄、认真、不懂通融的家伙,或者循规蹈矩、头脑顽固的官员之类。"

"为什么呢?"

"那些家伙不久之后便会老老实实、认真地、诚实地执行任务,将自己的所见所闻如实汇报。即便是生昌,他也不觉得自己做了坏事。他相信,举报犯了国法的罪人是官员的义务、官员的工作。"

"可是,他待在中宫职这个地方,却做些无益于中宫的事情……"

"那种想法，于他而言是另一个世界的问题。你空有那么多男性友人，却还是没能明白男人的微妙之处啊。"

"……"

"真是的，之前你到底都看些什么、想些什么了……"

栋世靠着凭几，扇着扇子。今年夏天也非常炎热，中宫职后妃室因为树木多，多少好过一些。

"中宫离宫之后，可能要去生昌家里吧？"

栋世说道。——京城里那么多宅邸、人员，却没有中宫离宫之后的容身之所。尽管身份贵为中宫，却不得不前往身居散位的生昌之类人物的小房子栖身。

"你一直那么怒气冲冲的，那个生昌担任但马国国守，隆家公子遭到流放时，听说他照顾得非常周到——要善用他的认真、诚实。如此一来，他应该也会服务得很好。——我认为，与其投靠办事不利索的人，生昌之类的人反而更好。"

"可是，他密告……"

"我说，也不要一直揪住不放嘛！可能当时大进也有大进的立场——为什么女人总是被一个问题给困住呢？就不能想着那事是那事，这事是这事么？"

栋世看着我：

"你一心想着中宫，可能没办法为其他事情分心——我即将被任命为摄津国国守，得前往摄津国了。你现在很难跟着一起来吧？"

栋世十分轻松地、轻轻问道。

既不是"跟我来"，也不是"请为我而来"。

这让我很是喜欢。我的意志能得到尊重，这让我最为开心。那种表达方式反而让我感受到了栋世的爱情。我自然而然地回答道：

"——真是太遗憾了，我好想一起去啊……我想每天都看着海岸、大海、摄津的歌枕！可是，中宫殿下眼下正是重要关头，我不能抛下她离开。"

"我就想着你可能会这么回答。"

栋世点着头说道："摄津很近，你可以随时过来，喜欢待多久就待多久。你要是想来了，就给我来个信，我派人去接你。"

"你跟谁一起去呢？"

"我带着女儿一起去，不能把女儿一个人丢在京城里。"

"不，我问的是其他女人的事情。"

"哪里有什么我带着同去的女人！不过，或许会从那边带回来一个……"

"讨厌！"

"所以，我才跟你说，一起去吧！"

"真想分身有术啊！"

我说着，想起了似乎曾经也跟则光说过同样的话。是的，曾几何时，我也面对过"中宫与男人，二者必须择一"的痛苦问题。我无法从中宫的身边离开，所以舍弃了则光。

如今，栋世不是也可能变成那样么？

"离开京城后，你难道不会就此忘了我么？"

我和栋世并未同居在一起，而是各自分开生活。见面时心生欢喜，分开时也不会特别觉得怎样。尽管如此，还是给了我很大的安全感。他如果不在京城里，我觉得心里有些不安。

"怎么说呢。"

栋世温和地微笑着。

"要是那么放心不下的话,你也一起去,不就行了。"

"要是能一起去的话,还用得着这么苦恼么!我真想把身体一分为二,好的那一边跟着你一起去啊!"

"你身上也会有好的一边么!"

说着说着,变成了恋人的打情骂俏。

"要弯弯转转地活着哦,长长久久地活着!有意思的,在今后呢!——我是为了这个目标去摄津的,为了我们快乐的老年时光。"

栋世说道。听见他总是挂在嘴边的那句"弯弯转转",我十分高兴。当栋世说起这一句的时候,让我相信,不仅我们俩会拥有快乐的老年时光,连中宫的未来也是一片美好。

秋天,八月初四,朝廷宣布中宫将移驾前往大进生昌家。

听说,生昌家里也是上上下下一片骚然。因为要迎接中宫的到来,所以众人日夜都忙着做相应的准备。

中宫出行的时间原本定在八月九日的下午至傍晚,可是虽然时辰已到,但陪同前去的公卿以及殿上人久久未能聚齐。时辰即将过去,人们陷入了骚动之中。尽管如此,来的人依然稀稀落落。左大臣一早前往宇治的别墅,许多人都跟着去了,于是陪同中宫的人员便聚不齐。

"何必在今天这个日子里……"

"又不是什么非得突然出行不可的事情……"

"成心让人难堪!肯定是这样的。"

年轻的仕女中,有人难过地哭了出来。

作为出行时常有的事情,准备的时间远远超过了预定的时间,靠着最终赶来聚齐的人员，好歹算是有个样子了。中宫的御辇必须依照相应的典礼仪式加以装饰，不可能少量人数悄悄地进行。

而且，再怎么说，当今第二个皇子即将出生。主上应该也是十分心痛，但他对左大臣大人的所为无能为力。伊周大人本应是中宫可以依靠的最为亲近的人，却一味沉迷于祈祷中。弟弟隆家大人以其现在的身份，是无法公开露面主事的。

中宫准备停当后，便陪着一直带在身边的小公主玩耍。时辰已过，天黑之后，队伍终于开始移动了。

"一切顺其自然吧，少纳言。想这想那，也是枉然。"

中宫说道。我回之以叹息。

位于三条大路的生昌家里，挂着红红的灯笼，门前以及宅内都燃着篝火。可是，真的是非常小的一栋房子。虽说即将迎接中宫驾临，可这门檐不是木板葺成的①么！中宫的御辇好不容易从门下穿过，我们仕女的车却卡在那里，无法进门。

皇族的御辇居然进出于木板门檐下，这不是前所未闻之事么！大门本应改造成四足门②，不知是因为时间上来不及，还是没有那份心意，现在这个样子，我们为中宫感到气愤，而更让我们火冒三丈的是，我们的车进不了门。

一般说来，车进了大门之后，停在房前，仕女们便立刻在台阶的簧子处下车。周围有屏风、几帐挡着，不会被任何人看见，这样就可以下车后顺利进入房内。

---

①当时，官阶在五位以上的上层贵族宅邸的门檐均为桧皮葺成。下层贵族宅邸的门檐多为木板葺成。

②在门柱前后各增加两根支柱，共计六根柱子的大门。

然而，我们仕女乘坐的槟榔毛车因为太大，进不了门，只听见官员们大声喊着："抱歉，请从这里开始步行进门。我们马上铺设筵道。"

"不！这可如何是好！"

我们一片哗然。大家都焦急地等待着出发，加上为了各种事情奔走，不知不觉中过去多时，妆容已花，头发已乱。我们大意地认为，已是夜晚时分，就此顺利进门就行了，没想到居然要在大门处下车，沿着筵道，穿过院子，一直走到寝殿台阶处。而且，在熊熊燃烧的篝火映照下，陪同的殿上人和地下人①都站在卫士们的警卫室那里，目不转睛地盯着这边看！

我们得打开扇子遮住脸，一个接着一个地，从那跟前走过。

"太过分了！居然有这种事情……我忙得不可开交，结果头发就那么乱糟糟的……"

年轻的小兵卫君等人都哭了出来。她们年纪尚轻，还算是好的了，我是连假发都蜷成了一小团，如此背影居然被人看在眼里，真是情何以堪！百味杂陈，我心中暗骂："生昌这个混蛋！居然让我们这般丢人现眼！"

不管栋世怎么说，如此粗率、过分的对待，只能认为是出于恶意。或者说是非一般的缺根筋？

必须让他知道一下女人的厉害！

"没错！大家一起狠狠收拾一下生昌吧！他把我们当傻子看了！他以为中宫身边的仕女们可以随意对待，没放在眼里。给我记着好了，有他好看的！"

---

① 官阶在六位以下，不能升殿的官员称为地下人。

右兵卫君等人说道。那声音假如生昌听见了,定会毛骨悚然的。

我们带着一种亢奋的表情一起前去参见中宫。

"怎么了?发生什么事了么?"

中宫立刻就猜到了,兴致勃勃地问道。

不知是否因为到了新的环境,所以激起了好奇心,中宫一脸神采奕奕,丝毫不见倦色,对小小的宅邸饶有兴趣。

于是,一五一十,如何气愤之余怒火中烧等,都说给中宫听,中宫笑着说:

"虽说是在这里,但也不知道会不会被人看到,你们为什么那么没规矩啊。"

"我们总是没规矩,非常抱歉。"

"要是整整齐齐的话,也许他们反而会吓一跳。——那些看热闹的大人们,似乎也没有大惊小怪的样子。"

"不过,那个大门,可真是让人大开眼界!再怎么说,也是中宫要经过的大门,怎么可以那么小啊!"

"我们跟生昌好好算一算账吧!"

大家正在这么说着的时候,赶巧,或许对生昌来说是不巧,他本人毕恭毕敬地过来了。

"请中宫殿下明鉴。此次盛事是生昌一生一世的荣光。生昌恭迎各位到此,不胜荣幸。请各位随意在此居住,虽有不周,但生昌一定尽心侍奉。有什么事情,请尽管吩咐。是的,唏——"

生昌拘谨郑重地说着,但是夹杂着陌生的备中口音。生昌的母亲是备中郡司的女儿,也就是说并非京城人氏,也许他母亲的口音传给了他。年轻的仕女们立刻小声地开始模仿,一边拼命地忍住不要笑出声来。

说到生昌,他在御帘另一侧的中宫、以及在中宫前面摆成一排的我们的注视下,丝毫没有年龄优势,只见他神情慌张地说:

"唏——,是的,这是粗点心,请中宫殿下品尝……"

他呈上了盛放在砚台盖子上的点心,说了一句"是的,唏——",便恭恭敬敬地叩拜行礼。这句"是的,唏——"似乎是生昌的口头禅。"是的"总是出现在话尾,这似乎是他用来表达恭顺谦让的语气的。而"唏——"则不知道是生昌吞咽唾液还是摩擦牙齿发出的声音,抑或是叩拜时的拟声词,似乎他本人也不太明白究竟是怎么回事,不经意间便成了口头禅。

每当他说"是的,唏——"时,那些年轻的仕女们都笑得满面通红。我先开口说了一句:

"来得可真不是时候啊!不好意思,我们方才说你的坏话了!"

"坏话……"

小个子、长着一张螃蟹似的脸的生昌吓得挺直了背。

"这么快就有什么不合适的事情了么?"

"要说不合适,还有比这更不合适的事情么!为什么你家的门如此狭窄?那么狭窄的门,也真是能将就啊!"

即便我这么说了,生昌却更加认真地回答道:

"我们建的是跟门第、身份相称的门。是的,唏——"

小兵卫君忍不住站了起来。

"门第,是么!不过,不是也有人单独把门建得很高的么!"

我讥讽道。《汉书》中,有一个叫于公的人,主张必须把门建得高高大大，以便大车进出。他认为那么做的话，将来家里的子孙会出人头地。后来，他的儿子于定国果然成为一名大臣。我说的便是这个故事。

生昌瞪大了那双淹没在皱纹里的眼睛：

"哎呀！失敬！是的，唏——"

他扭过头十分吃惊。

"那是于定国的故事吧。真不愧是少纳言大人！那种事情，只有相当了不起的学者、进士等人才会知道。在下曾经涉猎此道，好不容易才明白了过来。您真是太了不起了！"

"还说什么涉猎此道，你真是太过分了！虽然铺了筵道，但是四处破洞，大家都一团混乱！"

"真是抱歉之至！可能是长期下雨，所以席子就破洞了。是的，唏——。哦，不，于定国已经让我震惊不已，意气消沉了。如果继续久留，不知会陷入何种境地，还请让我先行退下。是的，唏——"

说完，他便狼狈地起身离去。

之后，大家便一直笑，一直笑。

中宫和小公主一起待在御帐台里，所以她对此事并不知晓。过后，她问道：

"怎么回事啊？生昌那么逃也似的回去了。"

"不，没什么。我们只是跟生昌说了车子进不来一事。"

说完，我就去了分配给我做休息室的那间屋子。

我跟小兵卫君、小弁君等年轻的仕女们一起歇下了。把好的地方让给式部君、右兵卫君等人，我跟年轻人一起待在位于角落的一处简陋的房间里。

我觉得跟年轻人在一起，要有意思得多。我似乎跟年轻人更能聊得来。白天过于劳累，几乎倒头就睡着了。

那房间位于东厢房西侧耳房往北的位置。睡下之前，我发现北边的木门没有锁扣，想着这样的宅邸应该不会有什么事，只摆了几帐，便睡下了。

就在这时，生昌来了。

他是房子的主人，对这里的情况非常熟悉。他打开了没有锁扣的木门，用一种怪气嘶哑、尖锐的声音说道：

"少纳言大人，可以，打扰片刻么？是的，唏——"

"呃，少纳言大人，可以过去拜会您一下么？是的，唏——"

我睁开眼睛，吃惊之余连忙起身。

几帐后面支有灯台，所以对方的模样看得一清二楚。对方看这边应该是黑漆漆一片，不甚分明，但从这边看过去，对方的样子一览无余。

他把纸拉门打开了五寸左右，在那里说着"是的，唏——"。

真是太可笑了！他这是在假扮私会情人的风流男子么？生昌不像一般男人那样，完全不见他有什么绯闻、风流韵事。而且，就这位生昌的风采气质来看，已经是属于被情色所遗忘、与风流好色的恋情韵事等桃色事件无缘的那种人了。可是，他却想偷偷地来我这里，究竟是为什么呢……

是因为中宫来到自己府中，便有些得意忘形，胆大包天起来了么？以为我们会害怕他，对他言听计从么？还是，被我说倒了之后，心有不甘，便想通过制造绯闻来加以报复……不管怎样，总之很是怪异。生昌这家伙！居然窸窸窣窣地想要将几帐给弄到一边！

"呃，少纳言大人，唏——，在下对您刚才的那番话，已经佩服得五体投地了！不，是为之倾倒了！您的才气胜于传闻！在下喜欢那样的人……"

我摇醒了睡在身旁的小兵卫君："快看！那有个怪人呐！"

我一说完，年轻的小兵卫君便起身笑个不停。

"怎么回事，是什么人哪！厚颜无耻地跑到女人房间里来！"

"误会了！我是这家的主人，想跟您商量点事情。是的，唏——"

"大门扩建的事情，我是提过，可我没说让你把纸拉门打开啊！"

"哎，就是那件事情，我过去行么？是的，唏——"

年轻的仕女们忍不住哄然大笑。

"哎呀！没想到居然有年轻人！"

生昌惊慌失措地夺门而去。

二十五

嘴边总挂着"是的，唏——"的生昌来到我的房间，究竟是出于何种想法呢？说什么"不，是为之倾倒了！您的才气胜于传闻！在下喜欢那样的人……"，可真是笑死人了！

他以为只要说上一句"倾倒"，女人就会立刻感恩戴德么？

如果他以为我会因为生昌之类的人喜欢自己而感到飘飘然，那他就是无可救药的蠢货了。跑来说这个也是可笑，居然还说什么"可以过去拜会一下您么"——因为实在太滑稽，肚子都笑疼了。

既然打开了女人的房间，那就利索地进门。三更半夜，听到男人问"可以进来吗？"女人不可能回答"请进"。说到底，既然夜里都已经来到了女人的房间,那应该就用不着打招呼了吧。"

我和小兵卫君、小弁君等年轻的仕女们一起说着生昌的坏话,大声地笑着笑着,天就亮了。

早上,我前去参见中宫时,跟她说了这件事。

"倒是没听说过,生昌是个那样的风流男子……"

中宫讶异地说道。她应该也是想起了那个生昌谨小慎微的样子,认为他昨夜的行径与之十分不相称,觉得滑稽可笑吧。

"不过,就算是那样,你们也把他治得够狠的了。难为他可能想着让你们看看他潇洒的一面,想表现得好一些。这么笑他,他也真是够可怜的。"

虽然中宫这么说,但她觉得生昌可笑的心情,似乎一点都不逊色于我们。她的眼里流露着难以抑制的兴奋,但那绝非嘲弄、轻侮生昌的神色。

这一点,我十分明白。我们贬低生昌:"什么东西!这个告密者、爱拍马屁的芝麻官!无知的乡巴佬!"心里看不起他,所以觉得生昌可笑,但中宫的脸色、眼神中并没有这些。我了解这一点,不知道其他的仕女们是否了解。

中宫不论遭遇何种艰难处境,也绝不垂头丧气。这源自于她对任何事物都兴趣盎然的优雅个性。因为,一切的一切,她都抱着这样的心情:"人——可真是有趣。"

不过,要说生昌的话,他受苦受难的日子已经开始了。

他一说点什么,仕女们便闷声偷笑,或者哄堂大笑。出言制止的年长的上等仕女们也都笑了。生昌冷汗直流,叩拜行礼道:"是的,唏——",结果又再次招来了仕女们的哄笑。

侍奉公主的女童们也陪着一起来了，中宫下令准备她们秋冬的衣服。生昌似乎对衣服的品味缺乏自信，他请示道："这个'衵衣的外装'选什么颜色好呢？"

"衵衣的外装"这个说法也是怪异。生昌所说的"外装"好像是指"穿在外面的衣服"。童女穿在衵衣外面的，无外乎汗衫。直接说汗衫就可以了，绕来绕去、土里土气地说什么"衵衣的外装"，听见这个说法的仕女们都极力忍住不笑，故意使坏地问他："啊？您刚才说什么？"

"说的是衵衣的外装……"

生昌一本正经地重复道，我们都忍不住笑了出来。自那以后，例如"你的'外装'真气派啊！""快瞧瞧这件'外装'的颜色！"等等，"外装"一词成了我们之间的一个流行语。

生昌不知道究竟是什么引起我们哄笑，很是困窘。尽管如此，他似乎依然勤勤勉勉地认真侍奉：

"公主殿下使用的物品，如果也跟大人一样，恐怕不太合适，感觉不怎么可爱。我尽快安排人制作一些小小的食案、小小的高脚餐盘等，像是偶人或过家家的玩具那样的东西。是的，唏——"

"哈哈！小小的食案、小小的高脚餐盘么，这可真不错啊！这才是适合让穿着'外装'的童女来端送的呢！"

这么一说，顿时满座又哄堂大笑。

生昌虽然感到无语，但因为不知道大家究竟笑他什么，困惑之余，只能说着"是的，唏——"，先退下了。中宫告诫道：

"你们那么取笑他，他真是可怜。"

"把生昌当成一般的男人那样取笑，他也怪可怜的——他是个认真的老实人呢！"

中宫一边说着，美丽的唇边不时也绽开了笑颜。

"可是那句'小小的食案'……实在让人忍不住……"

小弁君说完后，中宫若无其事地回答道："人都会有自己的说话习惯嘛。"结果，这句话成了导火索，连一向认真的中纳言君都跟着大笑起来。

中宫所在的地方，不论何处，总是充满欢声笑语……我深深地为之感到自豪。左大臣一方或许以为中宫这边会意气消沉、萎靡不振。然而，实际上，笑声无处不在。

说到生昌的可笑，还有其他例子。没什么事，却特意让女官前来通知我："大进说他有事一定要说给您听。"大进指的便是生昌。

"什么事呀，这么夸张！现在马上么？"

我本来爱答不理地听着，但那句"一定要说给您听"让我觉得或许有什么重大消息，便突然冒出些兴趣来。

"不会是又做了什么错事，要被那些狠心人给笑话了吧？"

中宫有些好奇。

"去吧，听听他怎么说。"

中宫这么说了，我便特地出门，态度傲慢地问恭候在那里的生昌："您有何贵干？"生昌十分兴奋，他回答道："是在下的兄长，惟仲权中纳言的事情。"

"中纳言大人怎么了？"

"他夸奖您了！"

生昌边咳边说，我十分讶异，一直歪着头。不知道是否对此感到有些着急，生昌加重语气说道："这是真的。——"我也并没有

怀疑什么,只是觉得自己好像也没做什么让惟仲夸奖的事情。生昌对我无动于衷的样子有些焦躁:

"兄长很少夸奖人,但他称赞了您!我把上回于公家大门的事情,把那个跟兄长说了,他非常佩服,称赞说:'等哪天有合适的机会,一定要慢慢当面讨教,是个才气胜过须眉的女人!'"

"谢谢了!——那,您的事情呢?"

"呃,就是想转告一下兄长的那些话。"

"哦,是么。——有劳您了。"

真是见鬼了。"脑子错位了!"——应该就是这种时候想说的了吧。又不是什么大不了的事情,何必大费周章地过来跟我说呢。比起大门的事情,我倒是更想听听惟仲大叔会怎么评述生昌三更半夜假扮风流男子上门一事。结果,生昌说了一句"呃,容我哪天登门慢慢细说",便自个儿兴高采烈地退下了。

回到中宫跟前,中宫问道:"是什么事呀?"

于是,如此这般,我把经过说了一下,仕女们又是捧腹大笑。

"这也不是什么非得特意把你叫出去说的事情嘛!顺便的时候说一声就可以了……"

"'胜过须眉',这说法太傲慢了!少纳言的才气,可不是一般男人能比得上的。你们不觉得惟仲和生昌,两兄弟都是瞧不起女性的中年大叔么?"

一片嘈杂。

"我说,也不要一味贬低嘛。"中宫出言相护。

"生昌一定认为,如果把自己十分尊敬的人夸奖少纳言一事告诉她,她一定会非常高兴,这是他的好意。你们要想着,这是他的爱慕与敬意的体现。生昌是个可爱的男人呢!"

"是那么回事么……"

"生昌相当尊敬他的兄长惟仲呐。这么一来,少纳言的分量越来越重了!可不能那么欺负他哦。"

多亏了生昌,我们不缺话题,笑声不断。仔细想来,寄居在生昌家中,承蒙他照顾,还拿他取笑,也真是相当过分。不知不觉中,我发现自己对生昌开始怀有好感了。

当然,仕女中的多数人还是打心眼里瞧不起生昌,唾弃他是"做出密告之事的卑劣男人"。虽然如此,生昌大叔仍然十分勤快地为中宫忙碌奔波。不仅仅是出于职责,还有一种为了美貌年轻的皇后鞠躬尽瘁的精神。中宫似乎也注意到了这一点。

中宫能够迅速地对此有所反应,应该说是源于她敏锐、直率、天生的高贵的感受性。我也再一次私下里对栋世说过的那句"善用他的认真、诚实"感慨不已。生昌一定是认真、诚实地去密告:"是的,唏——,呃,冒昧地前来报告,实际上……",同时又是认真、诚实地侍奉中宫:"中宫驾临寒舍,真是荣幸之至……"

这位生昌的三条邸地方十分狭小,而且最近可能人人都忙着为左大臣家的彰子小姐的进宫做准备,所以无人前来拜访。

只有主上的使者会来,但也总是一副慌里慌张、不敢声张的样子,十分仓促地将主上的信件交给中宫。似乎整个天下都得看左大臣的脸色似的。

在这种情况下,经房大人久违地来访,我们都觉得十分稀罕地围着他。热火朝天地聊了一阵之后,经房大人来到了我的房间。

"哎呀,来这个府里,心里还是有抵触啊。虽说跟你们各位没有关系，但总觉得还是……"

他这么说，可能意在以他的身份，踏足身份较低的生昌宅邸，有些不合适。他说："只是实在太想见'姐姐'了"，可是如果那样的话，只能栖身于这种宅邸的中宫的痛苦，谁人来管呢？

不过，经房大人带来了久违的新消息。彰子小姐的进宫时间定在十一月一日，由于当天队伍从土御门邸出发，方向不好，所以先到京城西边的连雅府上，再从那边进宫。

那个四尺屏风，被誉为当代著名歌人的名士们所吟咏的和歌，经大书法家行成大人誊写而成的屏风，听说不久也将大功告成。

行成大人身为藏人头，直接负责宫廷与左大臣家之间的磋商沟通。不仅是出于职责，他个人与左大臣大人也意气相投，所以此番为了彰子小姐的进宫可以说是不辞辛劳地四方奔走。

这一点，我觉得非常理解。

那位行成大人的聪明稳重，如今我已经非常了解，所以觉得他与性格豪放、充满魅力的左大臣大人可能出人意料地相处融洽。

经房大人问道："中宫大概什么时候临盆？"

"十一月初——大概是那个时候吧。"

"那就是左大臣家小姐入宫前后那段时间了？看来世间将愈发忙碌了，宫里也会变得更加华丽吧。中宫加上多位女御……不过，中宫不管怎么说，还是一个非常幸运的人。虽说有那么多位女御，但接连生下天皇孩子的，也就只有中宫一个。"

经房大人是个爱说反话的人。不过，只要是跟中宫有关的事情，他都不开玩笑。

"男人们，个个都觉得很寂寞啊！——中宫不在宫里，皇宫就像是失去了光明一般。中宫不在宫里，那么少纳言等人也不在。我们大家都十分想念登华殿的细殿。"

那是宫里我们曾经住过的地方。

我们也十分怀念那个细殿。登华殿的西厢房，那是从朔平门一带前往清凉殿的必经之路，男人们不时从那里经过。不管白天黑夜，男人们的脚步声不断。深夜里，还可以听见有人悄悄轻叩细殿木门的声音。我也曾经在那里跟则光偷偷相会过。

有时，众多贵公子来访，仕女们也聚集了好几个，大家一起彻夜欢谈。

也许，哪一天，这样的日子还会再来吧。生下了第二个皇子的中宫再次入宫的那一天。

不论如何，虽说不是经房大人的原话，但是即便有多个女御，也只有中宫一人与众不同。

"话是那样说，不过，左大臣大人看来好像不打算让彰子小姐一直待在女御的位子上哦。"

经房大人自言自语般地说道。

"可是，中宫的位子上不是已经有人了么？"

我万分惊讶。

"呃，那是左大臣感到头痛的问题，但制度总有空子可寻——那样一来，现在的中宫殿下可能要被改称为皇后了。"

"怎么可以不讲道理！怎么可以那样乱来……"

连我都说不出话来了。

"一个天皇居然有两位皇后！"

即使有众多女御、更衣侍奉着天皇,但皇后只有一位。一旦立为皇后,则乘坐的车辆和随身物品都与一般人不同。置备大座榻,御帐台前面摆放狛犬、狮子,庭院中设有卫士的值夜小屋。从普通人变成皇族,这是一件了不得的事情。

我们一直对中宫的身份感到安心,可是一旦彰子小姐跟中宫平起平坐,也被立为皇后的话,中宫该如何是好呢。

"不要紧的!——民心是一种支持。世人心中都非常同情中宫。人可不是那么没心没肺的东西。中宫并未失去同情与支援她的民心,这不是最重要的支持么?"

经房大人说了那些话,我的心情立刻好转了。为中宫祈祷安产的僧人来得稀稀落落(当然,这是出于对左大臣家的顾忌),御产养(庆祝诞生的仪式)的筹备进展不顺利,这些都无法开口告诉经房大人。

十一月七日卯时(清晨六点左右),中宫平安生下了孩子。

是个皇子。在阵阵高扬的祈祷诵经声中,突然涌出一声声:

"是皇子!"

"第一皇子诞生!"

"速速派使者去宫里!"

权帅伊周大人激动得哭了。隆家公子为接待众多登门道贺的客人,忙得晕头转向。

与公主不同,皇子的诞生要衬以隆重的仪式。给东三条女院和主上都派去了使者,主上立刻派人送来了御剑①。使者由右近中将

---

①皇子诞生时,由天皇赐予的辟邪的御剑。

成信大人①担任。

御产沐浴仪式由宫里派来的右近内侍侍奉。其间,不断有人送来绢、绫等贺礼。中宫和皇子平安无事,众人都激动不已。面对众多来使,生昌心神恍惚地一个劲儿地重复着:"是的,唏——"

我协助中纳言君努力安置前来道贺的客人。虽然都是些使者,但必须给他们相应的赏赐。不管怎么说,本来这样的场合,必须有一个能有条不紊地发号施令的男主人。而目前的状况是,权帅大人认为皇子诞生是因为祈祷奏效,所以更加疯狂地投入到祈祷中去了,隆家公子守护着中宫和皇子,无暇顾及其他。

入夜后,以藤三位为首的地位显赫的仕女们遵照天皇的旨意,从宫里前来看望小皇子。喧嚣中带着荣耀。我们大家也是轮流着用餐、休息。夜里,女人们一起举行了宴会。

然而,事后我们听说,就在同一天夜里,十一月七日的夜里,宫里也是热闹非常,那边甚至比我们还要隆重热闹。

彰子小姐十一月一日进宫,七日便早早接到了册封"女御"的圣旨。当天傍晚,主上第一次走进彰子小姐的房间,与她相会。主上二十岁,彰子小姐十二岁。听说彰子小姐相当成熟,态度沉着,有一种不像是十二岁的高雅之美,主上还开玩笑说:"真是个豆蔻年华的小姑娘。这么一来,我都觉得自己像是个七十岁的老爷爷了。"十一月七日夜里,诸多公卿都前去道贺。藤壶②中,乐声与笑声彻夜飘荡。

左大臣一脸得意的样子,几乎就在眼前。

---

① 源成信(979—卒年不详),官至从四位上,藤原道长养子。
② 藤原彰子在宫中的住处。

不过，这边府里，隆重的仪式也在依照规矩接二连三地举行。新皇子沐浴时，举行了鸣弦①、读书②仪式。前庭彻夜燃着篝火，官阶五位、六位的男人们以及近卫府的卫士们聚集在那里，这让"今上第一皇子诞生"的紧张气氛愈加浓郁了。

我简直就像是自己生完孩子般，一下子松了口气。仕女中，有些人连日来的劳累一下子袭来，安心之余，终于酣然入睡，有些人开始放松，有些人返家休息，一下子都焕发出了活力。

中宫终于生下了男孩，多年侍奉是值得的，我感到自豪。小左京君虽然是个傻女人，但同时也会傻乎乎地将心里话和盘托出："哎，还好没去别的地方，能目睹皇子的诞生，也是难得"，她一脸满足地说道。这么说来，她曾经动过心思，想要抛下逆境中的中宫，另寻高就了？

三年前的长德二年年末，小公主出生的时候，人们私底下都议论："还好是个公主。这种时候，要是生一个男孩，只怕会引起纷争呐！"那年坏事连连，伊周大人等人被流放，一条邸又发生了火灾，中宫的母亲贵子夫人离世，是个大灾厄之年。悄悄生下的是个小公主，反而更好。

可是，如今也没有什么特殊的障碍。而且，当时中宫的外祖父高二位大人尚在世上，他不断地在中宫面前叨叨着，一定要生个男孩。不管什么事都从政治角度去权衡，让人觉得很是厌烦。那位高二位大人，如今也已不在人世了。

---

①拉响弓弦，用以辟邪。
②皇子沐浴时，从明经道及纪传道中选拔出来的博士数人，在前庭诵读《孝经》《史记》中的部分章节。

也许有人会认为，换一种角度去看，假如这个皇子出生在前任关白道隆大人还在世的时候，那该有多好。但是，在我看来，那种事情已经没有可能了，不如想着如何让主上开心，这个更快乐。

我对中宫关心之余，不知不觉中跟她化为一体，甚至有一种是自己在跟主上相爱的错觉。虽然主上的书信是悄悄夹在公物中一起送过来的，但信中不知写了多少的温情话语。

我也给栋世写了信，告诉他宫里的情况。

当然，我把生昌的事情也语带诙谐地写在信里了。栋世的回信中写道：

"谢谢你充满欢乐的来信。生昌的样子，真是惟妙惟肖啊。有一次，我不是说过么，生昌不是个本性恶劣的男人。何止如此，要知道，如今这个世道，照顾谁都不愿意沾边的中宫，除了他，其他人都做不了。听说中宫名下的庄园的封禄，再过一阵子恐怕就要枯竭了。实际上，人都是尽量趋利的，哪怕只是好上那么一点点。这种情况下，接纳中宫是一件很不容易的事。只是愚钝的话，做不到的。不过，你的来信，就那么搁进《春曙草子》里吧。我这边就先销毁了——在那边有继续写么？"

皇子诞生的忙乱、骄傲、喜悦，我无暇将它们诉诸笔端。我自己已经彻底沉浸在了那种喜悦之中。

夜间陪伴中宫的僧人是她的弟弟隆圆僧都，他一直守护在她身边。没有其他的公卿们围聚，取而代之的是他们一家、一门上下紧紧地守护着中宫。在这样的氛围中，我自己也无法做到置身事外。现在我无法动笔写《春曙草子》，中宫的来信也还原封不动地放在随身的匣子里。不过，总有一天，我也会把这一天的喜悦写下来吧。

因为，就像弁君说过的那样，我也打算"只写下那些高兴的事情、开心的事情、快乐的事情"。

二十六

中宫产后恢复得很好，新皇子也一天天地茁壮成长。长得圆圆乎乎的，劲头十足地吸着乳母的乳汁，东三条女院派来探望的老资历的仕女说："哎呀，可真像今上小时候的样子啊。"

主上好像比之前小公主的时候，更加迫切地盼望着早日见到新皇子。可是，一方面也因为彰子小姐才刚刚进宫，中宫制止道："不必过于着急。"也许中宫是想尽量避开跟彰子小姐同时住在宫里。已经是两位皇子母亲的中宫在新的一年即长保二年（1000），就要二十五岁了。年年岁岁，中宫身上愈见一种成熟女性之美，如今或许是因为陪着一双儿女十分幸福满足吧，就连常年来已经见惯了她的美貌的我，也觉得非常炫目。现在，前去参见中宫更是让我欣喜不已。为中宫的美丽感到自傲，为小皇子的健康成长而感到高兴。

宫里的藤壶女御彰子小姐如今可以说是万众瞩目。听说因为她带着极尽奢美的嫁妆入宫，所以世人都将她形容为"光彩照人的藤壶"。甚至连主上去了彰子小姐那边，都接二连三地被那些奇珍异宝给吸引住了眼神，感慨道："尽是精美绝伦之物，入迷之余，几乎要变成无心朝政的愚人了。"

话虽如此，这位主上尽管年纪不大，却享有一代明君的盛誉。

作为"近年来，十分出色、尊贵的一位君主"，他受到公卿大臣们的尊敬，绝不是什么"无心朝政的愚人"——

能让兴趣素养都出类拔萃的主上发出如此感慨的嫁妆，应该不是单纯用金钱堆出来的。那件四尺屏风也是如此。自唐而来的古书、名笔，还有数不胜数的藏书和为了这一天而罗集起来的名画等等，听说也都让主上动心不已。

据说那藤壶本身，其室内的装饰等等都是如同金雕玉琢一般。连几帐、屏风的边角都施以莳绘、螺钿，以彰子小姐为首，仕女们的服饰之精美也是"古今未曾有"。主上一走过便桥，便立刻飘来若有似无的熏香的香气。不仅陪嫁品是第一流的艺术工艺品，可以说最为精美的艺术品便是彰子女御本人了。

一直以来，都是些年长的女御、成年的女人们围在主上身边。在他看来，第一次有个比他小八岁的小姐入宫，不免心生怜爱："简直像是过家家似的……"

前去藤壶拜访的主上还吹奏了笛子。这也是听经房大人说的。

主上擅长吹奏笛子。清秀端正的主上优雅地吹着笛子时的身姿、音色，我们曾经为之倾倒，可是这次主上吹笛子的时候，彰子小姐却看向了别处。

"看看这边。"主上说道。

"笛子是用来听的吧！不是用来看的。"彰子小姐聪慧地回答道。她说话的样子十分可爱，主上笑着说："我认输了，还请不要让七十岁的老爷爷太失脸面。"满座一片欢声笑语。彰子小姐虽然年纪尚小，但经房大人说："哎呀，还真是才思敏捷啊！——不过，她似乎被培养得十分内敛，不露锋芒。说起来，这件事传到了世间，为时家那个喜欢写物语的女儿好像还创作了一篇题为《紫儿》的短篇小说呢。"

"你说的为时的女儿，就是那个跟宣孝结了婚的女人么？"

"是的，说是已经生了孩子还是没生孩子来着——听说虽然结了婚，但还是没放弃写故事。她丈夫宣孝把其中的几个作品拿给自己的妻子们看，结果还导致夫妻俩吵架。宣孝好像半带炫耀地这么说过。"

"那，在《紫儿》那本小说里，主上跟彰子小姐出场了么？"

"不不不，当然不可能模仿得那么明显。在故事里，主人公变成了十岁的少女和十八岁的青年。青年对少女产生了朦胧的爱意，便把她接到身边，守望着她的成长，未来让她成为自己的妻子，是一个令人忍俊不禁的故事。现在，彰子小姐可以说也只是形式上的结婚吧。主上的心情估计跟《紫儿》里写的差不多，要耐心地等待小姐长大吧。种种原因，再加上彰子小姐的人望，好像那个物语相当受欢迎啊。"

"那她打算将来去彰子小姐那里出仕么？"

"这就不知道了，不过，宣孝跟左大臣那边走得很近啊。"

经房大人是个文学青年，似乎对那本《紫儿》很感兴趣。可惜，他虽然听说过，却很难拿到那本书。

"拿不到的话，你就自己写一本呗？"

我这么一说，经房大人便回答道："说得轻巧——喜欢跟创造是两回事！不过，如果是你的话，倒是……"

可是，我不喜欢写那些麻烦的物语之类。我喜欢随心所欲地动笔描写某个场面，不擅长跟物语的主人公们长期打交道。

据说，那个彰子小姐将在二月份首次离宫返家。她才刚刚入宫三个月，主上似乎觉得有些寂寞。虽说是返家，但也不是一天两天的事情。因为年纪尚小，宫里生活过于紧张，有些劳累，所以将返家数十天或两三个月。左大臣的土御门邸也修整得十分华美。二月十日，彰子小姐离宫，不知道是否早就计划好了，作为交替，主上建议中宫进宫。

出于对左大臣大人的顾忌，主上有些不敢开口。但是，可能因为东三条女院也提议了，所以左大臣大人出人意料地爽快应承道："把我的唐车①拿去用吧。既然上门迎接，就让小皇子、小公主一起同车进宫也比较方便。"

左大臣一方出人意料地对中宫殿下这边做出优待的样子，也是有他的打算。他们策划着要让彰子小姐当上中宫。

自从去年宫里着火之后，主上便迁居于一条院。

（假如没有那场火灾，中宫应该可以更为长久地跟主上一起享受两人的亲密时光……中宫不久便有了喜，移居到位于三条的生昌府里，而主上则是前往一条院，两人分居两地。）

如今，人们都把这一条院称为新皇宫。

这处宅邸也是一栋豪华的名宅，是那位一条太政大臣为光大人的遗产。现任左大臣道长大人将它买了下来，主上的母亲东三条女院便住在此处。

因为宫里着火，这里暂时被当做新皇宫，女院又一次迁往土御

---

①样式最为华美的大型牛车。一般为太上天皇、皇后、东宫、准后、亲王、摄政、关白等人乘用。

门邸。

中宫此番便是前去那个新皇宫。左大臣大人将唐车拨给中宫使用，于是小公主和小皇子都得以同车，十分轻松地就进宫了。按说当今天皇的第一皇子出生，应该配以华美的迎接队伍、隆重的随扈陪同，中宫也必须乘坐凤辇。那一年，在积善寺举行供养法会时的庄重威仪，我无法忘怀。然而，如今，那往日的辉煌早就无法想象了。

只是，当中纳言君等人为此而长吁短叹时，我便忍不住要打断。我故意兴奋地说道："主上要是见到了小皇子，该会觉得他是多么可爱啊！小公主也五岁了，正是最可爱的时候。宫里将会一下子'春暖花开'的。"

我即使在心里为中宫的命运不济而感叹，也不喜欢把它说出来。同时，也不喜欢把它写成文字。虽说也有我相信言语有灵、文字有灵的缘故，但我觉得命运这东西，如果你面朝阴暗的一面，则会变得更加阴暗。

而且，虽然我对过去的荣光念念不忘，但比这更胜一等的是对未来的希望，它占据了我心灵的主要位置。

而中宫的姿态则更进一步地激发了我的这个想法。伊周大人出事后，中宫第一次进宫时，她好像曾经相当彷徨、痛苦，如今反而有些急着进宫的样子。

"少纳言，我现在渐渐觉得，为了小皇子，必须坚强起来。"

中宫说道。临产之前，略微有些消瘦的白色脸庞变得紧致、圆润，双眼熠熠生辉。很久以前，我初次出仕时曾经见过的笑容，似乎难以抑制般地绽放在她的唇边。

"——以前，当我无法见到主上的时候，总觉得度日如年，有时也会陷入消沉之中。不过，现在不一样了。我们就把能见面的日子，当做金子般的时光吧。我决定不管是片刻也好、半天也好，都当做是珍贵的时光。这么一想，心情便好起来了——少纳言，你会明白吧。"

"是的，真是不敢当。"

中宫的微笑让我如沐暖阳，我由衷地回答道。

"我——这话只在这儿说——讨厌不幸的人，不论男女。所谓的不幸，指的是那些认定自己不幸的人。我也讨厌那些没有爱过人的人。如果爱着人，应该就不会不幸了……"

"的确如此，可是，如果爱了却没有得到回应，还是会难过的。"

"少纳言应该不会那样吧？"

不管什么时候，中宫总是对人与人之间的关系、与人有关的一切问题充满了好奇与兴趣。

"栋世怎么样了？"

中宫还记得栋世的名字，问道："听说当上了摄津国国守，没有请少纳言一起过去么？"

"我怎么能离开中宫去什么地方呢。不过，我知道，栋世终归会回到我身边来的。"

"我喜欢这样的人，有自信的男人、女人！还有知道爱与被爱的人——那些为离别而伤心、为被抛弃而哭哭啼啼、怨恨不已的人，那样的男人女人，我不喜欢。"

中宫说着笑了。

"有自信的人,真的是容易相处。"

我小声地笑着回答,心中充满了喜悦。

"把'容易相处的人'也写进你那本《春曙草子》吧!"

"是!关于世人器重的男人与容易相处的男人之间的不同等等,我也好好想一想。还有,世人青睐的女人与中宫殿下和我喜欢的女人之间的不同,我也想琢磨一下。"

在中宫快要进宫之前,我跟她说了这些话。

新皇宫位于一条大路以南、大宫大路以东。大概是前年吧,五月五日下雨那天,我们去贺茂深处听杜鹃。回来的路上,在顺便拜访了中宫舅父明顺大人家之后,我们把卯花满满地装饰在车上,想让人看一看花儿的趣意,便去拜访了当时住在一条院的公信侍从大人。话说公信大人,当时手忙脚乱地跑了出来,指着车开怀大笑。公信大人是已故为光大臣的儿子,所以住在这里。

此外,四年前伊周大人下台,也是因为他跟这所宅邸中的为光大臣的三小姐恋爱,结果跟当时与四小姐来往的花山院发生了冲突……

如今,这所宅邸变成了新皇宫,中宫即将住进这里。可是,中宫好像忘记了所有命运的骤变似的,高高兴兴地,仿佛此行依然有昔日华美的随扈队伍陪同一般,保持着凛然的威严,住进了北厢房。

宅邸的寝殿被当做紫宸殿,它的北厢房便是主上所在的清凉殿。中宫则住在北厢房边上的小厢房[①]中。起居室的西面和东面都是走廊。它是主上来中宫这边,或是中宫前去主上那边时的通道。

[①]寝殿造建筑中,一些大型宅邸在北厢房两侧还建有东北厢房、西北厢房。

小厢房与清凉殿之间有一个壶庭，院中的花木趣意盎然，藩篱的风景也十分别致。不愧是闻名遐迩的名宅，建筑高贵优雅，打理得也很好。女院从土御门邸过来了，众多人员聚在一起，简直就像庆祝节日一样热闹。

彰子女御离宫返家了，主上身边的仕女们，都期待着能看上一眼小皇子。

东三条女院一看到小皇子的脸，立刻就跟老资历的仕女们一样，高兴地放声说道："哎呀！跟主上小时候长得一模一样！"

"来！快过来！让祖母抱一抱！"她抱起小皇子，说道："真是个小乖乖！圆乎乎的，长得可真好！还有这双聪慧的眼睛！"东三条女院满面笑容地把小皇子交给了主上。那模样跟我们普通百姓家没有什么不同。主上默默无语、目不转睛地凝望着手里的小皇子。

小公主五岁了，说话已经很流利了。她遵照母亲跟乳母的嘱咐，十分可爱地跟女院打招呼。女院忍不住把小公主抱起来，让她坐在自己膝盖上，贴着小公主的脸蛋说道："多么伶俐的孩子！"其间，小皇子开始大声地哭了起来，这也是一家团圆的喜兴。

"哎呀！糟糕……主上的衣服湿了。"

中宫激动地说道。仕女们、乳母都措手不及，悄然地四下忙乱着。

女院擦拭着眼泪，说道："虽说出家人掉眼泪不吉利，可是中宫生下了这么可爱的小皇子！接连见着了小公主、小皇子，觉得寿命都拉长了。"

一家人安静而愉快的交谈似乎说也说不完似的。但是，似乎隐约有一些避人耳目的感觉。也许是我想多了，也可能是因为新皇宫与原来的皇宫有所不同，所以总有一种难以抹去的违和感。即便如此，依然让人觉得，如今后宫的女主人是彰子女御，中宫等人趁她回娘家不在宫里的时候，小心翼翼地交谈着。那是一种来做客的感觉。新皇宫的后宫中，浓重地残留着彰子女御带来的气息。人们的视线一个劲儿地朝向女御住过的东厢房藤壶。

那一夜，久别重逢的主上与中宫如何情话绵绵，我无从得知，但仕女们的房间里弥漫着紧张而沉重的气息。从傍晚开始，经房大人、头弁行成大人等各种人物登门拜访。听众人说，彰子女御即将成为中宫的内部命令已经下达，吉日选定之后，近期之内应该会有正式的诏书。女御之所以离宫返家，也是为将来承接立后的诏书、以合适的规格入宫做准备。

果然跟经房大人说过的一样。虽然中宫即将变为皇后，但是听说皇后宫大夫①以及权大夫②的人选都还没有确定下来。与此相比，中宫彰子那边，中宫大夫由时中③大纳言、权大夫由齐信参议担任，可谓人才济济。据说还不断有人自荐或者通过他人推荐，争抢着要在那边任职。

"一位天皇，两位皇后，真是闻所未闻。"

中纳言君沉痛地说道。

"真是太过分了！怎么可以这样！"

"我们这边的中宫都已经生下两个孩子了……"

年轻的小弁君、小兵卫君等人都纵情放声大哭。

---

①负责皇后日常事务的长官。
②"权"为定员编制之外任命的官职。
③源时中（943—1003），官至从二位，大纳言，是藤原道长正室伦子的异母兄长。

"主上跟女院已经同意了么？难道……"

"正因为同意了，所以才会颁布诏书啊！"

右卫门君苦涩地说道。

"不可妄议主上和女院。即使彰子女御不在，这里也是新皇宫。谁知道哪里会有什么人的耳目。"

中纳言君低声说着，惊惧地将目光投向屋外黑洞洞的世界。人们一边留意着几帐和御帘的背后，一边小声地交谈着。

"上一代天皇（圆融）的皇后遵子殿下成为皇太后，现在的中宫定子殿下成为皇后。然后，彰子女御升为中宫。听说是这种方式。"

"女院和遵子皇后、定子中宫都已经出家，是尼姑的身份，而尼姑无法祭祀藤原氏的氏神。祭祀氏神的大原野祭①，原本应该由出身藤原氏的皇后举行，所以无论如何都要再立一位皇后。这就是他们的名目。"

"想到这么个好理由的，好像是行成大人。"

"可以说行成就是左大臣的走狗！"

"左大臣对行成大人感激不尽，说他是他们家永世的恩人。"

角落里传来了一个竭力遏制着怒意的声音："居然把中宫殿下说成是尼姑，真是岂有此理！尼姑能生孩子么？"

"左大臣一派声称当年中宫殿下已经出家了，他们不承认之后的还俗。"

也有一些仕女按捺不住气愤地说道：

"不、不！中宫殿下原本就没有出家！如果已经落发的话，主

---

① 于京都大原野神社举行的祭祀仪式。

上怎么可能让她进宫?!"

不久之后,情况便变成了一种"大合唱":

"行成大人太坏了!"

"那么多人集在一起,欺负纤弱的中宫……"

"这种时候,真是希望权帅大人(伊周)、隆家公子能够助一臂之力,可是权帅大人将希望寄托于长远的未来,期待小皇子能被立为太子,终日沉迷于祈祷……"

"隆家公子现在尚未恢复原来的身份,着急也没有用……"

"啊!要是已故关白大人还在世……要是时运相济,就不用遭这种罪了……"

尤其最后那句"要是关白大人还在世……要是时运相济……"是中宫乳母大辅命妇的口头禅。

我不怎么喜欢这个乳母。此人是中宫母亲的妹妹,也就是中宫的姨妈。她虽然以乳母的身份服侍着中宫,但是忙于照顾丈夫与孩子,那些事情占用了她相当多的精力。关键的时刻不见人影,只会在众人伤心落泪、哭诉着"要是时运相济……""要是关白大人在世……"时,大声地哭着附和,是我最讨厌的那种人。

要说我讨厌什么,我非常讨厌的便是悲观地说什么"要是时运相济"之类。我认为这是最不符合中宫心意的做法。中宫有说过一次类似"要是时运相济……要是父亲还在世……"的话么?

头弁行成大人也成了中宫这边的仕女们齐声抱怨的目标。即便是我,从经房大人那里听到这个消息的时候,如果说不震惊,也是假的。

可是,仔细想来,当有人拜托他将左大臣的女儿推向中宫的位置、与他相商的时候，作为朝廷官员的行成大人无从拒绝，而且他本身也没有什么理由为中宫表示反对。

男人的世界由各种各样的要素构成。

而且，每一个人的立场、考量也都不同，不可能像女人们那样结成一团"大合唱"、同仇敌忾。

二月十八日，小皇子满百日。这一天，主上也过来北厢房，为小皇子庆祝。为了相关的筹备工作，行成大人数次拜访北厢房。而且，跟以前一样，他来到我房间，拜托我帮忙联络。遭到仕女们冷眼相看的行成大人和因为不参与"大合唱"而遭到孤立的我，两人一起商量事情的样子，招来了仕女们的反感与敌意。可以切身感受到四周那一道道针一般的眼神。可是行成大人是个实诚的人，他由衷地对中宫殿下感到同情。

他甚至称扬中宫："真是非常了不起的一个人。可以说是百年一遇，不，千年一遇的女性吧！"

"中宫在主上心目中是何等重要，关于这一点，日夜服侍在主上身边的我最清楚不过了。主上是近年来杰出的一位明君，也是一个极为细腻、感情丰富、心思美好的人。我对这一点非常了解，所以觉得能虏获这样的主上的心的中宫，又该是怎样出色的一位女性？哪怕仅仅是想象一下，也开心不已——不论是称号从'中宫'变成'皇后'，还是立场发生改变，这都是时势所为，是人的幸或不幸。与此相比，在跟主上的爱情生活这一点上，应该说中宫是个非常有福气的、幸运的人。希望大家也能这样重新振作起来，多多宽慰中宫。"

行成大人说道。虽然我也跟他意见完全一致，但现在即便跟中纳言君她们说这些，恐怕也只会让她们更加自怜，伏地痛哭吧。

"很多人都念叨着'采芹'那首和歌，十分悲观……"

"那是什么？不要跟我提什么和歌嘛！"

行成大人瞪大了那双眼角长长的眼睛。近来，他已经不见外地卷起御帘走进我房里，嚷嚷着："不管怎样，我是年纪比你小的堂弟"，面对面地跟我说笑了。所以，我也不再动不动就拿扇子遮住自己的脸了。

"是么，我们说过不提和歌来着？"

"饶了我吧！对和歌真是一点都不……我就跟你那位'哥哥'则光差不多。"

这么说着，行成大人突然问道："对了，则光还好么？有给你来信么？"

"应该好着吧。在东国如鱼得水，连封信都不往京城寄呢！"

"对则光而言，京城反而不好待吧。人只能在自己被安置的那个地方努力地生存——不不，在少纳言大人面前，说这话真是班门弄斧。可是，我想凭你我的关系，你一定明白这一点。"

"我明白。这个世上，即便是那些从前途、地位等方面看属于不幸的人，假如换一个观察的角度，也可能是十分幸运的人……"

"对！就是如此。即使表面上不是伙伴，但心里十分仰慕、同情，怀有相同的感受，那种看不见的伙伴，有很多、很多……那种伙伴，世上有无数。还请跟中宫多多转告……"

"明白了。"

我深深地点头。

"就算'采芹'的那些人不明白，中宫也一定会明白的。"

"那是一首什么和歌?"

"没什么,您就把它忘了吧……"

我笑道。当时好像是某个仕女哭哭啼啼地念叨着古歌,众人都表示感同身受。

昔日采芹人,似我愁断肠。
万事皆不易,几回梦得偿?

我不喜欢那种忧郁、委屈的心绪。我受不了那种吟诵着颓丧的古歌,完全把自己当成了悲剧主人公一般的做法。

由此我突然想到,我之所以不擅长作歌,也许就是因为我不喜欢阴郁的心情和想法。说到和歌,那可尽是那种阴郁的心情和想法堆砌而成的呐!

二七

二月二十五日,中宫的称号更改为"皇后"。虽然形式上的皇后宫大夫定下来了,但既未举行庆祝的宴会,也没有给到场人员赏赐。另一方面,在左大臣大人的土御门邸中,为庆祝彰子小姐立后,举行了轰动京城的盛大宴会。听说,赶去参加的人数不胜数,贺礼堆积如山。

不过,在此期间,主上和新皇后在新皇宫过着如胶似漆的生活。用皇后的话说,是:"至今为止,最快乐的一个春天——今年的春天是有生以来最幸福的春天。"

我们一起为中宫荣升"皇后"表示祝贺。虽说是徒然之举,但在形式上,还是庆祝她从"中宫"变成了地位更高的"皇后"。可是,在我心里称呼的依然是"中宫"。

"我对那些已经失去兴趣了!皇后也好,中宫也罢。"

中宫说道。事实上,随着春天的到来,中宫的脸上又浮现出了往日那种幸福、淘气、充满活力的笑容。与此同时,中宫身上也洋溢着一种必须成为兄弟姐妹中的顶梁柱的力量,与权帅大人、隆家公子时常交谈,跟住在东宫的妹妹淑景舍女御之间也时有书信来往。最小的小姐待在小二条邸,差不多也到了年纪了,据说想送进后宫的御匣殿出仕。

中宫至今仍然是一家人的太阳似的"大小姐"。

大小姐——作为长女的小姐身上充满活力的时候,一门上下就会繁荣。

中宫并非自己意识到这一点后履行职责,而是自然而然、不由自主地那么想,或许是天生充满活力的缘故吧。

春光明媚的日子,在回廊的厢房里,主上吹奏笛子的身姿真是优雅得难以形容。年已二十一的主上容貌愈发俊秀。

陪在主上身边的,只有他学习笛子的老师、兵部卿高远[①]大人一人。高远大人年纪刚过半百,气质高雅,跟主上一起合奏笛子。他们反复合奏着乐曲《高砂》,屋外是鸟儿清脆的啼声。在御帘下欣赏的我们忍不住赞叹道:"真是太精彩了!""而且人也那么俊美……"

---

① 藤原高远(949—1013),藤原实赖之孙,曾任太宰府大贰、兵部卿等职,中古三十六歌仙之一。

可以欣赏主上英姿的宫里生活，真的非常美妙。

主上的笛声变低了，仔细一听，原来是在搞怪地吹奏流行歌谣。

腹中空空的粗野玩意儿，
做不了柱子也成不了梁，
说是土当归的大树哟，
哦，原来那是尾张呀，
尾张人的种子。

这是一首嘲笑藏人辅尹的流行歌谣。这位辅尹从木工寮的官员晋升为藏人，但言行举止粗野无礼，虽说不是个坏人，但不管什么事情，他都处理得很生硬，结果成了大家的笑柄。他母亲是尾张国一个叫做兼时的人的女儿，于是人们就把尾张和尾张土当归搭在一起笑话，编出了这首滑稽的歌谣。主上压低了声音悄悄地吹奏着这首歌，可真是太好笑了！

"请吹得更大声一些吧！这样辅尹听不见。"

我们怂恿道。可是，主上停下了吹奏，说道：

"是么。要是辅尹听到了，不是怪可怜的么。那样不好。"

之后，还是小声地、悄悄地"噼——噼——呜拉呜拉——呜呜——噼——"地吹奏着那首《辅尹的尾张土当归》。

可是，第二天，主上自己携带着笛子来到北厢房，说道："辅尹不在这里吧——好了，今天一定要把《尾张土当归》吹个痛快！"这真是好笑！

"主上过来了！"

"主上要吹《尾张土当归》!"

仕女们连忙跟中宫汇报。主上红着脸制止道:"那么大声嚷嚷,辅尹都听见了!"看的,听的,无不趣意盎然。

宫里养着许多猫。主上喜欢动物,他对猫和狗都十分疼爱。去年秋天,中宫住在三条宫时,主上疼爱的那只猫生了猫仔。听说连女院和左大臣都送了贺礼。大家都觉得很有意思,其中尤其美丽的是一只雪白的猫。这是主上眼下宠爱的御猫。

这只猫受封五位官阶,被称为"命妇"。它配有一个乳母,是一个叫做马命妇的女人,非常细心地服侍着"命妇"。这让我们觉得十分好笑。

喜欢猫呢,还是喜欢狗?

这个争论也是让现在的我们乐趣横生的一个悠闲的争论。

主上的爱犬名叫翁丸,是一只褐色的、长得胖墩墩且活力十足的狗。三月三日那天,头弁把翁丸打扮得十分有趣。头上戴着用柳枝以及长满翠绿叶子的树枝做成的花环,往上面插了桃花,腰间绑着腰带,插着樱树枝条,俨然一副就要开始跳《春莺啭》①的打扮。

我们在走廊上发出阵阵喝彩,翁丸虽说是只狗,却也一脸得意、意气昂扬地来来去去。

藏人们一赞赏,翁丸便高高地昂起头,高声吠叫一声,好笑又可爱。

"少纳言更喜欢狗啊。你看狗的眼神比看猫的更热情哦!"

中宫打趣道。因为听说主上特别喜欢猫,所以我委婉地遮掩道:"不不,那个,我也喜欢猫来着。"

---

① 《春莺啭》为古代日本雅乐曲名之一。

可是，实际上，我更喜欢狗。而且，这只叫做翁丸的狗，跟人亲近，可爱得很。

叫一声"翁丸"，狗似乎也能明白爱狗之人的心情，两眼发亮地跑了过来，想要舔我的手指。仿佛在期待着什么似的，盯着我的脸看，一个劲儿地摇着尾巴在笑。——在我眼里，看起来真的就像是在笑一般。

不可思议的是，我觉得狗的那种样子跟则光一样。无疑，栋世和则光都已经远去了，但栋世对我而言是精神支柱，这是另一回事。我之所以没有陷入苦闷的情绪中，也是因为意识到栋世的存在。

与此相比，则光跟狗要相似得更多。

不，狗的可爱依稀有则光的影子。则光或许会生气吧，叫一声"翁丸，过来！"立刻就连爬带滚、高高兴兴地跑过来的狗，俨然跟则光许多时候的表情都很相似。我觉得抛下我去了远方的则光，某种意义上，也是像一只狗东游西走，四处溜达，忘记了自己要回去的主人家。

中宫用餐的时候，翁丸便乖乖地坐在壶庭中，面朝这边候着。因为有时可以分到撤下来的剩菜，所以它脸上总是写满了期待。

有时候，中宫自己也会吩咐："赏给翁丸吧！"与猫不一样，狗不能进殿，所以中宫自己并未抱过狗。不过，她十分喜爱地说过："小时候，曾经跟狗宝宝一起睡过。"

那一天，阳光晴好，猫"命妇"在走廊一端的箕子边上睡觉。乳母马命妇说道："不行不行，在那种靠近外边的地方睡觉，真是不成样子。快点进来！"猫睡得很香，不见动静，于是马命妇便随口说道:"翁丸来了!快点!翁丸,来吓唬吓唬命妇!"话音刚落,只见翁丸隔着栏杆大声叫着,朝猫扑了过去。

猫"命妇"何止是吓了一跳,它惊叫一声便飞奔进了御帘里面,主上正在那里用早膳。"哦,怎么回事?"主上惊讶之余,将吓得直哆嗦的猫抱进怀里,生气了。他高声喊道:"来人!"藏人忠隆跟成仲连忙前来参见。主上下令:"翁丸让命妇受惊了,真是不像话!把它痛打一顿后,流放到犬岛去!"

"遵命!"忠隆他们回答完,便想退下到庭院中。

"马上!即刻就办!"

主上性急地说道。即便如此,他还是怒气难平。

"乳母也不行。把乳母换掉!你做乳母的话,不放心。命妇差一点儿就被翁丸咬死了。作为乳母,这不是失职怠慢么?"

"实在抱歉!"

马命妇不敢作声地跪伏着,哆哆嗦嗦地从御前膝行退下。

犬岛——居然……。

郊外河里的中洲被指定为抛弃狗的地方。翁丸将要被扔到那里去。

忠隆等人驱赶着翁丸,外面传来了哀叫声。泷口的武士们把它给抓住了。

虽说主上的命令无人能够反对,但急转直下的翁丸的命运让我心寒。我不由自主地有一些感伤,不想让人看见涌出的泪水,便将脸背了过去。我可以坚强地面对人的命运的突变,却对狗的遭遇感到可怜,为之落泪……

翁丸的身影消失后,过了三四天。

中宫用餐时，翁丸总是安静地坐在壶庭里，脸上写满了等着赏剩饭的期待。一对上视线，它便使劲儿地摇着尾巴。如今那可爱的身影，不见了。

同样也喜欢狗的、年轻的小弁君等人和我私下里都互相说着："好寂寞啊！"虽说是只狗，但也是主上圣裁过的罪人，明目张胆地袒护的话，那恐怕就变成跟主上作对了……

可是，过了三四天后，中午时分，有只狗在不停地叫唤着。我说："怎么回事，不知道是哪里的狗，叫唤得厉害。"

只见平日里大小混养在那里的一群狗都往同一个方向跑去，不是一般的动静。

这时，管厕所的人——是个下等女官——跑了过来，这也是一个喜欢狗的年轻女人，一脸苍白地颤抖着说道：

"糟了！少纳言大人！有两个藏人正在打狗！那样打的话，狗会没命的。说是流放到犬岛去了，可它又跑回来了，所以想狠狠地整治它。真是太残忍了！"

仿佛是自己正挨打似的，她的眼里泛着泪水。好像说的是翁丸。

不喜欢狗的人，像中纳言君和右卫门等人都笑着说："哎呀，说是跑回来了？……还真是一只顽强的狗呐！是游过河回来的么？用狗刨……"我却笑不出来。期间，狗的哀叫声一直不断。

"谁在打狗？"

"忠隆大人、实房大人他们。"

"忠隆是个没有同情心的年轻人，打起来肯定是毫不留情。你过去制止他，就说我生气了。主上虽然说过'打它一顿'，但没说

‘打死它’！他这么做是在违背仁慈的主上的心意。你跟他说，要是把狗打死了，我不会坐视不管的！"

我非常愤怒。要是人受欺负了，我还可以客观地看待，认为："天地万事万物，自有它的道理，或者说它的运行规则，终有一天，欺负别人的人，也会在某处遭遇欺负。"但是，我却无法对动物遭受虐待袖手旁观。而且，动物们的痛苦，我感同身受。尤其当对象是狗的时候，感受尤为强烈。狗看着人时，那种充满信任的眼神里有一种东西让我感伤。

只是狗经常在外面跑动，无法像猫那样养在屋里，不能时时放在身边疼爱实为不便……

可能是管厕所的人和杂役们紧急跟藏人们通报了的缘故吧，狗的叫声终于停下来了。

"狗已经死了，被扔到北门外面了。"

管厕所的人哭着来汇报道。这个女人也经常将剩饭之类的送给翁丸，对它疼爱有加。

我十分沮丧，胸口发痛，在心里咒骂着那些打死翁丸的男人们的无情、愚蠢。我比自己遭受迫害还要愤怒，心里想着："怎么可能忘记呢！我要把那些混账男人的名字写在《春曙草子》里，让后世爱狗的人们永远诅咒他们！"

那一天的傍晚，一只脏兮兮的狗跟跟跄跄地出现在了壶庭。浑身肿胀，脏兮兮、湿漉漉的，拖着尾巴艰难地走着。它一边再三观察着人们的表情，一边走着。有人靠近它的话，便哆嗦着身子怯怯地乱走。尽管如此，它也没有离开，而是蹲了下来。

"是翁丸么？最近，从来没有见过这样的狗……"我不由得顾不上体面，来到走廊近处叫道："翁丸？你是翁丸么？"狗似乎没有听见一般，无精打采的眼睛朝向另一边，低声痛苦地呻吟着。如果是翁丸的话，它会清楚地记着自己的名字。叫一下名字，它便会伶俐地叫唤一声。

我已经无心做任何事，连忙跟中宫汇报道："那只狗很像翁丸，但看上去似乎又不是。"中宫也从御帘里目不转睛地盯着看，说道："右近一直待在主上身边，应该非常熟悉。把右近叫过来吧。"

右近接到命令后，马上过来了。她再三地看了又看蜷缩着的狗，说道："总觉得好像跟翁丸不一样呢。翁丸要更年轻、干净一些。而且，即便叫它'翁丸'，这只狗好像也没什么反应，不会摇着尾巴到我们身边来。应该是别的狗吧。两个壮实的年轻人用力地痛打，翁丸不可能还活着。说是打死后扔了。"

"好可怜……年轻人真的不会手下留情。做了一件狠心的事情呐，男人们。"

中宫伤心地说道。那只狗一直蜷缩在壶庭中，就那样，周遭逐渐暗了下来。

有人说："把它赶出去吧？御前近处有这么个脏东西，有碍观瞻吧。如果再带进来些什么恶疾，那可就糟了！"右卫门君等人则皱起了眉头："把它扔了吧！脏兮兮的！"我制止了她们。万一是翁丸——我心里怀着这个期待，天黑之后，跟那位管厕所的人说了一声，让她给狗一些吃的。

狗可能相当虚弱了，它只是闻了闻食物，并没有动嘴，气息奄奄地紧贴地面躺着。

"翁丸，上来！"即使跟它打招呼，它也是紧紧地闭着眼睛，当然也没有回应。一听到叫唤便竖起耳朵,眼睛直直地望着前方,那种心有灵犀的一瞬间的激动,那种东西已经全然不见了。

"不是翁丸啊……"

我非常失望。

"不管怎样,它那么可怜,今晚就让它在走廊下面睡一觉吧。它相当虚弱了,如果被藏人们看到了,也许也会被杀死的。"

管厕所的人拿来了一卷旧席子,给那只狗裹上。那个喜欢狗的女人让我觉得亲切。我送给她一件窄袖内衣,虽然穿旧了,但它是用结实的绢制成的。

第二天早上,一看,那只狗仍然坐在柱子边上。好像略微精神一些了,怯怯的眼神和那沾满泥土的身体都是未曾见过的。

"在亮堂的地方看了一下,好像还是跟翁丸不一样……"

我感到失望,也跟中宫作了汇报。

中宫结束了清晨的洗漱,正在化妆。负责梳妆的人梳好头退下之后,中宫让我拿着镜子,跟梳妆台对着照。

昨天那只狗忧郁地仰头看着这边,我不由得再次想起了翁丸。

"翁丸真是可怜。昨天,我难过得都吃不下东西了。居然被那么凶残地打死……哎,下一世会转生成什么呢。挨打的时候该是多么痛苦啊。但愿它来世能过得幸福……"

中宫喜欢狗,所以我可以尽情地悼念翁丸。

就在这个时候,坐着的迷路狗哆哆嗦嗦地颤抖着站了起来,眼泪开始从那眼睛里涌了出来!都说石头人也有落泪的时候,可是这狗落泪……

迷路狗的眼泪落在地面上,我突然回过神来,忍不住大声叫道：

"你是翁丸，是么？果然没错，是翁丸！昨晚因为太害怕了，所以才没答应，故意不作声吧！"

中宫也十分惊讶地看着狗。

我把镜子放好，叫道："翁丸！你是翁丸吧？"

翁丸跪了下去，翘着屁股，撒娇地叫了一声。

"原来你还活着！翁丸！"

翁丸再次撒娇地叫唤着："汪汪！""汪汪！"

"太好了！太好了！就算这样，你也是一只非常顽强的狗啊！还有，昨天再怎么叫你，你也装作不认识，揣摩着人们的心情，你可真是一只聪明的狗啊！"

我这么一夸奖，它便又叫了。中宫也放下心来笑了。心情一下子亮丽了起来。

"好好照顾它，给它一些吃的。主上那边，我去劝劝，争取宽恕。"

翁丸仿佛听懂了那些话似的，用力地摇着尾巴，好像在说"太好了！还是有人疼爱我的！这个宫殿里的人没有讨厌我呢"似的，全身心地表达它的喜悦。

管厕所的人更是喜出望外！她马上用水给狗清洗了一下，又用旧布细致地擦干。捣碎了药草叶子，把汁液抹在狗的伤口上……不过，对翁丸而言，最有效的药似乎是爱。

看来像是知道了众人的同情与关心集于自己一身，翁丸的黑眼睛充满了安心与欢喜的光芒，之前因为消沉而耷拉下去的耳朵也再次得意地竖了起来，原来的翁丸的样子总算又回来了。

中宫召来了右近内侍,如此这般地说了一下。右近那副吃惊的模样,真是无法形容。

主上身边的仕女中,喜欢狗的人也很多。她们都陆续前来探望翁丸,又是高兴又是欢笑。上午因为这些事情,一片喧闹。主上不可能没有听见风声。

"吃了一惊呐,听说翁丸哭了?"

主上踩着年轻人轻快的步伐来到了北边的小厢房。

"少纳言跟它搭话,结果它就掉眼泪了,这是真的么?狗也有心呐!"

他笑着说道。

主上身边的仕女们禀报说:"少纳言关切地说了一句:'下一世会转生成什么呢?'翁丸便颤抖着身子流泪了。"

主上说道:"如果是别人那么说,它可能也没有那么深的感触。平日里跟'关切'距离甚远的少纳言,居然'关切'地说了,所以它才深受感动的,不是吗?"

我也觉得好笑,便故作别扭地跟主上说道:"这听起来好像我是个粗野之人,很无情的样子……"

"主上,这回少纳言可不能再躲起来了,还请不要那么欺负她……"

中宫出面讲情,主上的笑声和众人的笑声,高高地冲向春日的云霄。翁丸似乎从那笑声中觉察到主上的怒气已消。有人叫它,它便朝那边跑去。我在这边叫它,它便撒娇地叫着回应,那张脸布满了笑容。

"嗯,还是好事!即便如此,翁丸脸上肿起来的地方还是得好好照顾才行。"我刚说完，右卫门君便立刻见缝插针："少纳言喜欢狗，这回终于被看穿了。在认出翁丸的同时，也彻底暴露了你喜欢狗胜过爱猫！"这个人每次说点什么话，总是话中带刺。

隔着壶庭，在对面台盘所听到了这边的动静，忠隆便想要过来："你们在说些什么呢？翁丸回来了？让我看一看吧。"

我叫道："糟了！赶紧把翁丸藏起来！"并且让女官们告诉忠隆"没有那样的狗"，让他不要过来。女官和忠隆各执一词。

"就算把它藏起来也没用。又不能一直藏着，要是找着了，就遵照天皇命令去处理。再把它狠狠打一顿。"

忠隆得意忘形地高声说着，那样子简直就像是看不起我们中宫一方似的。

"好了好了，就到此为止。我决定饶恕翁丸。"主上边笑边说道。女官们连忙把主上的话传给藏人。于是，忠隆的声音一下子便消失了。我们终于放下心来，大声地说道："翁丸，已经没事了！主上饶恕你了，打起精神来！"只见翁丸朝着主上低下了头，胸部蹲在地面上，撒娇地叫唤着。

主上说道："以前我觉得令人扫兴的是白天叫唤的狗，看来这只翁丸是例外啊。""令人扫兴的是白天叫唤的狗，这还真是个有趣的着眼点呢……主上，说给我们听听吧，那种令人扫兴的东西其他还有什么。"中宫将话题引了过来，说道："扫兴、觉得没趣的心情……呃，都有什么呢？大家也想一想吧。少纳言，不是该你上场了么？"主上的兴头也悉数转移给了我。"令人扫兴的是死了牛的牛倌，婴儿夭折了的产房，未点火的火盆、地炉……接二连三生下女儿的……"我一边骄傲地想着小皇子，一边那么说道。

"还有,想要降伏幽灵的僧人,不管怎么祈祷都不见效果,结果打着哈欠睡着了……"

说这话的是毫不胆怯的小兵卫君。

"咏了一首好歌,却不见回复,这是最为扫兴的。头弁行成和少纳言,我可不给这两人咏歌——因为知道不会有回复。"

主上说道。这是在嘲笑我从中宫那边得到了"可免咏歌"的恩准。于是,又响起了一阵笑声——中宫真的非常擅长制造气氛。

"待在这边的宫殿里真是开心,连时间都忘记了——",主上身边的仕女们所说的也并非奉承之辞。不知道是否我们的笑声让翁丸如今完全恢复了精神,它来到台阶下面撒欢儿。

主上与中宫的恩爱第三次开花结果,中宫第三次有喜了。中纳言君庸人自扰地想让中宫殿里的兴奋气氛降点温,私底下说些不吉利的话:

"今年是中宫的厄运年。她二十五岁了,从星象上看也是……"

听闻"中宫第三次怀孕"后,左大臣府上流传着这样的流言:"皇后殿下心中不安,不觉得这是件喜事,还为怀孕而感到后悔呢。真是情何以堪,居然在这个时候怀孕了……听说正以泪洗面呢。"

不知道是什么人散播这样的流言。应该是彰子中宫一方的人,心怀恶意地加以扩散的吧。基于他们自己那种狭隘、低下的见识,做出低层次的推断。

中宫悠然自在地活在一个与那种不入流的推断截然不同的世界里。

四月,新中宫彰子殿下即将进宫,所以中宫将在三月底离开皇宫,回到原来的三条宫中。

"不要觉得这是分居。我经常觉得自己是跟你生活在一起。不论朝夕,总是强烈地感受到你的存在……"

这么说着潸然泪下的是主上,二十一岁的年轻俊美的天皇。

中宫并没有哭泣,她伸出了纤细的手,拭去了落在主上充满朝气的面颊上的泪水。她微笑着,虽然如此,依然默默无语——

哭泣的人是我。翁丸眼中的泪水和主上惜别的泪水,在佛祖看来,也许是一样的。活在这个世上的痛苦与欢乐,在这一点上——我的泪水属于那感动的泪水。

二八

彰子中宫作为新任的年轻中宫,进宫入住藤壶时的华丽,一点不逊色于初次进宫时的奢美。凤辇和御帐台都是令人炫目的新品,屋里陈设着大座榻,御帐台前面摆放着狛犬。

侍奉在她身边的仕女们也都有了身份,根据各自不同的地位,身上衣裳的颜色、花纹也都各不一样,很是庄重。

彰子中宫作为中宫进宫之后,顿时更显成熟,气质也更见高贵。

"之前都当做是个轻松的玩伴,这次变成了威严、尊贵的身份,不再那么好相处了。看来,我一不小心可是会挨骂的样子。"主上戏谑道。众人忍不住偷偷笑了出来。端正的美少女、彰子中宫的美貌一天胜过一天,今年终于十三岁了。

虽然有那些消息传来,但三条宫这边,官员们的到访也变得更加频繁了。贺茂祭的时候,虽然未能外出,但人们也进进出出地登门拜访。

如今，仕女们也都知道了平生昌生性朴直的好处。"是的，唏——"大叔这回又是为了给中宫待产做准备，清理好房屋，四处奔走办事。各种备产用品不断从宫里送过来，生昌全身心地投入到那些沟通、接待工作中去。

权帅大臣伊周大人和中纳言隆家公子也不断过来三条宫，安排祈祷等事宜。一直陪在中宫身旁的是中宫的弟弟隆圆僧都。一家人守护着小公主、小皇子、中宫。

权帅大人有些变了。听说中宫第三次有喜后，他欣喜若狂，眼神里有一种强烈的光芒，像是被什么附体了一般说着：

"这正是已故的高二位外祖父保佑着我们的证据！……彰子中宫才十三岁。趁此期间，不断地再多生几个皇子。四个、五个，当今天皇的孩子……如此一来，皇后的地位和我们的身份都将不可推翻、稳若磐石。……最近，我经常听见父亲和母亲的声音。有时候，也会看到他们化身守护灵的身姿。'只要过了眼前这一关。过了眼前这一关，将来就安然无恙了'，他们这么说着鼓励我们。你们也要振作起来，以此为宗旨目标，好好守护皇后殿下。"

那目光给人一种异样的感觉，让人不安。昔日那种豁达从容、富有教养的面容已经不见踪影，不分日夜地数着佛珠，嘴里不停地叨念着经书的词句。

与此相比，隆家公子已经彻底找回了原来的快乐。中宫身边的事情，他也能够准确地予以判断、做出安排。他还给生昌和我们下达明确的指令。最令人高兴的是，他和年轻的官员、贵公子们昔日的友情也恢复了。前来拜访三条宫的官员中，想跟隆家公子交谈的人变多了。

已经五月了①。

五月的节日是最精彩的。天空阴沉,京城里四处弥漫着菖蒲、艾草的香气。家家户户都在房檐、厢房、屋顶插满了菖蒲,还供奉香囊。在彰子中宫的御所里,这应该是一个相当绚丽的节日吧。

不过,我们这边人也相当多。缝殿寮②给中宫送来了"御香囊"。菖蒲、艾草等香气浓郁且具有驱邪功能的东西和其他花草一起盛放在菖蒲轿子上送了过来。香囊便是用这些制作而成。制作的时候,将麝香、沉香、丁香等放进小网袋中,跟菖蒲系在一起,下面垂着五彩丝线。

年轻的仕女们和中宫的妹妹、最近入宫被称为御匣殿的小妹妹一起制作香囊。御匣殿长相酷似中宫,是一个十五六岁的美丽女子。她非常疼爱小皇子,给他的衣服上戴了一个香囊。仕女们也给小公主敬献了香囊。中宫那里,除了一门上下进献上来的香囊,还有住在乡下的舅父明顺大人送来的"青稜子",说是"对身体好,特别是孕吐的时候,这个很有用"。

这是用颜色尚青的麦子舂好制成的点心,据说很养胃。

就那样呈献给中宫也是——我突然想到,用青色的薄纸铺在雅致的砚台盖子上,再把点心盛放在上面,献上时说"这是'隔着篱笆的麦子'"我想蹈袭的是一首古歌:

---

①现在的六月、梅雨时节。
②中务省管辖下的一个机构,负责缝制天皇、皇后等人的衣服,并且对朝廷任用的后宫女官进行职务考核。

马欲食青麦,奈何篱笆在。
我心亦灼灼,高枝怎可攀。

隔着篱笆,马儿好不容易才能吃到麦子。我也像它那样,因为自己陷入了不自量力的恋爱中而焦躁痛苦。

我微微地表露了一下,满腔赤诚侍奉中宫的心意。结果,中宫拿起那张青色的薄纸,从边上稍稍撕下一角,在上面写下了这首和歌:

众人皆逐花蝶忙,知我心者君一人。

人们都忙于追逐花花蝶蝶,一片喧嚣浮华。我的心,只有你会知道吧。

中宫的内心世界,并没有特别指向什么。可能是她在至今为止的短短岁月中,发生了剧变的命运本身吧。当然,跟主上在一起的片刻幸福时光、悄悄来往的书信等等,也一定包含在其中。

话虽如此,我突然想到,最近,中宫有点开始流露出脆弱来了。

中宫的乳母大辅命妇,此人因为丈夫调职,她跟着一起到日向①去了。比起作为一个乳母的责任,她原本就是将人生的重心放在自己的丈夫、孩子身上的那种人,我对她没有什么好感。听说她抛下中宫,到日向去了。

中宫送给了我各种各样的礼物,其中有一样是把扇子。这把扇

---

① 日向国,相当于现在的宫崎县。

子上，用心地画了图画。一面是和煦阳光下的乡间豪宅（大概指的是日向国国守的住宅吧），另一面则是雨水阴郁地落在京城的房子上的图画。

中宫自己提笔在那上面写了：

前去日向勿忘我，京城久雨不见晴①。

日向——你即将前往一个向着太阳的地方、日渐兴盛的地方了，即使你身在日向，也请时常想起我。要知道，京城里有人郁郁寡欢、落泪消沉。

不知道大辅命妇会以什么样的心情看那把扇子。

如果是我，看到那样的和歌，不管是什么样的好地方，我都会取消行程。怎么能抛下这位殿下去往其他地方呢？

我看着扇子上的和歌，眼泪开始冒了出来。

一向总是那般活泼、开朗的中宫第一次流露出了脆弱。

她说："久雨不见晴。"

潮湿的泪水、郁结的心情，一直讨厌这类东西的中宫，如今第一次吐露出了沉重的气息。

是身体的缘故么？是怀孕期间不安定的心情引起的么？

最近，她都离不开我。

可是，我收到了来自摄津国的栋世的来信。他跟我说："我女

---

① 此处的"久雨"（日语原文为「ながめ」，与「眺め」谐音双关），意为陷入愁思之中。而"不见晴"（日语原文为「晴れぬ」，可指天未放晴，也可比喻心情黯淡。）则形容郁郁寡欢。

儿说想去清水寺参拜,虽然我自己无法跟着去,但准备派人陪同她去。如果方便的话,能否请你在清水寺跟她见个面?一直以来,她都很想见你一面。当然,我说的是如果宫里的情况允许的话……"栋世的来信十分简洁,并未涉及具体的详情,不知道为什么他的女儿想见我。跟平常一样,他还送来一大堆礼物。有干贝、鱼干、紫菜等乡下特产,还有罕见的白珠(珍珠)、平绢布匹、用精美贝壳制作而成的工艺品等。

我也十分好奇,想见一见栋世的女儿。暑气炎炎,大家都轮流告假回家休息。疫病好像又要开始扩散了,这种时候,人们都害怕去人多的地方。但是,因为清水寺有知根知底的僧人,可以给闭居参拜提供方便,我便决定暂时告假。

"早点回来。听不到少纳言的声音,总觉得缺了点什么似的,很是寂寞。"中宫说道。

"为了中宫的安产,我去寺庙闭居祈祷,求神佛保佑中宫顺利生下一个健康的皇子。"我由衷地说道。

清水寺树木繁茂,感觉稍微有些凉爽。

栋世的女儿一行借了一间僧房,从前天开始闭居修行。我住的僧房更为宽敞,视野也更好,十分凉爽。所以,我便派人前去接她来我这边。

那女孩和同行的侍女、乳母、年轻的武士等人一起过来了。她躲在乳母身后坐了下来,有些害羞。

"见到你,真是高兴。一直听你父亲提起你。坐过来一点,让我好好看看你。"

我这么一说,她立刻听话地靠了过来。

眉眼长得跟栋世很像,是个比想象中还要漂亮的女孩。说是已经十六岁了。

"我叫安良木",声音柔柔细细的,有些可爱。

安宁①——真是一个栋世会给起的名字,我会心一笑。

"再过来一点,想跟你亲近些。能见到你,真是高兴,非常非常高兴!"

我非常激动。女孩的样子看起来十分纯真,很合我的心意,我一下子便喜欢上她了。

"我也是一直盼着能早点见到您。"

女孩虽然有些羞涩,但语气很是清新。

"因为我很早以前就读过阿姨写的《春曙草子》,神往已久。书是父亲带给我的。海松子阿姨,您太了不起了!——啊,可以称呼您海松子阿姨么?"

女孩没有因为那种纠结的女性化情感而畏畏缩缩,我觉得很是开心。

"你喜欢物语、绘画么?"我跟女孩说道。

"是的。一拿到手,马上就读完。"

女孩有些害羞,但回答得很利落。

那清爽、澄澈的声音,最美不过了。她身上穿的瞿麦袭服装,外面是红梅色,底下是青色,毫不土气,十分可爱。

"如果是小姐喜欢的书或者草子,她可是一整个晚上都在看呢。"

乳母往前挪了挪膝盖,一脸自豪地说道。她是一个体态丰满、

---

① 日语中,"安良木"与"安宁"一词谐音。

看起来脾气颇为温和的四十岁左右的女人。从刚才开始，就一副按捺不住很想说话的样子。

"虽然由我的嘴里说出来，似乎有点那个，但我们家小姐很是聪慧，不管是什么事，学什么，总是学得又快又好。字写得很漂亮，琴、琵琶……也都学得不错，不管送到哪儿去，都不会输给人家。还请上等女官大人多多关照我们家小姐。……话虽这么说，让我心尖尖上的小姐去出仕，我并不是很赞成。我们都是些守旧的人，从小就接受教育说，女人和鬼不要抛头露面……"

我对乳母的多话感到无语，好不容易等到她停下来，便赶紧问道：

"呃……那个，是怎么回事？"

"你说出仕，是指安良木小姐么？"

"对不起，话的前后次序颠倒了。"

女孩惹人怜爱地说道。——真的，这个女孩身上有惹人怜爱的地方。在宫中已经生活了六七年，我已经许久没有看到"惹人怜爱"的女人了。尤其是这一两年，我身边的女人们面相都变了。（在别人看来，说这话的我自己，应该也是一样吧。）团结在中宫周围，随时准备反击来自左大臣一方的恶意与诽谤。在这过程中，大家自然而然地形成了一种四处棱角的气质与面相。

同僚中一个叫做右卫门君的仕女，我以前认为她棱角很多，如今已是五十步笑不了百步了。

久违地见到了这么一个"纯真""惹人怜爱"的女孩，而且她还是栋世的女儿，我心里更加高兴了。

同时，我也有一点点嫉妒。

"难怪，这么可爱的女儿，怎么能让她一个人待在京城呢，放心不下啊——。栋世一定非常疼爱她。"

这么一想，我舌尖感受到了一点点，如同舔到铁锈一般的嫉妒的味道。

"刚才正想要跟您说来着，没想到乳母这么多话——"

女孩说完，笑着以温柔的眼神制止了乳母：

"我想到这次进宫的中宫殿下身边出仕，还请海松子阿姨多多帮忙。"

"彰子殿下那里么？"

"是的。听说她十三岁了。她进宫的时候，带了许多精心挑选的仕女、小侍女同行，我羡慕得不得了。父亲去摄津国上任，把我一起带去了，所以出仕的事情便落空了。——不过，我现在已经十六岁了，父亲最近终于点头说：'如果你那么想去，那就照着你自己的心意去做好了。靠着海松子阿姨的人脉，说不定可以就此走上进宫出仕的道路……'我知道，海松子阿姨侍奉的是皇后殿下，拜托您帮这种忙或许有些失礼，可是，我，那个……还是想在年纪相仿的彰子中宫身边出仕。听说许多十多岁的年轻人都聚集在她身边仕宫。……我也想见识一下那个世界。"

我非常理解女孩说的话。如果我是她那个年纪的话，肯定也是像她那样想。世人都把十三岁的美少女彰子中宫称许为"光彩照人的藤壶"。年轻的女孩对这样的女主人心怀仰慕是理所当然的。虽然认为是理所当然之事，但她们仰慕的对象中没有定子中宫，还是令人觉得难过。

如今世上的年轻女孩们以热切、渴慕的目光注视着的是青春貌美的彰子新中宫。

"是的，左大臣府上也不是没有熟人。我跟侍奉夫人（道长大人的正夫人、伦子夫人）的赤染卫门有来往，跟老资格的仕女兵部君相识。如果你的父亲是那种意思的话，就尽早通过熟人试一下吧。"我说道。

"真的么，海松子阿姨？"

女孩张大了眼睛，转瞬之间，变得熠熠生辉起来。多么清澈乌黑的眼睛啊！眼白部分是清新的蓝色。这个女孩将会用这双美丽的眼睛看见出仕生活的什么呢？倘若只看见那些美丽的、清净的、欢乐的，那就好了——

我的这种感慨，似乎乳母那边要更为强烈一些。

"我本来是反对这件事的。小姐最好待在家里，有一桩幸福的婚事，拥有好丈夫、健康的孩子，才是女人的幸福，我常常这么苦口婆心地跟她说……"

好像乳母唉声叹气已经是司空见惯之事。女孩缩着肩膀，小声地笑着，有些难为情地看着我。

说话干脆利落，这个女孩惹人怜爱之余，还很有自己的主见，性格有些倔强。

这样的女性也许适合出仕。置身于众多女人（或者男人）之中，在保持协调的同时，还要坚持自我地活下去。如果一味只是老实的话，恐怕做不下去。阴郁、怏怏不乐的性格也不行，必须有一股绝不向后看、坚信路在前方的犟劲儿才行。

不过，应该也用不着现在就告诫她这些——我喜欢这个女孩。

从听到她说读了我的书后心生向往的那一刻开始，我就立刻觉得她十分可爱。

"乳母您那么想，我也非常理解。您说的虽然有道理，不过也有很多人出仕后有了丈夫。生下孩子后，成为主上乳母的人、把儿子教育成才的人，各种都有啊！进宫出仕未必就远离婚姻了呢。"

我面对乳母的时候，不由自主地就变成了反驳世人狭隘的职业女性观的口吻。

"成为一个小小的平凡家庭的妻子，整天讨好性格粗暴、见异思迁的男人，度过无趣的一生——那种生活，不是很无聊么？年纪大了之后，更是终日躲在家里头，被人说'不知是死是活'，比起这样的生活，既然都是一辈子，我觉得见见广阔的天地也好。"

女孩一脸欢喜地望着我，频频点头，乳母则是一个劲儿地叹气。

我说得更加起劲儿了："如果是身份过于高贵的人家里的小姐，人们可能认为进宫出仕有失身份。出身不高的人，出仕也比较累心。不过，如果是家庭背景合适、有教养的女孩，通过出仕认识世界，期间，成为典侍之类的女官，处理宫中事宜，给人安排任务等，那种人生不也挺好的么？虽然许多人都认为女人不要抛头露面，那样比较优雅，特别是有一些男人似乎认为'进宫出仕的女人很世故''不想找有工作的女人做妻子'，可是，万一遇上什么事情，见过世面的女人对于男人来说是一种帮助，阅历丰富、内心坚强，是一样宝贝呢。"

"呃，话是那么说……"

乳母不再出声了。与其说是被我说服了，不如说女孩的父亲栋世同意了她进宫出仕,所以便不再坚持。

"海松子阿姨,我还有一个请求。"

女孩似乎已经不再那么拘束了。也许是我的好意打动了她吧,她马上对我消除了戒心,变得亲近起来,这也是年轻人特有的纯真。

"最近听说世上有一本叫做《紫儿》的物语,您手上有么?"

"没有。我也还没有读过,不过倒是有听说过。"

好像是经房大人提过的?说是为时的女儿,跟花哨的宣孝结婚的那个女人,写了本物语——。

"听说那是关于彰子中宫殿下和天皇的故事。"

"是么,我不太了解。"

"我很想读一读。如果海松子阿姨手上有了那本书的话,能让我看看么?虽然我的字写得还不好,但是我认识擅长书法的人,可以托他抄写。请借给我一段时间。"

我跟她约好了,如果拿到那本书了,就借给她看。女孩是个爱书之人,而且在这之上,她似乎对世上所有的事情,有着鲜活的好奇心与兴趣。

我不由得想道:"这种性格的女孩——中宫殿下一定会喜欢的……"我所说的中宫殿下当然指的是定子中宫。

"跟父亲学了《白氏文集》,中途断了——。如果海松子阿姨同意的话,还请什么时候教教我。"

女孩说道。喜欢学问这一点,也合我心意。

儿子与女儿,可能也有这方面的不同吧。但是比起这一点,我忍不住思考的是人的契合度和灵魂的质地。与以前则光的儿子们相比，对我来说，栋世的女儿更投脾气，更招人喜欢。

"你经常去清水寺闭居参拜么？"我问道。

"这次是母亲的十三周年忌……我不记得母亲的容貌了。"

女孩语气淡淡地说道。这孩子性格温和，爽快利落，没有那种女人家的忸忸怩怩的客套，可能是男人抚养大的缘故。

在正殿修行之后，我们一起回到住处，把被褥摆在一处睡。边上围着几帐、帷幔等，乳母和侍女们以及我的侍女小雪等人则在另一边休息。

"阿姨——告诉我一些阿姨侍奉的定子皇后的事情吧。她是个什么样的人？美丽么？温柔么？"

女孩压低了声音问道。她似乎有一个又一个想问的问题，什么都想知道。宫中的事情，中宫和主上的事情。还有，关于人生本身、喜悦悲伤等一切事情。

而且，我也有诉之不尽的话。面对着这年轻、鲜活的心灵和肉体，想要将一切都告诉她、说给她听、教导她，跟她一起共鸣、感动，最后还想不厌其烦地告诉她活着的美妙。

还有，关于自己与定子中宫相逢的莫大的幸运，以及满溢的幸福最终变成了最大的不幸之可怕。

之所以如此，是因为我最近私下里开始思考，如果自己跟定子中宫分开了，是否还能继续活得下去。虽说这么想也是不太吉利……

该说的话太多了，我一反常态地变得有些不善言辞。

"总有一天，我要写完《春曙草子》……到时候，我要把我人生的一切都彻彻底底、完完全全地写下来。到时候，你读一读吧。"

不仅仅是你，我期待一百年、五百年、一千年之后的女人们，也能读一读那本书，或许她们会认为：'活着，是件有意思的事情''人生，也许是美好的''这世上真的有非常出色的人！'我就那么相信着，以此为信念书写着。所以……我说……"

我笨拙地停住了。女孩突然问道：

"阿姨，衣服您喜欢什么颜色？"

"淡紫色——吧"

"男人，什么样的人比较出色？"

"他们都很出色。"

于是，女孩一边轻声地笑着，一边问道："父亲是个出色的男人么？对于海松子阿姨而言。"

"那是当然。好了，早点睡吧！明天一早还要到正殿参拜、静坐修行吧？"

"不知为何兴奋得睡不着了！……我太高兴了。阿姨跟我想象中的一模一样。父亲说阿姨是个'同时拥有男人和女人二者优点的人'。阿姨，男人的优点，说的是什么样的地方呢？"

我们的话总也说不完。说着说着，女孩突然不作声了，一看，原来已经睡着了。女孩似乎瞬间便沉入了甜美的梦乡。这个女孩连说话都那么可爱。我曾经在"以短为佳的"一章中写过："缝制急用的衣服时用的线。使女的头发。良家女孩的应答。灯台①。"这个女孩言语优雅且讨人喜欢，所以说起话来也不让人觉得饶舌。对话也好，文章也好，我最忍受不了的便是那种粗俗的或是满不在乎地使用错误说法的。（话虽如此，但我自己是什么情况，自己也不知

---

①可能是因为矮的灯台比较明亮。

道……)

栋世一点没有那种粗俗或下作的样子。这女孩似乎也一样。

父母什么样,未必孩子也会变成什么样。真是不可思议。

在愉悦的疲惫中,我睡着了。

原本打算逗留两三天,不料第二天中午,中宫派来的使者到了。

不知是什么事情,我连忙打开信一看,只见红色的唐纸上,中宫以汉字草书风格亲笔写道:

"山寺晚钟声声鸣,应知思君寸寸心——这是我现在的情形。尽管如此,你还离开那么久。"

……

可是,我是前天才告的假。一种不安率先浮上心头:"中宫现在十分脆弱!"我不在身边,她居然觉得如此孤单。我必须回到她身边去。

"清水寺的晚钟,一声、两声、三声……就如同我焦急地等着你回来的心情一般,四声、五声、六声……不断地增加、堆积,思念更加浓烈了……"

如此脆弱,简直不像是中宫。以往写给我的信件,总是带着游刃有余的诙谐……

因为栋世的女儿比我更早到达清水寺,当她听到我说要回去,便表示"既然如此,那……",随后连忙开始做回去的准备。同行的武士人数甚多,这也让人体会到栋世对女儿非常关心。

"先送海松子阿姨到府上……"她说道。

三条宫地方狭小,即使她送我过去,只怕我也没有余力接待她。所以,我便回绝了。她说:"那,哪怕是只让护卫他们送您过去……"，便安排了五六个武士护送我。最近，即使是白天，也有流浪者、暴徒等人四处横行，不敢大意，女车则更是极为不安。所以这样的安排让我很高兴。在骑着马带着弓箭的武士们的守护下回去的路上，女孩仰头对我说着"期待下次还能见到您……"的那张脸，浮现在我心头。不过，比起这个，中宫的脆弱让我感到深深的不安。我再也不能离开她了。我想，至少在中宫平安顺利地生下孩子之前，我哪儿都不能去。

二十九

　　八月时，因为举行临时相扑大会，中宫在宫中度过了半个月左右的时间。今年东宫也前来观看，所以比往年更加热闹。
　　"天热得难受……不想再去那些令人精神紧张的地方了。"
　　中宫说道。这话也让我十分吃惊。
　　难以想象中宫居然会不喜欢宫廷中华丽的庆典活动，她曾经是那么激动地期待着社交界的精彩以及华美的盛大庆典。
　　中宫看起来面容消瘦憔悴，闭门不出中，脸色愈见苍白，她说："不如索性住在三条宫那边，心情反而更加平静些……"
　　可是，主上不断地派使者过来。主上似乎想以"相扑节"为借口，与中宫相会。权帅大人也强烈建议道："预产期在十二月的话，可能又要好几个月无法回到宫中。既然如此，不如抓住现在可以跟主上见面的机会。"
　　也许宫里的繁华喧闹能让中宫振作起来，我们也怀着这种希望劝她。

"也对……趁这次机会，得好好地把孩子们托付给主上。"中宫说道。主上非常想念五岁的小公主、两岁的小皇子，所以建议中宫带着他们一起进宫。

所谓的相扑节是由左右近卫府组织、于每年初秋时节举行的庆典活动。以主上为首，文武百官一起欣赏从全国各地选拔上来的相扑选手们的比赛。今年会是左近卫府获胜还是右近卫府获胜，好像每年都会有人争着下赌。

然而，这热闹在中宫眼里，似乎也是与己无关的事情。

因为节日，宫里充满了活力。中宫一进宫，主上便立刻召见她："请过来吧！"似乎迫不及待地想与她相会。中宫的妹妹以御匣殿的身份待在宫中，于是便让她抱着小皇子，中宫前去觐见主上。从下午开始，那一夜，主上和中宫彻夜一起待在清凉殿的御帐台中，不知道有多么地情话绵绵。

中宫的脸上，终于又浮现出了往日的微笑。

"这次生下的孩子，不管是男孩女孩，女院说她都想接到身边抚养。"

这是主上的话。东三条女院跟权帅大人关系不和，所以不知不觉中，跟中宫之间的关系也疏远了。不过，自从小公主出世之后，女院的心也软了，她说："那么多个女御中，只有皇后生下了孩子，看来前世的缘分很深啊！"相当看重的样子。

女院还跟中宫说了"请多多保重！"在宫中逗留期间，中宫的身边十分热闹。

过了大概二十天，中宫再次回到了三条宫。那是九月初的时候，据说是因为彰子中宫进宫的时间确定下来了。

随着临盆的日期愈来愈近，备产用品不断地从宫里的内藏寮①那边送了过来。

祈祷坛设了两处，诵经开始了。

可是，僧侣的势利与贪婪，让我惊讶不已。被派来三条宫的僧人里，没有一个让人称心的名僧。举止粗鄙、像是临时来代班的下等僧人偷偷摸摸地过来，只会一脸睡意、断断续续地照本宣科，而且一拿到报酬，便草草了事，回去了。紧接其后过来的僧人则是喝着白开水说"先歇口气……"，然后便十分惬意地歇着。即使皇后宫职②的官员跟他说："请认真祈祷！"他也只是嘴上满口答应着，实际上依旧在偷懒，丝毫不见他认真尽心地祈祷。

"这要是以前……要是时运相济……中宫即将临盆的时候，身边肯定聚集着众多功力高深、德行出色的名僧，诵经的声音响彻云霄，那该是多么地安心，可是……"

中纳言君说着哭了。即使搬出过去也无济于事，可这个人就喜欢这样。紧跟在中纳言君后面，一群人又开始了那毫无意义、反反复复的大合唱：

"如果关白大人尚在人世……"

"如果权帅大人和中纳言大人还像以前那样风光……"

讨厌！讨厌！这些女人真是太讨厌了！好在生昌还行，整天把"唏，是的——"挂在嘴边的这位大叔，如今昂然挺胸地说着："守护皇后殿下是我余生的光荣"，为无人愿意尽心保护的中宫四处奔

---

①中务省属下的机构，主要负责管理金银珠宝、天皇以及皇后的服装等宫中物品。
②中务省下属的机构，主要负责管理与皇后相关的事务。

忙，做临产前的准备。

已经是十二月了。临近产期，从衣物到用品，都准备了清一色白色的。我们也分到了白绢。因为负责陪护的我们也都需要身着白色的衣裳。

对于中宫而言，让她感到安心的，依然是她的兄弟们紧紧地守在身边。尤其是她的弟弟隆圆僧都、叔父清昭法桥①等属于自家人的僧人，都极为用心地祈祷。

另外，说到权帅大人的精进，那可是连法师都甘拜下风。

隆家中纳言大人已经连自己家都不回去了。五岁的小公主和两岁的小皇子都十分可爱，因为这两个孩子，三条宫里响起了笑声。

"只要有这小皇子在，皇后宫的地位可保安然无恙。"

权帅大人将小皇子视若珍宝。据说他盼着"但愿能生下第二个男孩"，偷偷地施行"变成男子"大法之类。

下雪的日子里，中宫在祈祷的声音停下时，躺了下来。她对我说：

"造雪山，明明只是去年的事，却感觉似乎是很久很久以前的事情了……少纳言，可以把那雪山的事情也写到草子里。"

"好的，就那么办。等您平安顺产了，作为之后您休养身体时的一个慰藉，就算写得粗糙，也呈送给您看。"

我是真的那么想。自从认识了栋世的女儿，知道世上或许有比我想象中更多的读者存在时，我便开始那么想了。我急不可待，想写下更多各种各样的事情，第一个给中宫看。

"最好别忘了把一些细小的事情也写下来。"

中宫愉快地说道。

---

①法桥，属于僧位中的第三等级，在法印、法眼之后。

"烧柴火的香气令人怀念，好像说过这个呢……五月的菖蒲香袋，一直到秋天，都发出淡淡的香味。熏香的残香。你还说过，被车轮子碾过的艾草的香气令人眷恋……月色皎皎的夜里，过河时，牛车走过之处，水珠飞溅，就像水晶碎落一般……这些在《春曙草子》里不都有么？……那种乐趣，才是人生！我知道了各种各样的乐趣。跟那些乐趣相比，中宫或皇后之位算什么呢。"

"不不，位子还是很重要的。"

"少纳言，我非常清楚，你这是在说反话呢。"

中宫容光焕发。在我看来，甚至像是昔日她才十七八岁时那莹润的面容。

"少纳言与我的友情，和主上之间的爱，跟这些比起来，任何东西都黯然失色……真有趣。是一场快乐的人生。"

"您为什么说得像是已经结束的事情似的？未来还有很多很多快乐的人生在等着您……"

于是，中宫低声地笑了。那笑声满足而愉悦。可那笑声并非是给我的答复，而是深深封进她自己内心的微笑。

十二月十五日，中宫即将临盆。

主上从宫里派来的使者频频到访。中宫从两三天前就开始难受了，但因为她对分娩已经习惯了，而且身边有熟练的仕女陪护，所以很安心。

然而，痛苦持续了一整天，入夜之后，终于生下来的是一个小公主。权帅大人虽然有些失望，但觉得平安顺产最难得，于是比之前更为大声地诵经。道喜的使者回宫报告去了。

可是，陪在中宫身边的我们却十分慌乱。一直不见胎盘排出，中宫的情况突然恶化了。

"灯！灯！快拿灯！"权帅大人的声音在发抖。

"殿下，您怎么了？振作一点！"隆家中纳言大人惊慌失措。

灯。

灯。

中宫失去了意识，再也没有清醒过来。

再亮一点。再靠近这边一点。明亮的灯。把灯靠近中宫。

脚，站不稳了。手，不知道该往哪里放。心和眼睛都一片迷茫，嘴巴里直发干。中宫没有睁开眼睛。刚刚出生的小公主的第一声哭啼，反而显得不祥。

"诵经不得怠慢！因为幽灵作祟，所以暂时出现心神昏迷。要不断地诵经！"

隆家中纳言大人朝帷幔外面的僧人们叫喊道。可是，那声音听起来似乎是一种悲鸣。

"先把小公主从皇后身边移开！"

"还，还是那样……"

陷入慌乱的权帅大人的声音："没想到，居然就这样……"

喜悦在转眼之间变成了悲伤。御帐台之中，亮堂得恍若白昼。灯被放在了近处，权帅大人的臂弯里，中宫微微地侧着脸，眼睛闭着，看上去仿佛把一切托付给了神佛似的。

乌黑浓密的头发，为了便于分娩，绑成了一束，一丝不乱地落在枕边。脸色跟衣服一样雪白，眼窝的阴影部分颜色变得更深了。

"殿下，振作一点……"

话还没说完，权帅大人突然号啕大哭。

像是等着这一刻似的，屋里顿时一片呜咽与恸哭的声音，压过了外面僧人们诵经的声音。从一双手到另一双手，小公主就像是被人从母亲身旁强行抢走一般，匆匆地抱走了。她不知道自己出生的那一刻便跟母亲永别，很精神地哭着。那声音渐渐远去了。

很快，过了半夜，已是寅时（凌晨四点左右）。

权帅大人放声痛哭，把中宫的遗体横放着。我已经没有泪水了。因为过度的悲伤，眼睛像是变成了两个洞穴，泪水在洞穴深处冻住了。冰柱似的东西刺入我的眼睛和心，发着亮光。我从怀里掏出怀纸揾了揾眼睛，但是没有眼泪。

权帅大人和中纳言大人紧紧地从两边抱着中宫，以男人的方式纵声大哭。

对于兄弟们而言，作为大小姐（长女）的中宫（对于权帅大人而言是妹妹）是光明，是珍宝，是依靠。

他们哭着说"把我也一起带走吧……"，也是理所当然。

我已经无法再接近中宫了。亲属们紧紧地围着她，在此期间，不断有海啸般的诵经声从周围的黑暗中涌出。仕女们呼天抢地地哭着。黑发和衣服被啜泣时的眼泪彻底打湿了，沉重痛苦的呻吟与叹息、呜咽一声高过一声，中断，又再次响起。

这是梦……梦，一切都是梦，长保二年十二月十五日夜里的一场长梦。

我在走，脚被裙裤绊住了，像游泳那样走。哭叫中的权帅大人见到我之后，对着中宫的耳朵说道："殿下，少纳言来了。殿下，求您了，请再让我听一次您的声音。少纳言，你不能跟殿下说一说么……"

权帅大人跪伏着哭道。中宫的脸现在看起来不如说像是安宁地睡着了一般。也许是分娩用尽了所有的精力吧,也许是脱离秽土后前往彼岸净土,被佛祖的手抱住之后的安心吧,她的脸上看似浮现着隐约的微笑。

我们没有预想到会是临终,但中宫自己或许有一点点预感。在她心里,也许直到最后都牵挂着年幼的孩子们。最重要的是,她每次与主上见面,可能都怀着这是最后一次的心情。

魂归天界的中宫似乎正在说着:"真有趣。是一场快乐的人生……"她表情坚定,不见一丝阴影。

她那么说时的声音,如今鲜明地响在我耳边。

"少纳言,我知道了各种各样的乐趣……把那些写下来吧。写在《春曙草子》里……"

我泪如泉涌。冰柱发着声音融化了,像雪水一样冲刷着我的全身。但是,我把怀纸含在嘴里,使劲地憋住声哭着。

仕女们都声声叫着:"把我也带走吧!"悲痛欲绝地哭倒在地。不能连我也失去理智。

隆家中纳言大人把跟母亲做了最后告别的小公主、小皇子各自托付给乳母,转移到别的房间去。前往宫里送讣报的使者出发了。

生昌也在哭着。中纳言大人每次下令,他都忍住呜咽,用手掌拭去眼泪,一边恭敬地回答着:"是的,唏——",眼泪啪嗒啪嗒地掉在了铺着木板的地方。

"在下曾经把迎接小皇子们出生的这处宅邸视为一辈子的荣耀,没想到居然变成这样伤心的事情……"

他一边说着,一边拭去泪水。

东三条女院派中将命妇来照顾新生的小公主。在接待她时，我们仕女们不能哭个不停。必须冷静下来。

皇宫里的主上听闻中宫逝世后，因为过于悲痛，把自己一直关在御帐台中。以主上的身份，是无法跟中宫当面告别的。可是，中宫跟主上的灵魂不是可以飞过夜空，牢牢地牵住彼此的么？中宫的御帐台的柱子上写着和歌。这才是中宫跟主上道别的话吧。

君若不曾忘，终夜立情誓。
今日君思我，泪落如泣血。

别路不见相识者，我心惶惶今启程。

我身未化烟与云，且望草露寄哀思。

（你曾经彻夜对我立下誓言，说是就像《长恨歌》里的主人公——玄宗皇帝与杨贵妃似的，在天愿做比翼鸟，在地愿为连理枝。如果你没有忘记那誓言的话，你因思念我而落下的眼泪的颜色应该是悲伤的血色吧？

再见，我先走一步了。这是一条不见熟人的别路，虽然心中不安，但也不得不上路。

我死后不会变成烟或云。虽然你可能不知道我的坟墓的标识就是草叶上的露珠，请你看着它们寄托哀思……）

"第三首和歌像是暗示葬礼的遗言，可以看出殿下希望不要进行火葬，而是回归大地的心情。"

权帅大人说道。他下令让人在鸟边野以南,大约隔着两百米的地方建造了灵堂。

中宫的和歌好像悄悄地经由宫中仕女右近之手,送到了主上那里。

灵堂修了围墙,十分气派。在最后安葬至山陵之前,中宫的遗体便安置于此。不管怎么说,她是当今天皇的皇后,自有其威仪在,也是没有办法的事。一年前,曾是冷泉天皇皇后的太皇太后昌子内亲王过世了。作为遗言,她谦恭地希望不要大事张扬,像普通人那样举行葬礼,不需要大型坟墓,不需要停止朝廷公务。不过,好像一定程度的形式排场还是未能省略。

中宫更是如此。出于主上的旨意,变成一场庄严隆重的仪式也是情势所为。

举行葬礼的时间定在了十二天之后的十二月二十七日。在那一天之前,有各种各样的人前来吊唁、慰问,我不得不振作起来。

我不曾想到,居然有这么多人哀悼定子中宫的离世。在朝廷方面,这也是国丧,宣布停朝三个月,举国上下着深灰色丧服。对于中宫的同情与哀悼,似乎超过了对左大臣一方的顾忌,深深触动着人们的心。

中宫时年二十五岁。

藏人头行成大人一看到我,就开始擦眼泪。

"无常的人世,无常的人命——所见所闻,无不令人悲伤。昨天我给少将成房[①]写了一首和歌。

[①]藤原成房(982—卒年不详),官至从四位上,曾任右兵卫佐、近卫少将、右近卫权中将等官职。其父为当年追随花山天皇出家的中纳言藤原义怀。

世事无常奈若何，睡睡醒醒度流年。

听说皇后逝世，没有人不瞬间落泪的。虽说任何人的死都让人悲伤，但没有比皇后的一生更让人心痛的了。"

"主上什么都不说。这样子反而……他也许会跟女院敞开心怀，但现在不召见任何一个女御。藤壶新中宫①那边，即使主上召见，也是委婉推辞。主上好像想把皇后遗留下来的几个孩子尽快接入宫中……对了，少将成房也应和了我一首和歌：

早知世事皆无常，何故叹息奈若何。

他说更想出家了，可能这事勾起了他平日里的种种郁结吧……可是，变寂寞了啊！"

行成大人的眼泪洒落在了丧服上。

"变寂寞了……一想到以后可能宫中再也看不到那种欢快的气氛、让人兴奋的聚会。皇后与总是在那里的你，这组合曾是我人生的乐趣之一，可是——"

行成大人被他自己的话说哭了，他擤了擤鼻子：

"这可不行。我本想安慰你，却反而让你伤心了……不过，你比我想象中的要好，这让我多少安心一点。你可能有些灰心，请振作起来！"

我和中宫之间无与伦比的友情，还有两个人一起营造出的那种愉快的后宫氛围，是世间少有的。行成大人对此非常了解。

---

① 前文中的藤原彰子。

世人都认为行成大人是滴水不漏的实务家，是精明强干的能吏，但他实际上是一个感情丰富、充满知性的诗人。所以一直以来，我都认为这个人："是个大人物……有些跟平常人不一样。"

可是，即便是那样的人物，也无法明白我真正的心情吧。行成大人说："没有比皇后的一生更让人心痛的了。"

可是，我认为，中宫尽了全力让幸福之花绽放。中宫的逝世让我悲痛不已，即使是现在，仍然无法接受中宫已经离去的事实。

对我而言，她仍然活着。

我必须把她的身姿、她的声音书写下来，记录下来，流芳百世。

现在，趁着记忆依然鲜活，把我的爱、我的心雕刻出来，让中宫充满朝气地永远活着。不能再哭泣。不能再悲伤。

我陷入了深深的混乱与躁狂之中。

我拼尽全力地忍住不要高声尖叫，动作变得异常迅速。在葬礼那天到来之前，我终日忙于葬礼的准备工作。也许在别人眼里，我简直像是非常开心地在做着这些事情似的。

不知道栋世和安良木听到这个消息会怎么想。我觉得，哪怕是栋世的温柔也无法将其填补的一种饥渴感把我给锁住了。

连熟悉的经房大人来访的时候，也无法填补。经房大人颇有感触地说道：

"听说这个月十五日早上，曾经出现过不祥的天象。说是有两道白云横亘于东西两座山，就像挟着月亮一般。这叫'不祥之云'，是跟后妃有关的预兆。但具体是什么征兆，谁都无法预测。有人甚至觉得比起皇后，不如说是跟女院有关。女院现在病情严重。说是……"

经房大人压低了声音：

"有个仕女被幽灵给附体了……据说女院的病是邪灵作祟，前任关白的……"

他说的是中宫的父亲道隆大臣。

"女院对待前任关白家相当冷淡，引起了前任关白的怨恨，所以就附体了……"

啊，还有这种事情？我呆然若失。

我曾经总是对经房大人带来的信息或内幕兴致勃勃，玩味着人世。

然而，一切的一切，在失去了中宫的现在，急速地褪色，变得苍白、淡化，逐渐消失。就连经房大人本身，对我而言，都变成了一个有些令人焦躁、毫无感觉的存在。

有个地方不一样。所有一切都不一样。这与那个我熟悉的日常世界不一样。

不一样！不一样！

我活在什么世界里……

失去了中宫的世界，不一样。

我陷入了深深的混乱之中，就那么一天天地过去，吃饭、睡觉。早晚寒冷的时候，也会对着火盆里的火取暖。跟同僚仕女们一起商量葬礼的流程。中宫的灵柩还停放在屋里，我就像她还活着的时候那样侍奉着，心中的空洞变得越来愈大。

终于，出殡的那一夜来了。

雪从早上开始下，入夜之后，下得愈来愈大。护送灵柩的丝毛车①，用耀眼炫目的黄金装饰着。中宫此次出行，便再也不会回来了。

雪花纷纷落在权帅大人的深灰色丧服和丧冠上。我们也陪伴中宫最后一程。宰相君因为生病回家休养，所以未能一起同行。我和右卫门君、小左京君等人同一辆车。

中宫一门的男人们或乘车或骑马地跟在后面。

火把在雪中爆着火星不断燃烧，照着沉默中的行幸。牛马和人，以及鸟边野都沾满了雪花。雪花和泪水一起，冻僵了人们的脸。

灵堂淹没在一片白色之中。

人们把雪清开，挂上灯照亮灵堂，做葬礼的相关布置和准备。期间，僧人们的诵经声延延不断。

丝毛车终于到达灵堂前。经由权帅大人等人之手，灵柩被放了下来。

透过车帘，可以看见在火把的照耀下，灵柩就那样被安置在了灵堂之中。以权帅大人为首的男人们都列队排着。我们也下车在筵道上走着。雪花落在我们的头发上，也落在二十五岁年轻美丽的中宫殿下的灵柩上。

那一刻的悲伤还算不上什么。

那之后才是更为悲伤。我们不得不把中宫一个人留下后回去。

大雪瞬间就把灵堂淹没了。

中宫在那里长眠着。一个人被雪淹没着，长眠着。一想到这，即便说"请把我一个人留在这里……让我留在她身边"也是枉然。

---

① 车篷用染色绢丝加以装饰的牛车。主要为内亲王、官阶三位以上的内命妇等女性乘用。根据地位不同，分成青色丝、紫色丝、红色丝等种类。

此时，权帅大人一边哭泣一边奉上的和歌是：世人皆非不死身，雪中君逝心悲切。

中纳言大人的和歌是：白雪积原野，足迹已不见。欲寻君身影，香冢何处在。

中宫的弟弟隆圆僧都的和歌是：雪落故乡不想归，与君同逝鸟边野。

虽说已经是破晓时分，但四周一片漆黑，很是昏暗。我半梦半醒地在牛车的摇晃中回到了三条宫。我的心留在了那个雪中的鸟边野。我归来的俗世只是个暂居之地。这一生，我将永远忘不了那个雪中的鸟边野。

右卫门君哭了，小左京君也哭了。侍奉中宫的众人可能终将四散分离吧。可是，中宫还留下了小皇子们。中宫遗留下的小皇子们，我得好好守护。

听说主上这一夜彻夜未眠，就那么一直到了天亮。

"今夜就是那个时刻①了……雪将会怎样掩埋她的灵柩呢。我的心已经远远地飞向鸟边野，去为她恸哭。她会知道那是我么？"

心魂已去鸟边野，可知是吾雪中行？

这简直跟以前天历（村上）天皇与中宫安子所咏的表达哀伤的和歌一模一样。安子中宫生下选子内亲王五天后过世，不知是否有所预感，给作为丈夫的天皇留下了这样的和歌：

①中宫出殡。

相逢有时终须别，死出山路①泪水湿。

对于这首歌的回复是：

莫道冥途君独泣，且看吾泪亦湿袖。

在七天一次的法事中，日子飞快地过去。每天夜里，我提起笔来，从记着的事情开始书写。可是，有时，比起中宫的模样，我更想写的是某个时候跟许多人在一起罗列着"花""虫子""瀑布""河流""令人悸动的""往日令人思恋的"等等作乐的那些事情。我强忍着不去写关于中宫的回忆，让心灵慢慢地解放，尽情地在昔日的世界里飞翔。也许，终有一天，中宫的身影会自然浮现出来吧。此时拼命地书写，是离敬慕中宫最遥远的事情。苦涩的痕迹、愤怒、哀伤的碎片，都不能留下来。中宫不喜欢那些。弁君不也说过么：

"只把美好的事情写下来……不喜欢的事情、难受的事情，不写也罢。那些是现实，人们藏在心里就足够了。那种东西一点不值得写下来……"

中宫是一个不论什么时候都喜欢谐谑的人。如今，她应该在极乐净土，与已故的关白大人、她的母亲、弁君他们在一起说笑吧。

（三十）

新年已过，三条宫里却没有春天。

---

①"死出山"是佛教中，存在于死后世界的险山。

刚出生的小公主取名为媞子内亲王。她的祖母东三条女院说想要亲自抚养，不等天气变暖，便派人来接了。女院虽然多病，但今年即将迎来四十大寿。

内亲王十分可爱，女院虽然叹息"成了念经修行的妨碍，反而对这个人世心生执着了……"，却对一天天变得更加可爱的内亲王爱不释手。

听说主上看到媞子内亲王，心中想念已故的中宫，当场哭了起来。

被称为御匣殿的中宫的妹妹、四小姐进宫了。这一位是个跟中宫长得一模一样的美丽女子。小皇子敦康亲王，还有脩子内亲王终于回到了皇宫，四小姐便作为敦康亲王的代理母亲照顾他。

久违地，我收到了栋世的书信。

"你现在如何？听到皇后驾崩的消息后，我立刻想到了你。只是各种法事、仪式接踵而来，你应该会相当忙碌，而且服丧期间可能反而不便，所以就没给你写信。

"如果已经安定下来了，可以过来这边散散心。

"在摄津国的海滨看看稀有的海边景色，宽慰宽慰。安良木也很想见你。乘船在须磨附近走走也不错，还有生田神社、御前池、夷宫、逢坂等等，摄津国里的名胜也很多。你最好放松一下。总之，现在要好好地保重身心。"

我第一次静静地哭了。之前的眼泪都是在躁狂与空虚交替出现时，一种焦躁的眼泪。

关于中宫的回忆和栋世。这两个留在我的手上，我的余生可以就此满足了。

出发去摄津国之前，我把安良木出仕的事情通过书信托付给了赤染卫门。她在回信中，长长地写了许多悼念的话。正如她稳重、富有教养的性格，那些话都非常真诚。她另当别论，世上的女人们肯定都怀着一种敌意和优越感，觉得我："呵，真惨！"也许她们会互相说着："那样不把男人放在眼里、行事骄矜自大的女人，目空一切、心高气傲的女人，中宫过世后，她也不过如此。看，这就是落了毛的凤凰。"

可是，这位赤染卫门却对我说："我想什么时候写一本女性执笔的历史书，一定要把你的名字也留在上面。"她说了，她的丈夫是学者，有丰富的资料，所以想把从女性角度看到的历史，由女性执笔写下来。这与普通女性的白日梦不同，她是一个著名的歌人，有实力，有丈夫的理解，常年待在左大臣家的政治圈子中，呼吸着上流社会和宫廷中的空气，对那个世界的事情了如指掌。她肯定会写出一本只有女人才能写得来的历史。

她说她会帮忙安排安良木的事情。彰子中宫的辉煌才刚刚开始，个人的成长今后也非常值得期待。听说左大臣也说了："如果有出色人才，务必厚礼相迎。"现在彰子中宫仍然跟着老师们认真学习，毫不懈怠，性格朴素、踏实、稳健。

"这么说来，和泉国国守橘道贞的夫人、前越前国守大江雅致的女儿①——那人从少女时代开始就是有名的才媛，我正想着推荐她到中宫那里出仕，结果最近好像发生了很严重的事情，也就作罢了。你可能有所耳闻，她不顾自己是有夫之妇，跟弹正宫为尊亲

---

①后文中的和泉式部。和泉式部(978—卒年不详)，是平安朝著名女歌人，中古三十六歌仙之一，相传有《和泉式部日记》等之学作品。

王①一起卷入了绯闻中。听说她的丈夫道贞和父亲雅致都跟她断绝了关系。作为歌人，她可是当代一流的才媛呐！我觉得好像能明白，为什么花名在外的为尊亲王现在会对她着迷、成为裙下之臣。——我期待将来哪一天，她也能来到中宫身边出仕。"

赤染卫门终究还是笔触平稳。

说到为尊亲王，他是冷泉院的第三皇子，是那位兼家大人钟爱的孙子们中的一个。他是当今世上有名的美男子，年纪应该在二十三四岁。和泉国守道贞的妻子大概三十出头，应该比我稍稍年轻一些——虽说世间人物各色各样，但我对她怀有好感。

对了，说来，还有一件安良木拜托我的事情。那女孩说了，如果我手上拿到了《紫儿》那本物语，希望能借给她看一看。

听说是出自那个喜欢写物语的、为时的女儿之手，写的是彰子中宫和天皇的故事。不过，这个四月，跟那个为时的女儿结婚的宣孝突然死于疫病了。

那个时髦的花哨男人，一下子就病死了。那女人带着两岁的女儿，成了寡妇。关于丈夫的记忆，她会基于这些写点什么么？

虽然怎么都无法弄到那本《紫儿》，但是我收集了其他许多物语、歌集之类的，装了满满的一个小唐柜。带着这个礼物，我在栋世派来接我的人的保护下，前往摄津国。对我而言，现在需要这种男人的温柔。

关于这一点，我不由得想到则光。则光也出奇地有些温柔的地方，却没有如此宽大的包容力。他很纯粹，但自我本位。

出发前去摄津国的前一天，兄长致信突然来了。最近可能比较

---

①为尊亲王(977—1002)，冷泉天皇第三子。

吃得开，带着的随从也多。虽说没什么风度，但也气派起来了。

兄长还让我见到了一张新鲜的面孔。

是个年轻的僧人。如画般俊美的僧人。他静静地将双手合在胸前，慢慢地抬起脸微笑着。

"母亲，好久不见。"

那是则光的儿子。婴儿时，我曾照顾过的吉祥。不，如今应该称他为光朝法师了吧。

"哎呀，成了一个这么出色的僧人……"

我的眼睛被泪水遮住了。我认为讲经时的僧人，最好是个美男子，如果是这位光朝，哪怕再老于世故的听众都会被牢牢地吸引住吧。

"他现在还是在比叡山修行。听说今天是为了参加哪个寺院的法事，下山来了。路上偶然遇见，我跟他说了你在附近，他便提出久未见面，想见一见你，我就把他带过来了。"

兄长说道。这可能也是佛缘。自从中宫过世以后，我便把靠里的六尺见方的地方设为佛堂，挂上佛像，用花和水供奉着，以我的方式略表寸心地进行供养。

"能否拜托你为已故的中宫殿下回向①祈祷冥福呢？"

"回向为一切众生，当然非常乐意。"

吉祥——不，光朝以悦耳的声音开始诵经。从背后看，自颈部到肩膀的线条跟则光一模一样。他面朝阿弥陀如来像，专心致志地不断诵经。

"中宫殿下，这是我曾经照顾过一小段时间的孩子。他长成了

---

① 佛教用语，即回转自己的功德，趋向众生和佛果。

这么出色的一个大人，可以为殿下诵经了……"

我泪流不止。一旁的兄长一直百无聊赖地听着，他转身看着我，笑道：

"你也会哭哭啼啼了！真是石头人也有落泪的时候啊！"

都说摄津国与京城近在咫尺，但一切都是那么新奇。栋世去纪伊国①与摄津国的国境处理公务了，我到了之后，他便立刻返回国守官邸。他原本轻便地骑着马，到了中门后，便下了马，拾阶而上。

"哦，你来了……"

栋世晒黑了，白头发也变多了。似乎有些胖了，表情丰富，甚至让人觉得他开朗了许多。

那个时候，我已经跟安良木在一起亲热地说着话。栋世看到之后，也很开心。他打趣女儿说："我第一次见到你这么高兴的样子。你可是每天都尽说些海松子阿姨的事啊。"

"不巧又是炎热的时候啊。听说京城里疫病又开始复发了，这边有点过了最高峰了。不过，初秋的时候令人担心，跟太宰府的船到达时间差不多。好的坏的，都是从南边一起过来。"

连我都看得出来，栋世一副满足的样子。

"哎呀，没想到你居然会真的来摄津国……"入夜后，他反复地说着。

也许他认为，我会永远待在他的身边。

"如果你是那种打算的话，当然，那样子我是最为安心的了。"栋世温和地继续说道。

"不过，你就按照自己想的去生活好了。我不想把你困在家里。

---

①今天日本的三重县南部以及和歌山县。

家里的事情让谁来做都是一样的。可是，有些事情，是只有你才能做得来的。"

　　栋世的手臂成了我的枕头。然后，他用另一只手碰触着我的头发。已经不用再去觐见中宫了，所以也就不再放假发掩饰我那稀疏的头发了——

　　"你是个聪明、有趣的女人。你身上有些地方非常有趣、充满魅力，那种地方，有眼力的人一看就知道——将来会有许多人喜欢你的。你就做你喜欢的事情吧。"

　　我觉得自己好像以前在哪里听过这些话。哦，真是这样的！当我还是个少女的时候，父亲曾经跟我说过这样的话。

　　现在，我似乎又变成了少女。我追求的安宁原来是栋世。我用力地抱住栋世的身子，为自己有幸遇到这样的男人而高兴。这真的是一种幸福。在我的那部《春曙草子》中，我只想写对于人而言什么是幸福——而且，写书的人必须幸福。

　　"啊，我，能跟你这样在一起，真好！"

　　说这句话的时候，我觉得中宫与主上至高无上的爱也跟我重合在了一起。

　　"我喜欢你那样做！"

　　当我被栋世紧紧地拥抱着、笑了的时候，与痴迷于和泉国国守妻子的为尊亲王及和泉夫人的爱情也重合在了一起。我说的是世间所有的恋人们的事情。

　　跟安良木一起在海边漫步是一种乐趣。

　　没有比摄津国海边的风光更赏心悦目的了。在一望无际的芦苇湿地的另一头，海面波光粼粼。随着水脉的变化，潮水也呈现出不同的颜色。海上浮着无数大大小小的岛屿，边上都长着茂密的芦苇。船儿在标识水脉的航标之间穿梭，于芦苇间时隐时现。

安良木来到摄津国之后，捡拾了许多美丽的贝壳和有趣的石头。

"想着等海松子阿姨来了，一定让您看一看。您拿去参加贝壳比赛①吧！"她跟我说。虽说不是外海，但在风暴过后的第二天，可以捡到珍稀的贝壳。我第一次看到了樱粉色的贝壳、雪白的大贝壳。

因为自己喜欢，便觉得我也一定会喜欢，安良木似乎对此深信不疑。她的天真无邪，让我非常开心。而且，我真的喜欢那些贝壳。

贝壳、海边的风景、海风、大海的味道，自然的一切都那么令人感到愉快。摄津国有山有水，物产丰富，人们的表情都很是和蔼可亲，脸上似乎总挂着笑容。

其中，一派悠闲自在的栋世和女孩，更是让我觉得喜欢。

"那些精美的贝壳，你好好地留着。——等哪天去出仕了，给大家好好瞧瞧。从未出过京城的人看到了，她们会非常高兴的。"

我这么一说，安良木的表情像是点了灯似的亮起了起来。

"海松子阿姨，彰子中宫也会高兴么？您觉得她会把贝壳拿在手上仔仔细细地端详，然后问我：'你是在哪里怎么拿到的呢？'么？"

"嗯，那是肯定的。涂漆、金银、螺钿、莳绘、五颜六色的绘卷等等，人工制作而成的工艺品，那些身份高贵的人自出生以来，

---

①作为宫廷文化生活的一种消遣，仕女们经常将自己手头拥有的贝壳、绘画等拿出来一决高低。

都不知道看过多少了。——可是，如此自然造化之妙，她们应该都没有见识过……肯定会非常高兴的。"

拇指指甲盖大小的樱蛤，满满地装在用细竹片编成的笼子里。那模样简直就像是将浅红色的颜料融化后涂上去的一般，或者是用心地将桃或樱花的花瓣收集在一起似的。

哦，对了！把这些东西——模样朴素的容器也不错，就用白色的陆奥纸包好，说上一句："这是海里的樱花"……或者，附上一首和歌，说这是住吉的"遗忘之贝"，"遗忘之贝"是如此之美丽，真想一直捡下去。

"如果进献给中宫，她该是多么开心啊……"

我忍不住又这么想。这指的是已故的定子中宫。

为了掩饰突然涌入眼眶的眼泪，我深深地吸了一口气。接着，对安良木说道：

"不过，这大海的味道，还有阳光的炽热，我们带不回去啊。这些是无法包起来进献的珍宝啊！"

少女点了点头，陶醉地深深呼吸着大海的味道、芦苇湿地的味道。她是一个热爱自然的女孩，这让我感到开心。尤其是她懂得如何欣赏原生的大自然，而不是那种作为和歌或物语的背景、在人的气息下缩得小小的老气横秋的自然。

"这么说来，阿姨的名字为什么叫海松子呢？是因为阿姨的父亲喜欢大海么？"安良木问道。

"是的，他喜欢大海。十三岁的时候，我跟父亲一起乘船旅行，他告诉我大海的有趣之处。他给我取了海松子这个名字，一定是因为他向往着大海吧。他是个喜欢自然、喜欢人类、喜欢笑的人。"

"那，不是跟我的父亲一样么？父亲也经常跟我说些好笑的事情。而且，我一笑，他就会说：'没错没错，女人就应该经常笑。快乐的女人是男人的宝贝'。"

"你父亲真是个怪人呐。不过，我喜欢！"

"太好了！我跟阿姨的爱好相同。我也喜欢父亲。"

安良木说着，笑了。年轻的肌肤闪烁着极为健康的光泽。我的视线经常被这个少女的脸深深地吸引住。我觉得，跟安良木一起说的这些无谓的话，比起我与栋世之间的关系，更让我得到安慰。这真是个可爱的女孩。

安良木的乳母担心强烈的阳光会"晒伤小姐的肌肤"。在她的建议下，我们再次坐上了车，返回官邸。在栋世的关照下，办事机灵、性情温和的武士们一直都守护在我们身边。时至今日，我才痛切地感受到："得到男人的保护，这是女人一种怎样的幸福……"自从则光离开以后（或者说我从则光身边离开以后），我曾经总是一个人。常年跟随着我的下人、杂役、牛倌、勤杂工等少数几个下人、随从也都上了年纪。只有年纪大了无处可去的男人们不安地侍奉着我，守护着我。此外还有老实的小雪、同样上了年纪的侍女左近。

左近为我斟好了酒，我小小地啜上一两口，白天的劳累总算有所缓解，得以入眠。这样的生活，我常年挺过来了。

现在，栋世陪在我身边的这种幸福，让我深深地感到高兴。一味地依靠着男人就可以了——哎，真是太轻松了！

"虽然这么说很对不起皇后殿下，但是是因为皇后殿下过世了，你才回到了我的身边。"

的确就如栋世说的那样。

回到官邸，发现府里一片喧闹。

"哦，您回来啦！哎呀，我派人去接您了，看来是错过了。国守大人刚刚也不在家里，我正发愁，不知道该如何是好。"

国守官厅的官员一副惊慌失措的样子。

"宫里来了使者。右卫门少尉忠隆大人说想见夫人——"

忠隆。

啊，那个藏人忠隆……

一看到他的脸，之前以为已经干涸了的泪水顿时涌了出来。那不是因为我想念忠隆，而是已经抛下的京城、故去的中宫、关于中宫的回忆一下子袭上心头，让我感到痛苦。这个忠隆曾经狠狠地打过那只狗翁丸，中宫帮忙跟主上求情。中宫的笑声和主上的笑声相互应和着，高高地飘向春日的云霄。

忠隆是个官僚作风、奉行事大主义的男人，是我不怎么喜欢的那种人。可是因为往事如此令人怀念，就像我看到他时忍不住落泪一样，他也对我备感亲切。

"哦……感觉好像已经好几年没见似的。您健健康康的，真是再好不过了。"

我并未隔着御帘见忠隆，摆了几帐做个样子，跟他会面了。他带来了京城的清风，带来了主上的书信。

真是太不敢当了，令我感到惶恐。主上在信中说他十分想念我，依然是主上身边的仕女右近的笔迹。那字迹让我觉得："啊……曾经有过这样的世界。"

弃世居难波，春日忘草盛。
京中人与事，君已悉数抛？

——听说你厌恶这世间，悄悄隐居在了难波。在难波著名的胜地住吉，生长着茂盛的"忘草"。京城和京城里的人，你已经都忘记了吧？

主上想说什么，我非常明白。主上想说的是，他想跟我一起说说中宫的事，一起怀念，一起赞美、哭泣。

可是，我已经不是能够回到主上身边的身份了。我没有官方的身份，只不过是已故中宫的私人仕女。

中宫遗留下的孩子们，五岁的脩子内亲王、两岁的敦康亲王、刚刚出生的媄子内亲王，我也非常挂念。可是，不过是一介仕女的我该如何表达自己的真心呢？

敦康亲王由已故中宫的妹妹、四小姐作为代理母亲在宫中抚养。媄子内亲王被女院接走了。

他们长得该是多么可爱啊！可我只能在心中想象，已经无法靠近那些住在九重宫阙深处的人了。

中宫不在了，我等于失去了一切的力量与权限、特权。

主上知道这一点，所以特意派使者前来安慰我。

右近还在信中附上了她个人的内容。

"小公主小皇子们都健康平安地生活着。秋天的时候，亲王殿下[①]即将举行着袴仪式，女院也即将迎来四十大寿，这段时间是悲中有喜——虽说如此，主上失去中宫的悲痛只怕永远也不会消失。

---

①敦康亲王。

再加上女院贵体欠佳,健康状况不尽如人意。这也让主上心里十分担忧。"

主上和女院这一路走来,母子俩相依为命,彼此相互支持。定子中宫已经先走了,如今女院又生病的话,主上心中该是多么地不安啊!

我恭敬地回复了一首和歌:

同是难波潟①,何为易居乡?

——哪里有什么宜居舒适的人生?同在红尘之中,不论身在何处,都不可能忘记已故的中宫。

忠隆带着我的回信,以及对国守官邸一番款待的满意,愉快地回去了。

因为栋世非常隆重地接待忠隆一行,大方地给了许多礼金。忠隆是个喜欢炫耀身份地位的男人,对于自己刚刚成为藏人得以升殿一事,感到十分得意。不过,好像栋世的部下们各自都托付忠隆一行的随从们往京城带口信。

"是不是准备要回京城去了?"

使者们一回去,栋世便那么对我说道。说完后,他笑了。

"不,没有那回事。"我说。

"不用勉强。你还有很长的人生。随时还可以回来。"

"你要是想去逢坂的话,可以直说嘛。你才是不用勉强呢!"

不知什么时候,我知道了栋世在逢坂那边有一个女人。但是,

---

①潟:盐水浸渍的土地。

他那么做，我却并没有想生气或闹别扭的意思。即便有一点点嫉妒，那也反而给我和栋世的爱情或友情带来了弹性与愉悦。而且，我不在的时候，栋世一个人待着，也不合适。不过，栋世似乎并没有打算把那个女人带到国守官邸来。住在官邸中，作为国守家人介绍给世人的，只有女儿安良木跟我。

"我只要有你就够了。我只想弯弯转转地活得长久、快乐。就算是金钱，也只要够我们两人生活就可以了。"

栋世是个能干的官员，他自己的财富积累、财产管理也都万无一失。在这一点上，与艺术家气质的我父亲不一样。同时，似乎跟则光也不一样。而且，虽说如此，他似乎也没有对令制国中的百姓横征暴敛，让他们痛不欲生。我一提这事，栋世便说："哪里！我不过是偶然凑巧遇到了好的令制国。不同的令制国，情况也不一样。尾张国之类的，你试试看吧！简直是千辛万苦。自古以来，那个令制国便是个烫手山芋。用一般的办法可行不通，尾张国的百姓是什么样的？向来强硬，一有什么问题，便投诉国守。令制国的百姓告发国守，要求罢免国守，何止是成群结队地袭击国守官邸，甚至上京告御状，真是岂有此理！不过，当中也有一些非常过分的国守。"

一边听他说着这些，我也说了主上来信的内容等七七八八的事情，一起吃了晚饭、喝了酒。没有比这更快乐的事情了。而且我发现，品味欢乐的心情越是强烈，对已故中宫的怀念也愈加深刻。

"写吧！快点着手写《春曙草子》吧！"

我开始这样想道。来到摄津国之后迎来的秋天，让我感受到了浓浓的秋意。海边的晚霞也是京城见不到的无边无际。秋收的时候，不知自何处而来，舞女、傀儡师等巡游艺人们接二连三地来到乡间、国守官邸。栋世把那些人中相熟的艺人叫到官邸中，让他们进行表演，娱乐官邸中的男男女女们，还给了艺人们赏赐。巡游艺人们好像是来自东国。听他们说了前些年死于陆奥国的实方中将的传闻。实方曾经是我第一次憧憬的异性，遭到贬谪之后，成为陆奥国国守，最终死在了那里。不过，据说当地的武士们对他十分敬重，尽心侍奉。

他们也知道远江国。则光就在那里。可是对于现在的我来说，实方和则光都是遥远的存在。只要有栋世以及中宫的回忆就好了。我开始写《春曙草子》了。——轻轻地、轻轻地、快乐地、阳光地。心灵雀跃，眼中充满好奇，鼻子甚至对风的味道也十分敏感，耳朵则敏锐得连树叶的沙沙作响都不放过。我想把一切悸动都付诸笔端。可是，栋世说："不用着急。可以慢慢地、一点点地写……你还有那么多时间呢。"有时，那话语里也带着一点弦外之音："哎，写书的事情先放一放，过来陪我一下吧？"我常常把笔放下，到他身边去，然后跟他撒娇道："不行啊，现在不写的话，会忘记的！"在我眼里，他那花白的头发、澄澈有神的眼睛、总是带着微笑的表情、健壮的身躯、结实的胸膛，总是让我那么喜欢。至少在《春曙草子》写好之前，我想待在栋世的身边。

托我联系出仕的事情，安良木似乎一天都没有忘记过。她几乎每天都说："还没有消息么，阿姨，还没有回音么？"终于，有一天，赤染卫门来信了。信中说，她的丈夫这次被任命为尾张国国守，她自己也会一起前往，之前受托的安良木的事情，已经安排好了，为了做好相关准备，希望我们能过去一趟。

刚刚还在和栋世说尾张国的事情，所以感觉有些怪异。不过，看来，赤染卫门没有忘记嘱托，帮我们推荐了安良木。是否能够在彰子中宫的身边出仕，最终还要等大夫人（左大臣道长大人的正夫人伦子）、她的仕女过目了之后才能确定。"大夫人"知道我的事情，加上兵部君的美言，据说十分满意："啊，元辅的女儿啊！是那个清少纳言的丈夫的女儿的话，身家也清白……"

安良木高兴得忘乎所以。她的心里只有那个"光彩照人的藤壶"的绚丽世界了。

"只能有劳你跟着走一趟了。就算我有心想要帮她做准备，也……"

栋世应该有些舍不得放开女儿，但不是断念，而是十分冷静。

"那完全是个无法预测的世界。这如果是择婿的话，只要按照世人的规矩去办就行了。所谓的进宫出仕，都是怎么做的呢？中宫殿下那边会给津贴么？我们要给哪方面纳贡合适呢？衣服以及其他种种准备，帮我吩咐乳母一声。哎呀呀，女孩子，不管送去哪里，都得花钱啊。"

一起为安良木做种种准备时，我久违地感受到了一种心动。不管怎样，必须得回京城去。

"等安良木的前程安排好了，马上就回来。"

"拜托了。——尽管如此，看着女儿为了梦想而努力的样子，我也感到很高兴。不管男人或女人，我喜欢那些心怀希望与期待，为了实现理想而努力的人。——说实话，我还担心过，你会不会因为皇后的过世而一蹶不振，变成另外一个毫无魅力的女人。结果你瞧瞧……"

栋世那肉墩墩的脸颊微微一塌，朝我绽开了笑颜：

"这回开始发奋写草子了！为摄津国的大海、山林、自然而感动，尽心尽力地支持安良木。我喜欢这样的人。我想你写的故事一定会受到人们的喜爱的。"

我愉快地出发去京城了。因为路上还带着许多财物，栋世安排了许多个武士保护我们。安良木是那么开心，一半已经迷醉的样子。

京城一点都没变。住进栋世空置的家里之后，我立刻跟赤染卫门联系了。好像彰子中宫刚好回到了土御门邸，主上近期将前去那里造访，因为东三条女院的四十大寿庆典即将举行。

虽说一片混乱，但安良木得到了面见"大夫人"的机会，所幸对方十分中意，允许她出仕。据说当时还提到了："清少纳言已经不想再出仕了么？如果有这个意思的话，要不要来这边？"难得她这么有心，可是我恐怕已经不会再去什么地方出仕了。

比起这个，在赤染卫门家里见到了她和和泉式部，这让我很是高兴。卫门离五十岁还有一点时间，她胖得很有分量，圆乎乎的白色脸颊，声音显得非常年轻。作为一个声名在外的女歌人，她却并没有端着架子，是个稳健的家庭妇女。每每提到什么，便"我家夫君……我家夫君……"地说起她作为学者的丈夫大江匡衡。

和泉式部大概刚刚三十出头吧，是一个与京城中人人热议的恋爱事件相称的、充满魅力的女性。她不能说是一个美女，但那双眼角长长的眼睛十分美丽，总是盈满一种令人不舍、令人牵挂的情致，还带着一丝冷酷与凉薄。

那人话不多，好不容易说了一句话，便在我心中久久地余韵未尽。听说因为她与冷泉院第三皇子为尊亲王恋爱一事,丈夫和泉国国守橘道贞最终和她离婚了。这位和泉式部与为尊亲王的丑闻,世上无人不知,但是为尊亲王的热情愈见高涨,日夜疯狂地痴缠着和泉式部。

不过,最近和泉式部作为歌人的名声渐起,赤染卫门对她说:

"道长大人说了,非常希望你也能前来出仕。当然,说的是彰子小姐……"

和泉客气地支吾道:"像我这样的人……"

在我看来,不如说她给人一种心神恍惚的感觉。正处于热恋之中的人,灵魂也许被什么给勾走了。那种魂不守舍的样子,让我觉得很亲切。因为失去了中宫的我也是不管看上去多么幸福,却总有一种心神不属的滋味在心头……

十一月底,安良木第一次前往一条院宫中。过后不久,已故定子皇后的周年忌法会在法兴院举行。这个法会也是我上京的另一个目的。虽然没有看到皇后宫大夫藤原公任大人的身影,但远远望见了作为副职的明顺大人,那苍老的模样让我震惊。伊周大人已经恢复为原来的正三位,他不停地擦拭着眼泪。

可是,我已经不再想与现实中的权帅大臣(伊周大人)交谈、互相安慰彼此的悲伤了。今后,我想与之打交道的是在我笔下复活的、写在纸上的权帅大臣、已故关白了。

东三条女院驾崩了。和这个消息一起带给我的,还有一个更大的打击——栋世在摄津国的官厅突然去世了。

据说他正在处理政务的时候,突然倒了下去。——那一天非常冷,即便在京城,也是寒意逼人。离开温暖的私宅,突然到寒冷的官厅去，这可能引发了变故。不久，他便身子朝前倒了下去。中间一度恢复了意识，对照顾他的男人们说："把海松子和安良木叫来！"使者马上就朝京城出发了。那时刚刚辰时（上午八点左右），不一会儿，他嘟哝了一句"……好慢啊"，便又昏迷了过去。两个时辰之后，他便过世了。第二批使者朝我这边及京城里的负责部门太政官这两处进发。第一批使者因为马的问题多花了一些时间，几乎跟第二批使者同时到达我在京城的家中。

三十一

说了要弯弯转转地活得长长久久的人，明明是栋世……

你还有很长的人生，不管什么时候，都可以回来——栋世对我说过。

可是，已经没有可以回去的地方了，栋世不在了。原来，留给栋世的时间不多了，我应该更多更多地陪在栋世身边。

不，虽然也都伴随着烦恼，但是我想把那几个月能跟栋世生活在一起的幸福珍藏起来。

我和安良木两个人抱在一起痛哭。我们去难波把他火化了。他的骨灰，我跟安良木两人一路交换着抱回了京城。在鸟边野举行葬礼那一天，跟一年前中宫的时候一样，雪花飞舞。

栋世的死似乎并没有抑制住初识外面世界的安良木那颗年轻激动的心。张着一双哭得红肿的眼睛，她说道：

"中宫殿下传话过来，让我丧期结束后就过去。把海松子阿姨丢下，我也不放心，但是我得到中宫殿下赏识的时间还不长，如果离开太久，恐怕与殿下间的心灵交流又会中断，觉得很是寂寞……"

这看起来跟我与中宫之间的关系如出一辙。

"是的，没错，你赶紧回到中宫身边去吧。虽说称作中宫、皇后，但不管身份多么高贵，终究还是个年轻的女性，觉得不安、难过、拘束的事情也很多。这种时候，有一个可以推心置腹地说话的仕女，该是多么令人欣喜的安慰。安良木如果能那么做的话，中宫一定会很高兴的。"

我一边拭着眼泪，一边微笑。安良木似乎从我的话中获得了力量。

"在中宫御前，我有个名字叫做'细致'。中宫殿下跟我说：'你是个用心细致的人呢。'还有一些被取名叫做'恬静'、'优雅'、'芬芳'的人。不过，中宫经常把我的'细致'简化地叫成'阿细'……"

说话的时候，安良木的眼里充满了光彩，双颊泛红，唇边绽放着笑意。

"她是一个了不起的中宫，性格开朗、纯真无邪，是个没有一丝恶意的人。虽然才十四岁，已经把三岁的大皇子当做自己的孩子一般疼爱。"

她说的大皇子指的是已故中宫遗留下的敦康亲王。听说亲王和他的姐姐如今都被彰子中宫收养在身边了。

安良木不知道已故中宫的事情。所以，连母亲的容颜都不清楚的小皇子、小公主们之可怜，她也不可能了解得很深。

不过，这也没什么。世事总是在不断地变迁，沧海桑田。

我一边为栋世守丧，一边继续写《春曙草子》。栋世的宅邸，因为他的兄弟宣称要继承遗产，让人烦心，我便闭居在三条的家中。

栋世遗产的大部分都给了女儿,其余的一小部分分给了我。他家一门都是些厉害的国守,处理遗产的手段很高明。

我从我分到的那一部分里再分出一些,给了那个帮他送终的逢坂的女人。虽然未见过她究竟是个什么样的女人,但栋世最后低喃的那句"好慢啊"说的也许是那个女人。也许栋世从那个女人那里得到了一种欢乐,与跟我在一起时不一样的欢乐。

我没在手里留下一件栋世的遗物。我只要有他的回忆就够了。

父亲的遗产现在还够我简朴地活着。中宫过世的时候,伊周大人和隆家中纳言哭着把中宫遗留下的物品、财物等赏赐给了我们仕女,这些我也还都没有动。

我可以和老侍女左近一起静静地老去,一边远远地守望着已故中宫一家⋯⋯

可是,中宫的妹妹们却很不幸。不知不觉,四小姐在宫中得到了主上的宠爱。也许是因为她长得最像中宫,所以打动了主上吧。可是,她才十七八岁的年纪,便怀着身孕过世了。那是中宫过世后第二个夏天的事情。过了一个月,当年秋天,东宫妃淑景舍女御突然身故。听说是口鼻中涌出大量的鲜血之后猝然而死,京城里多嘴多舌的人谣传:"不会是被下毒了吧?——"也有人说,可能是另一个东宫妃宣耀殿女御娀子一方的人下手的。应该不会有那样的事情吧。

而且,娀子女御已经连续生下了数位皇子皇女,在东宫那边已经是一家独大,淑景舍女御跟她姐姐一样受人压制。事到如今,娀子女御一方应该不至于对这样的人采取手段。

虽说淑景舍女御极少有机会能跟东宫相会，但是听说东宫也十分伤心：

"我还一直想着，等我登基之后，为你做许多事情，要隆重地礼遇……"

当年，这位淑景舍女御拜访中宫御所登华殿，一门上下团团圆圆。与那个时候的绚丽华美相比，这真是一个令人悲伤的结局。那是正历六年，已经是七年前的事情了。女御在年轻的二十二岁，追随姐姐、妹妹而去。

一天，三条邸里传来了男人的声音、马蹄的声音，一个中年男人未经通报便直接进门而来。一瞬间，我还以为是栋世。

"是我！有一阵子没见了！"

原来是则光。像是换了个人似的，矫健、强壮，晒得黝黑。他就那么变老了，但是那种变老的方式在我眼里看着像是一个陌生人。因为在他变老的那段岁月里，他是作为一个外人与我分开各自生活。他坐在箕子边上，毫不客气地看了看四周："怎么还是跟以前一个样！"那种口吻俨然是以前的则光。直率——令人感到悲哀的直率，那是一种对伤害别人的心灵毫不在意的、冷酷凉薄的直率。

"房子还是跟以前一样，你变了。真是变成一个老太婆的样子了！脸上都有斑了！不过，听说脸上长老人斑的人长寿。你应该会长寿的，因为讨人嫌活千年嘛！"

则光大声地笑道。

那笑声和说话声都是旁若无人般的高亢。那是一种在辽阔的原野或者乡下的宅院中习惯了肆无忌惮地大声嚷嚷的人不知克制的高亢声调。随从们一半都是陌生面孔。跟我分开之后,则光度过的人生便与我无关了。

"听说你跟吉祥见面了?你非常喜欢的中宫过世了,我还想着你会不会泄气了呢。——栋世的事情,我听说了。我不时会跟致信见个面。你也是个男人缘不佳的家伙啊,这么一想,便觉得有些可怜——"

那些话应该都是真的。

一向以来,则光就不是那种心怀恶意的人。我知道,他虽然不能说是那种温润如玉的人,但与阴险、狡诈等相去甚远。

可是则光居然可怜我,真是错得离谱。

"我?别开玩笑了!没有比现在更开心的时候了。我跟栋世,也是一种终成眷属的感觉。当然,或许时间短了点。不过,所谓时间长短,不是一种主观感受么?在我心中,我觉得时间挺长的了。——我很享受!觉得当时非常开心。不,现在依然开心。"

说着说着,我发现自己不知什么时候开始有些说教的味道,便停下来了。则光本来就是对那种抽象论毫无兴趣的男人,他说:"也许是那样吧。不过,你也没个孩子,将来你准备怎么办?"

"有啊!这就是我的孩子!"

我指了指高高地堆在桌上的草子。这也只不过是三分之一。前几天,安良木来了,刚刚带回去了三分之二。听说《春曙草子》在中宫御所那边被人阅读、抄写,最后还传到了宫里。

对于已故中宫举世无双的人品与美丽的景仰,事到如今,说起这些的人变多了。《春曙草子》被人们争相传抄。对于我自赞自夸的那些部分,喜欢或不喜欢的人都抢着读。这才是我生下的孩子。

"不久可能也会写你的故事。"

我笑着说道。则光一脸苦相：

"又来了么。和歌、物语之类的，我对付不了。比起那些事，我是担心你无依无靠，所以才过来看看的。怎么样，要不要跟我一起去新的任地？"

"是哪里？"

"变成陆奥国了。虽说离得远，但是很有意思！东国很好，合乎我的脾气。——我把妻子和小的孩子们也带去，你如果想去的话就一起走，怎么样？就算会吵架，你我也是意气相投。你让我照顾你吧。一想到你一个人孤零零地潦倒下去，就觉得非常糟糕……"

我笑了。自从中宫过世后，应该是第一次如此开怀大笑。

"则光，我是喜欢你的。哎，我并不是什么男人缘不佳。栋世也好，你也好，我觉得自己拥有过非常出色的男人。不过……"

我咻咻地笑着说道。

"我讨厌乡下，讨厌冷得发抖。就像东国更符合你的性子一样，我的性格跟京城更合得来。

"我要留在京城继续生活，活得长长久久。哪怕变成乞丐，我也要待在京城。——你问我为什么？我必须活在这些草子受到欢迎的地方。在文化发展滞后的乡下或蛮荒之地，会有人读这本草子么？会有人追捧这本书么？那种乡下，我可住不了。"

"带你去乡下，可是真对不住啊！"

则光的声音听起来有些窝火。他已经人到中年，习惯居高临下地发号施令，也有了资历派头。对于这样的人，肯定没有人敢当面反驳他。眼看着则光的脸色变得越来越难看。而那种表情也让我觉得怀念。

"比起一本两本那种无聊的书，乡下有更伟大的东西。蛮荒之地有一种了不起的力量，能把尽说些谎言、牢骚话的京城上流人士的阴谋诡计、小算盘都给吹飞掉！东国虽然未开化、粗糙，但那里是个人们可以大口呼吸、尽情驰骋的地方。——这些好处，你是不会明白的。说到底，我跟你是不一样的人。为什么我要特意跑来挨你一顿骂啊。你就是这样的女人，我又不是想不到。哎，气死了！"

则光站起身来。我连忙说道：

"不过，谢谢你过来看我。则光，不要生气了。笑着道别吧！"

我想要握握则光的手。则光是个好男人，我觉得自己比他任何一个妻子都要更加了解这一点。

"混账！你还真是一点都没变哪！笑着道别之类的，本来就是京城人说的傻话！之所以分手，就是因为已经死心了才分手的！以后，你就算饿死在路边，我都不管了！彻底死心了！"

则光离开了，一次也没有回头。

不——在我看来，他并没有"离开"。我要把他的好写在《春曙草子》里，记录下来，让后世的女人们爱上则光。他已经被留在了我写的书里，封存其中。

大概过了一个月，则光来了一封信。信上写着："于逢坂关。阿则。"还罕见地写了一首和歌：

一人疾行东路去，墙角梅花已先开。

我去东国了。看吧！梅花替我开路，已经绽放了。再见。

我和你的人生不一样。我要抛下局促的京城，去广阔的东国天地里生活。你就在狭窄的京城一角摸爬着过日子吧。

——可是,他的意气风发中那种纯真无邪、坦荡直率让人觉得爽快。

三十二

如今,我住在已故中宫位于鸟边野的陵墓附近。早晚朝拜着已故中宫的陵墓,度过每一天。

这处山庄本来是亡父的产业,从长兄那边转让过来的。我想待在中宫的身旁,所以就以三条邸作为交换,迁居到了这里。

房子已经破败不堪,正如住在附近的赤染卫门在某天下雪时吟咏送来的和歌一般:

雪积荒野无人迹,旧日残垣是何处?

我六十岁了。这一年是万寿四年(1027)。我已经搁笔很久了,之所以突然想要在草子后面加上几笔,是因为最近道长大人、行成大人相继去世了。那位左大臣大人终于……

在这二十五年间,我已经见过了不知多少人故去。

主上年仅三十二岁便驾崩了,那已经是十六年前的事情了……当时,彰子中宫也才二十五岁。跟定子中宫过世时同一个年纪,但已经生下了两个男孩。年长的皇子被立为东宫,之后年纪小的那个皇子也被立为新的东宫。所以,定子中宫生下的敦康亲王最终还是未能继承皇位。

伊周大人被夺走了所有的希望，绝望之余，无声无息地故去了。

媄子内亲王九岁、敦康亲王年仅二十岁，便追随父亲、母亲而去。

哦，对了，说到这里，我数了数。花山院和明顺大人也都不在人世了。还有有国、隆圆公子、方弘。

听说经房大人在任地太宰府，怀着对京城的思念于哭泣中死去。

彰子中宫落发为尼，脩子内亲王也入了佛门。定子中宫的几个孩子中，只有脩子内亲王还留在世上了。

不过，敦康亲王的孩子嫄子内亲王今年十岁，听说被道长大人的长子赖通大人收养了。我忍不住祈祷，希望她能平安地长大成人，过上幸福的人生。

则光不知道怎么样了，倒是还未听说他去世的消息。我那跟则光相处融洽的兄长致信，符合一名恶人武士的作风，在赖光①手下的袭击之下被斩杀了。当时我也在现场，真是可怕之极，差一点也被牵连其中。"把这个也杀了……"，在狂暴的武士们的白刃包围之下，我一边瑟瑟发抖，一边大声喊道："我是个女人！不要弄错了！"而且不断地说着："还是个尼姑！"好不容易终于被放开了，世人却说我当时撩起了前面的衣裳给那些人看："瞧，如你所见，是个女人。"他们用一种说不清是侮蔑还是怜悯的嘲笑攻击我："这还真是那个清少纳言的作风……"我引退之后，一个人独居，成了世人好奇的目标。人们以一种悯笑的目光看我，以为我活得很窘迫。

前一阵子，有几个年轻公子乘坐一辆车从我家门口经过，高声

---

①源赖光（948—1021），平安中期的一名大将。

地说着："这里好像是那个清少纳言的家。瞧这荒凉破败的样子，如何？曾经那么风光、一脸自大的才女，如今这般潦倒、衰老，只怕是再也说不出半句机灵的话了！"

"不把男人放在眼里、行事傲慢，遭到了惩罚呗！"

"没有丈夫、孩子的女人，下场就是如此啊！"

我走到廊下，卷起了帘子。围墙和大门都坏了，可以清楚地看见外面的人来人往。

一伙狂妄自大的愣头青正看着这边笑。他们用手指着我说道：

"哦，出来了！那个老婆子尼姑就是清少纳言的下场么。"

我大声喝道："我就是清少纳言的结局！是个老婆子尼姑！不过，不管是老婆子也好尼姑也好，瘦也好干枯也好，我就是清少纳言。我是一匹骏马！不是像你们那样的驽马。你们知道么？古时候，燕王连骏马的骨头都想买——我跟你们那样的驽马、蠢货相比，品质本来就不一样。快走吧！把我说过的都告诉世人！有心之人应该会拍手叫好，为清少纳言仍然健在而感到高兴！"

年轻公子们连忙偷偷逃也似的驱车离去。

也许是因为我仅存的当年余风的凌厉口吻，也许是被我那鬼一般粗野可怕的面容给吓到了。

有人来相问，怀惭不敢言。

沧桑容颜改，兀自惊诧中。

我如今面容枯槁，不忍目睹，连自己都感到震惊。不过，公任大人、赤染卫门、和泉式部等人现在还会给我写信、问候，我有很多朋友，所以并不寂寞。

我虽然不再出入社交界，但也并非完全不问世事。

话说，那个美丽且颇有情致的和泉式部与恋人为尊亲王死别之后，又失去了他的弟弟敦道亲王。她作为歌人的名气越来越大，如今跟道长大人赏识的藤原保昌大人再婚了。一条天皇时代，和泉式部在世称"光彩照人的藤壶"的彰子中宫身边侍奉，一度十分风光，但一切都是昔日旧事了。

还有，当时一起侍奉彰子中宫的为时的女儿，最近因为她写的那本《源氏物语》被世人称为"紫式部"。听说在流传于世间的那本日记中，她信笔写了："清少纳言是个高傲自大、无可救药的女人。"

"装作一副聪明的样子，炫耀汉学才华，实际上谬误众多，十分浅薄。像那样一个劲儿地想要与众不同的人，长远来看，一定会逊人一等，末路堪忧。"

这是对《春曙草子》的批判么？

"总之，煞有介事把情趣、情绪、风流、氛围等等看得非常重要、故作风雅的人，即便是平凡无奇、冷清无趣的事情，也会一副深受感动的样子，——自以为是地夸张地落泪，令人觉得败兴、尴尬。那种感动实际上也十分空虚、轻薄。拥有那种视角、生活方式的人，结局怎么会好呢？"

这显然是对我的生活方式、我的人生的一种嘲笑、挑衅。可是，我并没有对她感到生气。也没有因为遭到嘲笑而沮丧。就像她读过《春曙草子》那样，我也读过《源氏物语》。而且，我还觉得挺有趣的。

只是，与她不同的是，我发现《春曙草子》和《源氏物语》二者都是人生的阴与阳、凹与凸。人生与人，都充满了变化万端的光芒，不论哪一面的哪一道光芒都是真实的。

此外，我还感到了一种同情。那个紫式部身上充满了阴郁和不平不满，是个心灵经常受到莫名的怨恨嗟叹煎熬的不幸女人，是个不知"满足"为何物的可怜女人。这或许是物语作者的宿命吧。创作物语的人，被自己所描绘的世界所左右，不辞辛苦，为创作而劳其筋骨、饿其体肤，即便如此，仍然时常感到饥渴，想要有所追求，然后死去。一直到死，他们都不会"满足"。

在这一点上，我把该写的都已经写好了，这让我感到一种安宁。我总是心满意足，悠然度日。紫式部曾是个可怜的女人。——之所以说"曾"，是因为她已经在十二三年前就过世了。据说当时才四十一二岁。

她的女儿也在彰子中宫，不，皇太后身边出仕。这位不像她的母亲，可能是像她那性格花哨的父亲宣孝吧，做派华丽、为人热情，很受男人们的欢迎，恋人也不少。

对了，安良木仍然在彰子皇太后——不，如今已落发为尼，应该称她为上东门院了——身边侍奉。安良木现在被称为小马命妇，深受女院信赖，她最终还是没有成婚。幸运的是，安良木对少女时代的彰子中宫的一片真心，在她的大半辈子里都能一直拥有。听说，在安良木带到彰子中宫御所去的《春曙草子》刺激之下，众人都纷纷提出："我们这边，也要有一本永远称颂彰子中宫的幸福圆满的作品！"于是，在道长大人的吩咐下，紫式部便开始执笔。

哦，一切的一切，都是往日云烟了。连那个权倾一时的道长大人都已经过世了……

我伸了伸腰，慢慢地走到了外面。种在院子一角的青菜，长势出人意料地好，真是令人高兴。我想把它们做成干菜。

我把青菜挂在了屋檐下的竹杠上，"哦，多么水灵的绿色！——看着就像从前那些男人女人们穿的直衣、袿衣一般。"

红梅袭、棣棠袭、樱花袭……

真美啊，中宫殿下。

现在想起来，还是历历在目，一如往昔。那绚丽后宫的色彩、香气、笑声。

我朝着位于木柴篱笆另一边的已故中宫的鸟边野御陵双手合十。朝朝暮暮，我都在跟中宫说着话。每一次御陵映入眼帘，我便双手合十，像这样在心里说着各种话。

中宫也在跟我回应着。

浮现在我眼前的，当然仍是二十五年前那个年轻、美丽的中宫。还有，二十一岁的主上、两岁的敦康亲王、刚出生的媄子内亲王……他们在极乐净土和和美美一家团圆的模样。

有时，就像是庆典活动时从车帘底下露出的一角衣裳，或是装饰桧扇的五色丝线那样，曙光会把春日的天空染色，染成黄色、橙黄、橘色，还有红梅色、红色。

曙光把御陵深绿色的山脊染红了……

我终于把二十五年前中宫那美丽的身姿、清灵的心性留在了《春曙草子》之中。中宫不会老。即使千年过去，也依然不会老。满足而喜悦的泪水从我的脸上渐渐滑落……

译后记

不惑之年，与《小说枕草子——往昔·破晓时分》相逢，是一种难得的缘分。

2002年秋，译者初次北上求学时，曾经一度想以《枕草子》为研究对象，之后在撰写毕业论文时，也时有借用《枕草子》中的部分章段。多年之后，在重庆出版社魏雯女士的牵线下，得以再次靠近清少纳言与《枕草子》，译者深感有幸。

清少纳言的《枕草子》是一本汇聚日本平安朝贵族审美点滴的随笔散文集，间或也涉及部分日常的记录，但更多的是着眼于优雅、书写生活情趣的文字。而田边圣子女士执笔的这部小说一方面保留了《枕草子》中的优美章段，一方面增添了许多相关背景的巧妙铺垫。她对故事背后复杂的人物关系、一些关键性政治事件的来龙去脉都进行了合理的补充，其笔调秉承清少纳言的文学精神，优雅中不失诙谐，使得作品在不失《枕草子》原作风味的基础上，故事性、趣味性得到了进一步提升与加强。

这给翻译工作带来了许多新的挑战。如何最大限度地保留小说的原色，同时又能让今天的中国读者领略到千年之前绚烂的日本平安朝贵族文化，是译者一直为之努力的目标。平安朝的各种庆典仪式、建筑、官职、服装、家具、日常生活用品等应该如何选择合适的译词，作品中的和歌等韵文如何予以最大可能的再现，这些一直是译者面临的难题。在缓慢前行的过程中，译者得到了北京外国语大学日本学研究中心张龙妹教授、日本国文学研究资料馆齋藤真麻理教授、日本国文学研究资料馆机关研究员几浦裕之先生的多方支持与帮助，在此致以深深的谢意。

此外，译者也非常感谢本书的编辑魏雯女士给予的极大支持与温暖鼓励。因杂事缠身，译者不得已数次推迟交稿时间，给编辑工作带来了诸多不便，在此致以深深的歉意。在携手一步步"培育"译稿之苗的过程中，魏雯女士始终与译者保持良好的沟通与交流，她的专业与热忱，每每让译者深深感受到了爱书之人的真挚情怀。

在与这部小说相伴的时间里，书中的一个个人物形象都深深烙在了译者的脑海之中。人物的命运跌宕起伏，译者与之同喜共悲。对于清少纳言所追随的中宫定子一家的由盛而衰，世人或许慨叹"时也，命也"，但看似偶然的历史事件背后，往往隐藏着必然的原因。唏嘘之余，译者也不免遐想，倘若不是此种结果，历史又会作出何种选择。而此次近距离接触清少纳言与《枕草子》，也让译者对日本平安朝贵族女性文学有了更为深入的思考，并再次认识到了书写于女性的重要意义，不论何种时空。

尽管译者尽了最大努力，但绠短汲深，译文中不免存在错漏之处，恳请各方读者不吝赐教。

——陈燕
二零一九年五月于东京国文学研究资料馆

附录：

一　《枕草子》皇族、源氏世系表

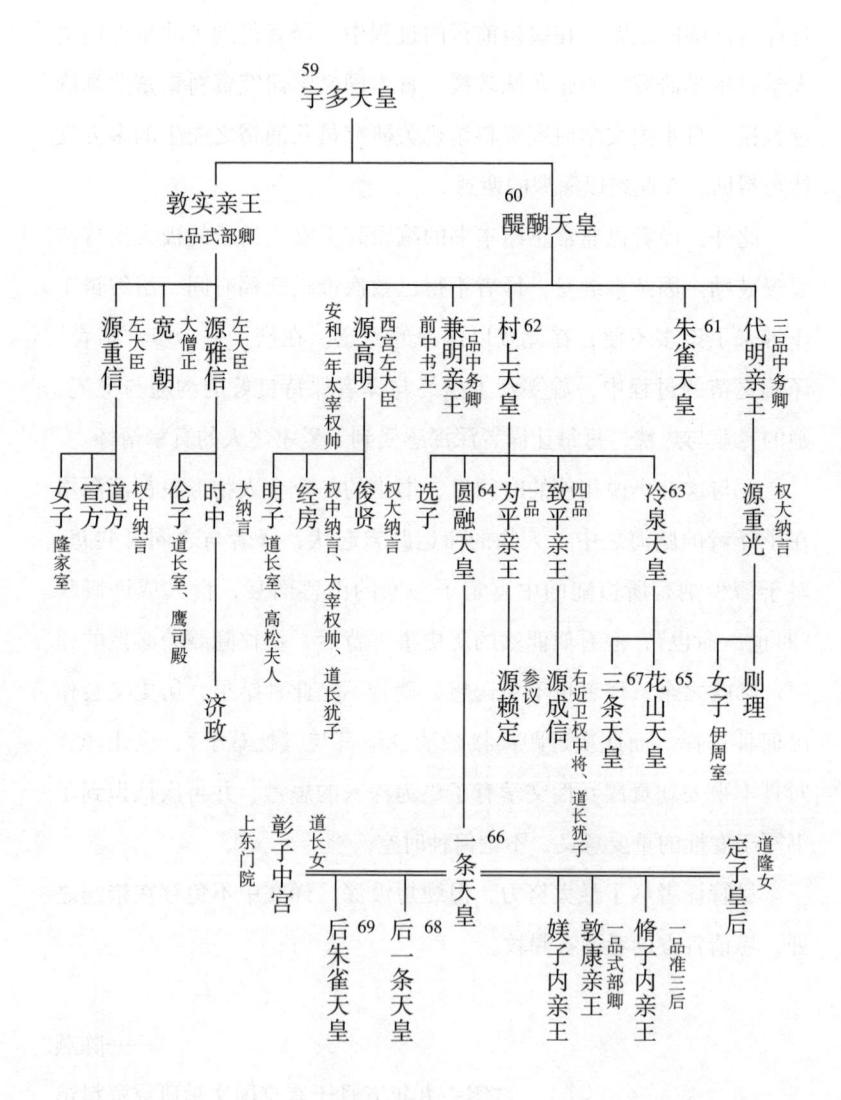

```
                           59
                        宇多天皇
                     ┌──────┴──────┐
                  敦实亲王              60
                  一品式部卿          醍醐天皇
       ┌────┬────┤          ┌────┬────┬────┬────┬────┤
     源    宽  源                西宫  兼明  村上   朱雀  代明
     重    朝  雅          安和  左大  亲王  天皇   天皇  亲王
     信    大  信          二年  臣    二品   62    61
     左    僧  左          太宰  中务        
     大    正  大          权帅  卿          
     臣        臣          源高明  前中书王
                          
```

（皇族・源氏系図：宇多天皇[59]―敦実亲王（一品式部卿）／醍醐天皇[60]）

敦実亲王系：源重信（左大臣）・宽朝（大僧正）・源雅信（左大臣）
　源雅信子：时中、伦子（道长室、鹰司殿）
　时中子：济政
　伦子：道方、宣方（权中纳言）、女子（隆家室）

醍醐天皇系：源高明（西宫左大臣、安和二年太宰权帅、前中书王）・兼明亲王（二品中务卿）・村上天皇[62]・朱雀天皇[61]・代明亲王（三品中务卿）
　源高明子：俊贤（权大纳言）、明子（道长室、高松夫人）、经房（权中纳言、太宰权帅、道长犹子）
　村上天皇子：选子、圆融天皇[64]、为平亲王（一品）、致平亲王（四品）、冷泉天皇[63]
　圆融天皇子：一条天皇[66]
　为平亲王子：源赖定（参议）
　致平亲王子：源成信（右近卫权中将、道长犹子）
　冷泉天皇子：三条天皇[67]、花山天皇[65]
　代明亲王子：源重光（权大纳言）、女子（伊周室）、则理
　一条天皇后妃：定子皇后（道隆女，一品准三后）、脩子内亲王（一品式部卿）、敦康亲王、媄子内亲王、彰子中宫（道长女，上东门院）
　一条天皇子：后一条天皇[68]、后朱雀天皇[69]

七三四

二 藤原氏世系表之一

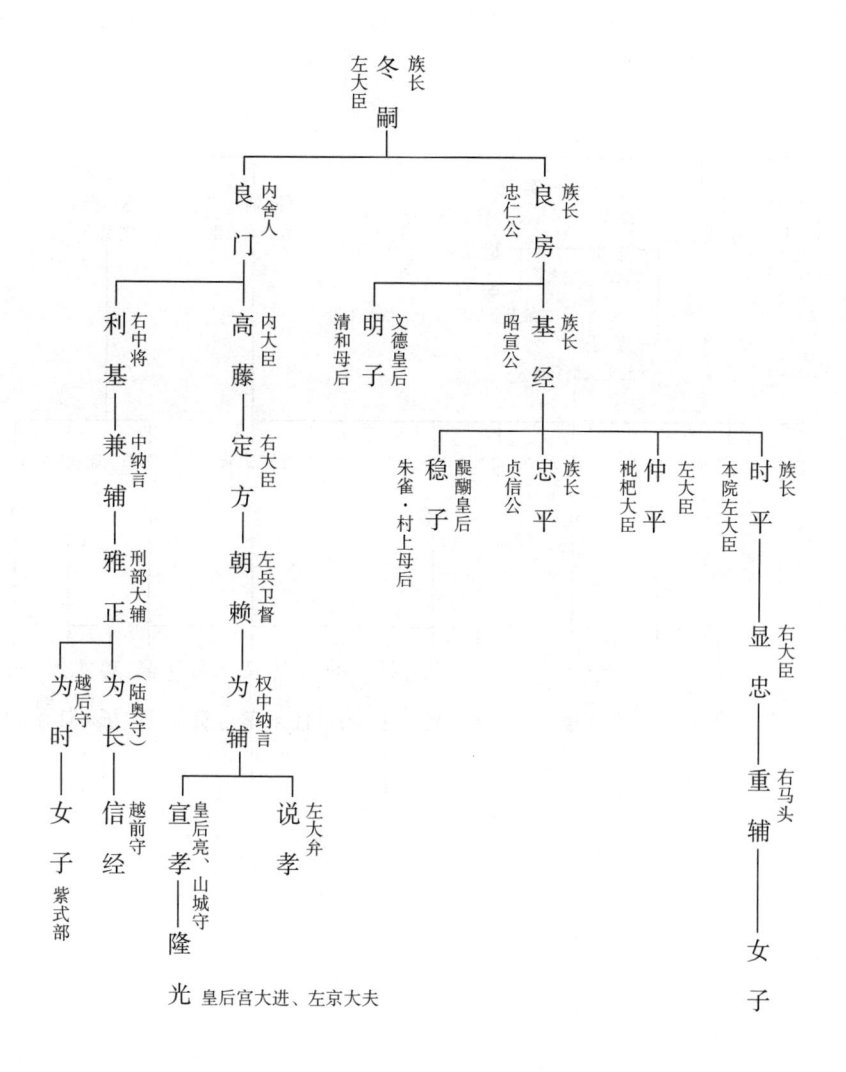

```
                        冬嗣 族长
                        左大臣
              ┌───────────┴───────────┐
          良门 族长                良房 族长
          内舍人               忠仁公
       ┌────┤              ┌──────┤
    利基   高藤           文德皇后 基经 族长
    右中将  内大臣          明子    昭宣公
       │    │           清和母后    │
    兼辅   定方                  ┌──┼──────────┐
    中纳言  右大臣               稳子 忠平 族长  仲平  时平 族长
       │    │                 醍醐皇后 贞信公  枇杷大臣 左大臣 本院左大臣
    雅正   朝赖              朱雀·村上母后              右大臣
    刑部大辅 左兵卫督                                   │
       │    │                                        显忠
    （陆奥守）为辅                                      右马头
       │    权中纳言                                   │
    为长  ┌──┤                                       重辅
    越前守 说孝 宣孝                                    │
       │  左大弁 皇后宫亮、山城守                        女子
    信经        │
    越后守      隆
              │
              光 皇后宫大进、左京大夫

为时
越后守
│
女子
紫式部
```

藤原氏世系表之一（续）

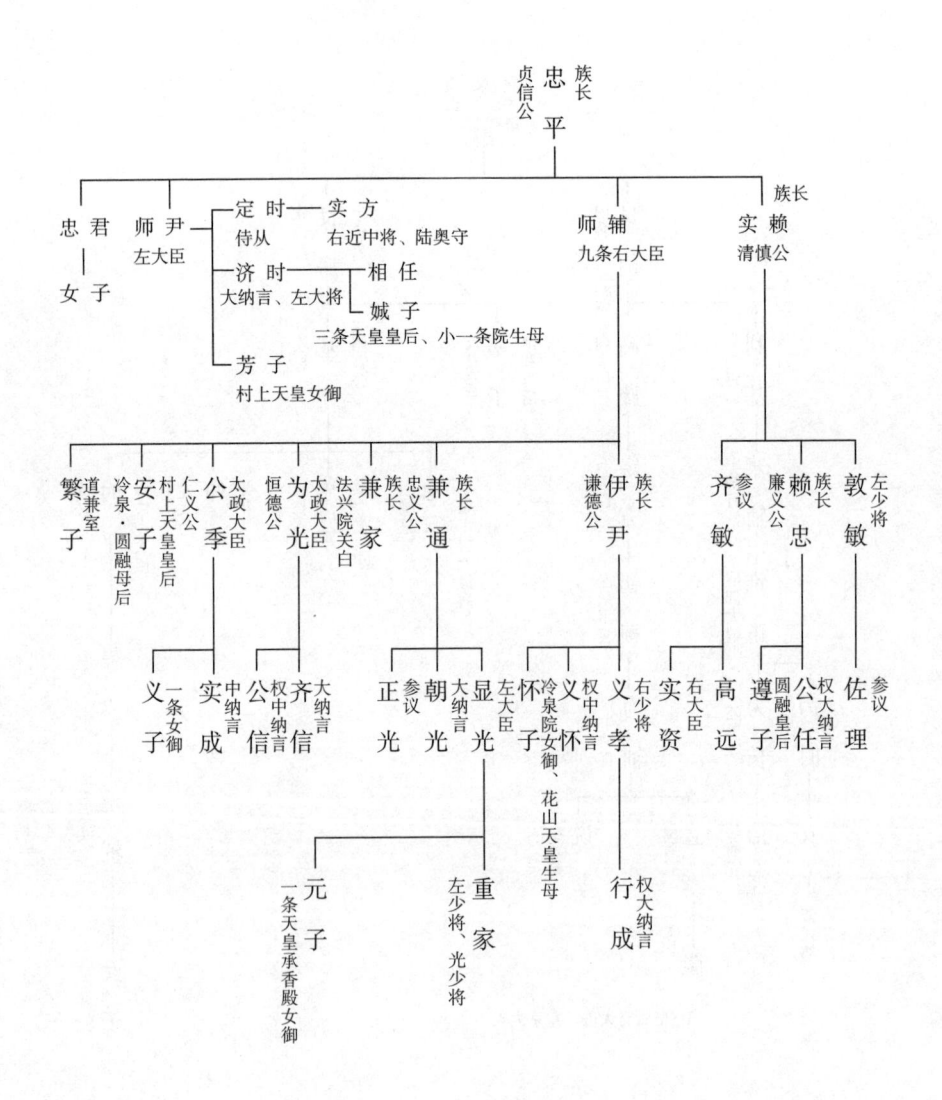

```
                              忠平
                              贞信公
                              族长
   ┌──────┬──────┬─────────────────────┬──────────────┬──────────┐
   忠君    师尹    定时——实方           师辅            实赖
   │       左大臣   侍从  右近中将、陆奥守  九条右大臣      清慎公
   女子            济时——相任                            族长
                   大纳言、左大将  娀子
                              三条天皇皇后、小一条院生母
                   芳子
                   村上天皇女御

   ┌────┬────┬────┬────┬────┬────┬────┬────┬────┬────┐    ┌────┬────┬────┐    ┌────┐
   繁子  安子  仁义公 公季  恒德公 为光  兼家  忠义公 兼通   伊尹       齐敏   廉义公 敦敏       左少将
   道兼室 冷泉  村上天皇皇后 太政大臣 太政大臣 法兴院关白  族长      谦德公      参议   赖忠   敏
         圆融母后                                         族长              族长
                                                         族长
                                                         伊尹
   义   实   公   齐   大   正   朝   显   怀   义   权   义   实   高   遵   公   佐
   子   成   信   信   纳   光   光   光   子   怀   中   孝   资   远   子   任   理
   一条     权   大   言   参   大   左   冷   花   纳   右       右       圆   权   参
   天皇     中   纳       议   纳   少   泉   山   言   少       大       融   大   议
   女御     纳   言           言   将   院   天       将                 皇   纳
          言                      女   皇                                后   言
                                 御   生
                                     母
                           元                    重                   行
                           子                    家                   成
                           一条天皇承香殿女御      左少将、光少将           权大纳言
```

七三六

三　藤原氏世系表之二

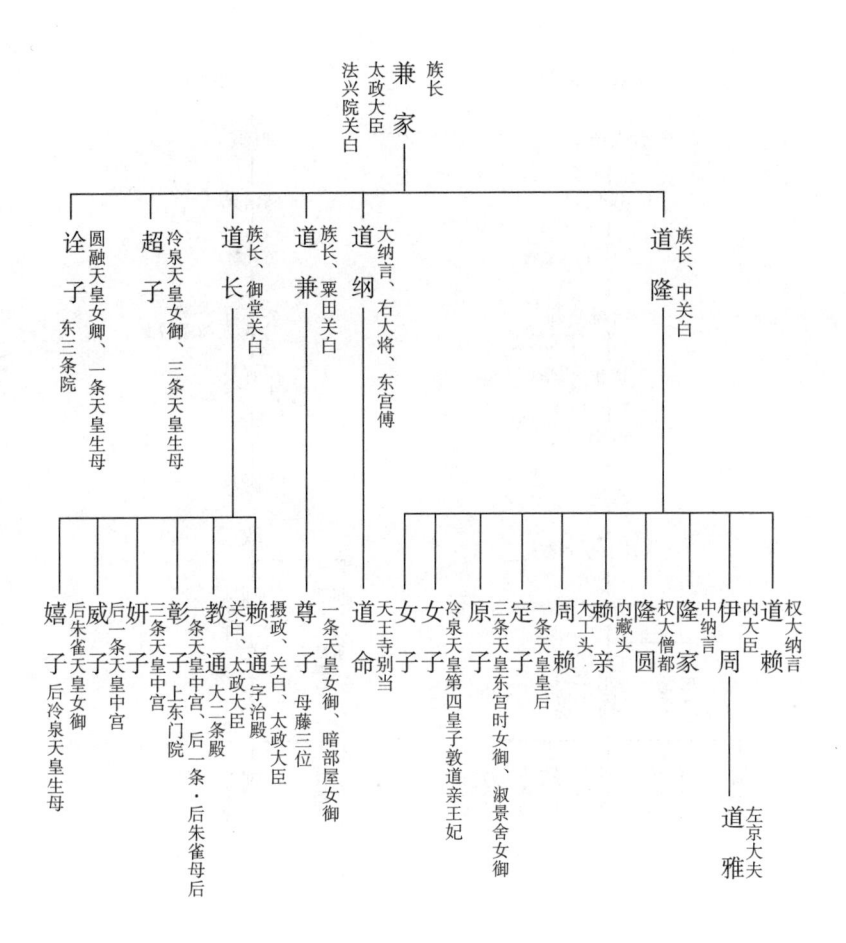

兼家（族长、太政大臣、法兴院关白）

子女：

- **道隆**（族长、中关白）
  - 伊周（内大臣）— 道雅（左京大夫）
  - 隆家（权大臣、中纳言）
  - 隆圆（权大僧都）
  - 赖亲（内藏头）
  - 赖赖（木工头）
  - 周赖（一条天皇皇后）
  - 定子（三条天皇东宫时女御、淑景舍女御）
  - 原子（三条天皇第四皇子敦道亲王妃）
  - 冷泉天皇女御
  - 女子
  - 女子
- **道纲**（大纳言、右大将、东宫傅）
  - 道命（天王寺别当）
- **道兼**（族长、粟田关白）
  - 尊子（一条天皇女御、暗部屋女御）
  - 兼隆（母藤三位）
- **道长**（族长、御堂关白）
  - 赖通（摄政、关白、太政大臣、宇治殿）
  - 教通（一条天皇中宫、大二条殿、后一条·后朱雀母后）
  - 彰子（一条天皇中宫、上东门院）
  - 妍子（三条天皇中宫）
  - 威子（后一条天皇中宫）
  - 嬉子（后朱雀天皇女御、后冷泉天皇生母）
- **超子**（冷泉天皇女御、三条天皇生母）
- **诠子**（圆融天皇女卿、一条天皇生母、东三条院）

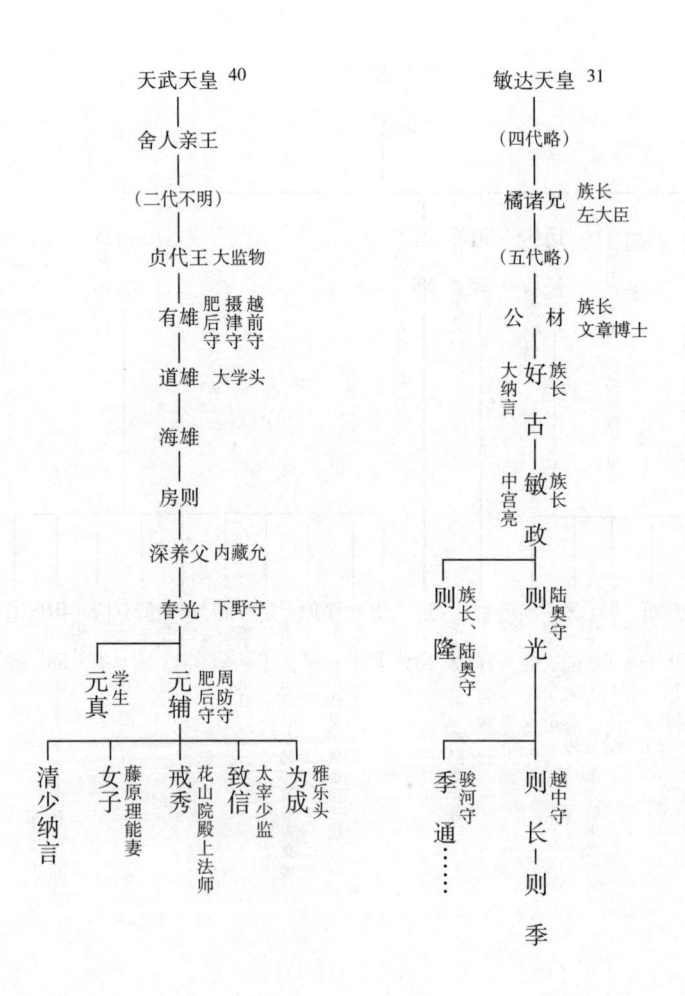

四　清氏世系表

```
天武天皇 40
  │
舍人亲王
  │
(二代不明)
  │
贞代王　大监物
  │
有雄　肥后守／摄津守／越前守
  │
道雄　大学头
  │
海雄
  │
房则
  │
深养父　内藏允
  │
春光　下野守
  ├──────────┐
元真　学生    元辅　周防守／肥后守
              ├────┬────┬────┬────┐
            戒秀  致信  为成  雅乐头
            花山院殿上法师  太宰少监
  │
女子　藤原理能妻
  │
清少纳言
```

五　橘氏世系表

```
敏达天皇 31
  │
(四代略)
  │
橘诸兄　族长／左大臣
  │
(五代略)
  │
公材　族长／文章博士
  │
好古　族长／大纳言
  │
敏政　族长／中宫亮
  ├──────────┐
则隆　族长／陆奥守    则光　陆奥守
  │                   ├────┐
季通……              则长　越中守／骏河守
                      │
                     则季
```

六 平氏・源氏・高阶氏世系表

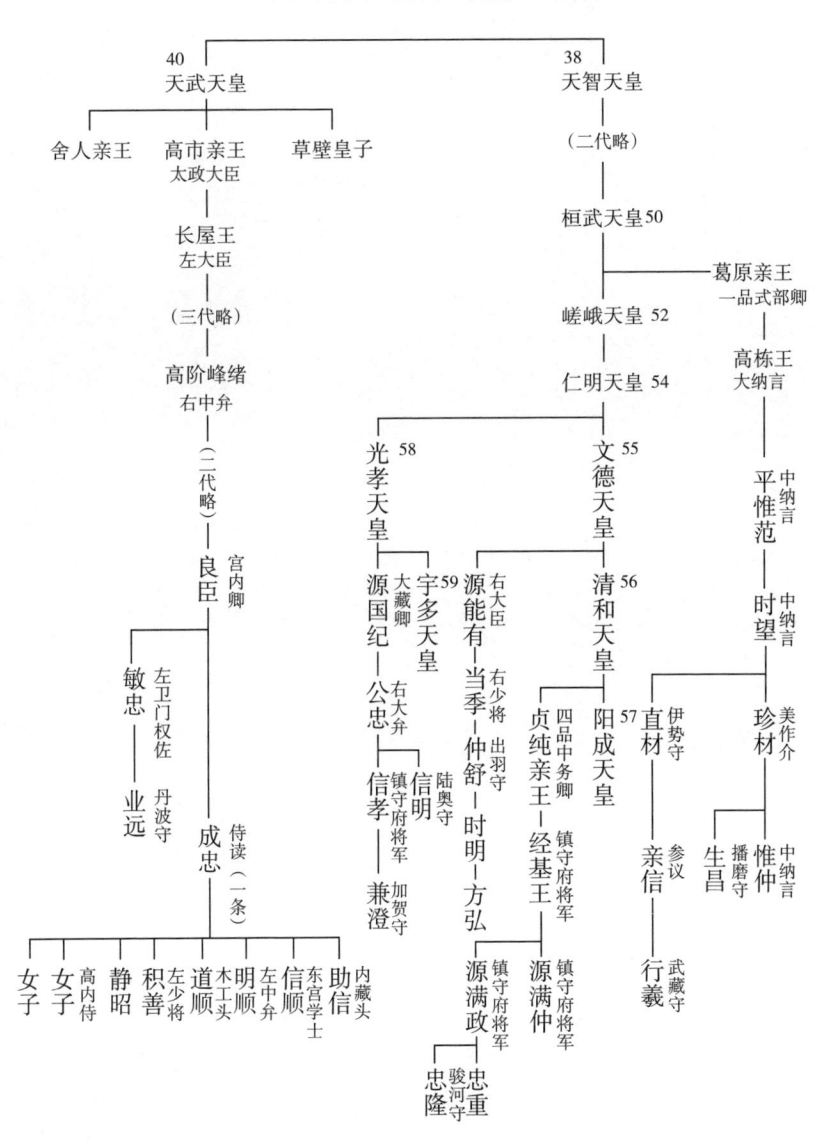

(系图略)